Caroline Eriksson

DIE BEOBACHTERIN

Thriller

Aus dem Schwedischen von
Nike Karen Müller

PENGUIN VERLAG

Die schwedische Originalausgabe erschien 2017
unter dem Titel *Hon som vakar* bei Bokförlaget Forum, Stockholm.

MIX
Papier aus verantwortungsvollen Quellen
FSC® C083411

Verlagsgruppe Random House FSC® N001967

PENGUIN VERLAG

1. Auflage 2018

Umschlaggestaltung: Hafen Werbeagentur
unter Verwendung mehrerer Motive von:
plainpicture (BY und Blend Images/Alexey Karamanov),
iStockphoto (cmtyers und StockPhotosArt)
Redaktion: Annika Krummacher
Satz: Greiner & Reichel, Köln
Druck und Bindung: CPI books GmbH, Leck
Printed in Germany
ISBN 978-3-328-10043-0
www.penguin-verlag.de

Dieses Buch ist auch als E-Book erhältlich.

Für Mama und Papa
Für das, was war
Für das, was ist
Für alles, was uns bleibt

DER EHEMANN

Prolog

So soll es also enden?

An der Kante gerate ich ins Straucheln, drehe mich um und begegne ihrem Blick. Es sind dieselben Augen, die mich damals ansahen, vorne am Altar in dieser kleinen malerischen Dorfkirche. An jenem Tag standen Tränen der Rührung in ihren Augen, nun sind sie schwarz vor Hass. Ihr Blick sagt mir, dass so die Rache aussieht. Und ich sehe eine Entschlossenheit in ihrem Gesicht, eine lange nicht mehr da gewesene Zielstrebigkeit. Erst jetzt dämmert es mir, dass das, was gerade passiert, was gleich passieren wird, kein Zufall ist. Meine Frau hat auf diese Gelegenheit gewartet. Sie will mich tot sehen.

Die ganze Zeit habe ich mir Sorgen um sie gemacht … Und plötzlich wird mir klar, dass ich besser auf mich selbst hätte aufpassen sollen.

Es heißt, dass das Leben von Anfang bis Ende an einem vorüberzieht, wenn das letzte Stündlein geschlagen hat. Woher auch immer man das wissen soll. Mir geht es nicht so. Es gibt keine Abfolge von Geburtstagen und Festtagen,

Misserfolgen und Erfolgen, die an mir vorbeiziehen. Keines von den Gesichtern, die am wichtigsten und am nächsten waren. Ich sehe nur eins vor mir, und das ist merkwürdigerweise die Kirche, in der wir uns einst das Wort gegeben haben, uns in guten wie in schlechten Tagen zu lieben.

Der Hochzeitstag. Unsere Hände fanden sich, während wir langsam den Gang zum Altar entlangschritten. Lächelnde Gesichter in den Bankreihen, raschelnde Festtagskleider, frischer Sommerblumenduft. Ich weiß das alles noch ganz genau, jedes Detail, als wäre es gestern gewesen. Unser selbst formuliertes Eheversprechen, die Sonne, die durch die Mosaikfenster schien, der Segen des Pastors.

Und jetzt? Wird sie mich – oder vielmehr das, was von mir übrig bleibt – in dieser Kirche beerdigen? Wo wir uns versprachen, einander zu lieben, bis dass der Tod uns scheide?

Der Abgrund vor meinen Füßen ist tief und unerbittlich. Er kennt keinen Zweifel, kein Erbarmen. Es geht alles so schnell, und dennoch dehnt sich der Augenblick zu einer Ewigkeit. Sie kommt näher, ist ganz dicht neben mir. Hebt erst eine Hand, dann die andere. Gleich falle ich, gleich werde ich zerschmettert. Gleich ist es vorbei.

Drei, zwei, eins.

Jetzt.

ELENA

1

Um kurz vor vier stehe ich auf und schlüpfe in meinen Morgenmantel. Die Stunden und Minuten, die ich nachts wach liege, zähle ich schon lange nicht mehr. Die Trennung ist keinen Monat her, und ich habe mich noch nicht daran gewöhnt, alleine zu schlafen. Ich kann mir auch nicht vorstellen, dass sich das jemals ändern wird. Peter fehlt mir rein physisch. Schon in der ersten Nacht, die wir zusammen verbrachten, fanden sich unsere Körper, schmiegten sich an die Rundungen und füllten die Kuhlen des anderen aus. Vor ihm hatte ich in den Armen anderer Männer gelegen, aber diese Nähe erlebte ich zum ersten Mal mit Peter. Und er empfand es genauso. *Wir sind wie ein Puzzle*, flüsterte er mir ins Ohr, *ein Puzzle aus zwei Teilen*.

Die Treppe, die ins Erdgeschoss führt, liegt im nächtlichen Dunkel. Sie ist steil, die Stufen sind schmal. Man kann leicht ausrutschen, wenn man nicht aufpasst. Ich schließe die Augen und lehne mich vor, spüre, wie sich der Schwerpunkt des Körpers nach vorne verlagert. Was, wenn ich mit geschlossenen Augen einen Vorwärtsschritt machen, wenn ich das Schicksal herausfordern würde? Vielleicht würde ich es bis nach unten schaffen, sicher und bedächtig. Oder ich würde stolpern und stürzen, mir das Genick brechen und auf dem Treppenabsatz liegen bleiben. Ein Leben, das in der Nacht erlischt, ein Tropfen im riesigen Weltall.

Ich beuge mich noch weiter vor. Eigentlich brauche ich gar keinen Schritt zu machen, muss die Entscheidung nicht dem Schicksal überlassen. Es gibt eine Alternative. Ich kann mich blind in die Dunkelheit hinabstürzen und darauf achten, dass ich mit dem Kopf zuerst aufschlage, damit das Genick unter dem Körpergewicht bricht. Diese Idee habe ich nicht zum ersten Mal, aber genau wie sonst führt sie mich zu meiner Schwester, zu der Einsicht, dass sie es sein würde, die mich finden, die sich um alles Organisatorische kümmern würde. Von der Familie, die es einst gab, sind nur wir beide übrig geblieben. *Das kann ich ihr nicht antun.* Meine Hand tastet nach dem Lichtschalter. Im nächsten Augenblick badet die Treppe in Licht, und ich gehe hinunter, ohne zu fallen.

Ich wandere durch das leere Reihenhaus, das mein neues Zuhause sein soll, das aber eigentlich jemand anderem gehört. Ich bin nur eine Schattengestalt, die auf der Durchreise ist. Drei Monatsmieten sind im Voraus bezahlt. Ich habe keine Ahnung, wohin es mich danach verschlägt. Vielleicht sollte ich besorgt sein, mich unter Druck gesetzt fühlen. Aber ich fühle gar nichts.

In der Küche schenke ich mir ein Glas Wasser ein und trinke es, während ich mich mit dem Rücken an die Spüle lehne. Das Haus gegenüber liegt im Dunkeln, hinter keinem der Fenster brennt Licht. Die Menschen, die dort wohnen, schlafen vermutlich, wie alle gewöhnlichen, vernünftigen Menschen um diese Zeit. Geborgen und ungestört, mit den Liebsten im Zimmer nebenan oder neben sich im Bett. Oben im Schlafzimmer wartet das geliehene Einzelbett auf mich. Das Bett wird kühl sein, wenn ich wieder raufgehe. Es ist niemand dort, der die Laken wärmt. Keine Beine, zwischen die ich meine eiskalten Füße schieben kann, kein Nacken und kein Rücken, an den ich mich kuscheln kann und der meinen Körper formt.

Ein Puzzle aus zwei Teilen. Einmal habe ich diesen Ausdruck in einem Manuskript verwendet. Als der Text von der Redakteurin zurückkam, hatte sie die Formulierung zweimal durchgestrichen und als Erklärung mit Rot an den Rand *etwas klischeehaft* geschrieben. Sie konnte nicht wissen, wie besonders diese Worte für mich waren, sie hat nur ihren Job gemacht, und ich habe die Streichung akzeptiert. Vielleicht hätte ich auch auf der Formulierung beharren sollen, denn sie hat mir etwas bedeutet. Die Meinungen des Verlags sind Vorschläge, meistens kluge Vorschläge, aber schlussendlich hat die Autorin das letzte Wort. Beim nächsten Mal werde ich daran denken. Mein nächstes Manuskript wird … Ich denke den Gedanken nicht zu Ende, leere mein Glas und schüttele den Kopf. Das nächste Mal? Das nächste Manuskript? Wen will ich da an der Nase herumführen? Seit zwei Jahren habe ich keine Zeile mehr geschrieben.

Ich streife weiter durch das Haus, folge dem immer gleichen Muster meiner nächtlichen Wanderungen und finde mich im Wohnzimmer wieder. Es ist nicht groß, aber es beherbergt fast alles, was ich mitgenommen habe, als ich Peters und mein gemeinsames Heim verlassen habe. An den Wänden stapeln sich Umzugskartons mit Dingen, die ich noch nicht ausgepackt habe. Überflüssige Dinge, Relikte aus einer verlorenen Zeit, die nie wiederkehren wird. Hier gibt es nur einen Gegenstand, der mir etwas bedeutet.

Langsam gehe ich auf das Bücherregal zu. Ich strecke den Arm aus und lasse die Handfläche langsam über die dichten Reihen aus Buchrücken gleiten. Zwischen den Deckeln verstecken sich so viele Geschichten, so viele Schicksale. Sie beschreiben das Glück und den Schmerz, Mensch zu sein, die Grausamkeiten, die wir einander antun. In allen Geschichten gibt es gemeinsame Themen, genau wie in allen menschlichen Leben, und ich weiß, dass ich nicht alleine bin mit meinen Erlebnissen und Erfahrungen. Trotzdem kommt es mir so vor. *Ach, Mama, wenn du mich jetzt sehen könntest.*

Die Hände arbeiten von allein, bewegen sich, als gehörten sie jemand anderem, als hätten sie ein Eigenleben. Ein Buch nach dem anderen wird herausgenommen und an einen anderen Platz gestellt, manchmal auf demselben Regalbrett wie vorher, aber fast immer woanders. Das geschieht zuerst langsam, fast unwillkürlich, dann zielgerichteter. Buch um Buch wird umgestellt, weiter nach oben oder weiter nach unten, mehr zur Mitte oder zum Rand hin. Heute Nacht ordne ich sie nach Titel, auch wenn das jeweilige System nicht von Bedeutung ist. Die Beschäftigung an sich ist wichtig. Um das zurückzuhalten, was unter der Oberfläche brodelt.

Auf manchen Regalbrettern wird es eng. Ich behalte die Bücher, die noch auf ihren Platz warten, im Arm und arbeite mit der anderen Hand weiter. Lücken entstehen, die wieder geschlossen werden. Ein Zusammenhang wird auseinandergerissen, eine neue Einheit nimmt langsam Form an. Aber das hilft natürlich nicht, weil gar nichts hilft. Als ich schließlich vor dem Bücherregal innehalte und den Blick über das Ergebnis schweifen lasse, ist alles anders. Und dennoch ist alles gleich. Langsam verlasse ich das Zimmer.

Dann spüre ich erst wieder etwas, weil es kalt geworden ist. Meine Beine sind kalt, in mir ist es kalt. Dann piept es direkt neben meinem Kopf, und ich wache auf. Irgendwann heute Nacht auf der schlaflosen Wanderung durchs Haus muss ich mich nach oben ins Schlafzimmer begeben haben und muss im Bett wieder eingeschlafen sein, denn da liege ich jetzt. Die Decke ist auf den Boden gerutscht, und es ist eiskalt im Zimmer. Ich habe vergessen, das Fenster zu schließen. Ich ziehe die Knie an und schlinge die Arme um meine Beine. *Wenn ich eines Morgens einfach nicht mehr aufwachen würde?* Noch ein Piepton erklingt, und ich strecke lustlos den Arm aus. Mein Handy liegt auf dem Nachttisch und meldet zwei neue Nachrichten von meiner Schwester. Die erste besteht aus fünf Wörtern. *Du kommst doch heute Abend?* Die zweite Nachricht ist ebenso knapp, aber der Tonfall ist ein anderer. *Um Punkt 19 Uhr!*

Ich stemme mich aus dem Bett, ziehe den Morgenmantel über und gehe die Treppe hinunter. Die gleichen Bewegungen, derselbe Morgenmantel und dieselbe Treppe wie gestern und vorgestern. Die gleichen Bewegungen, derselbe Morgenmantel und dieselbe Treppe, die morgen da sein werden und übermorgen. In der Küche hole ich den Wasserkocher und mache Tee, nicht weil es von Bedeutung ist, ob ich frühstücke oder nicht, sondern weil man das so macht, weil man sich so verhält. Außerdem kann ich damit Zeit totschlagen und meine Gedanken füllen. Etwas anderes.

Ich lasse mich auf einem Stuhl nieder und puste in die Tasse. Zwischen den Schlucken stiere ich aus dem Fenster, lasse den Blick über den Innenhof schweifen. In einem Busch zanken Vögel. In der Küche gegenüber steht ein Mann in Anzug und knotet sich die Krawatte, am Tisch vor ihm sitzt eine Frau mit honigfarbenem Haar und trinkt aus einer Tasse. Die Sonne hat es noch nicht über die Dächer geschafft, ein Müllauto schiebt sich durch die Straße, Menschen hasten den Bürgersteig entlang. Sie sind auf dem Weg irgendwohin, ihre Schritte haben eine Richtung, ein Ziel.

Ich betrachte wieder das Zimmer, in dem ich mich befinde, lasse seine kahle, abgenutzte Erscheinung auf mich wirken. Eine Tapete, die sich wellt, und an den Küchenschränken abgegriffene Knäufe. Die Möblierung besteht aus einem Tisch und zwei Sprossenstühlen. In diesen vier Wänden wartet ein weiterer Tag mit leeren Ritualen und gekünstelter Atmung. Ein weiterer Tag der Stille und Einsamkeit. Meine Schwester ist die einzige Verbindung zur Außenwelt, die mir geblieben ist. So ist es, so weit habe ich es kommen lassen. *Du kommst doch heute Abend?* Ich stehe vom Tisch auf und leere den restlichen Tee in den Ausguss. Ich weiß nicht, denke ich. Ich weiß es wirklich nicht.

2

Meine Schwester kauert vor dem Backofen und späht durch die schmutzige Glasscheibe.

»Jetzt ist sie fertig«, beschließt sie, zupft die Ofenhandschuhe zurecht und öffnet die Ofentür.

Eine Form mit Lasagne landet vor mir auf dem Tisch. Ein schlichter Kopfsalat und Rotwein aus dem Tetra Pak. Genau wie an den vergangenen Freitagen. Sie scheint Lasagne zu mögen, oder sie denkt, dass ich Lasagne mag. Meine Schwester nimmt den Wein und schenkt erst ihr eigenes und anschließend mein Glas voll. Dann nimmt sie mir gegenüber Platz und hält mir das Vorlegebesteck hin.

»Tu dir keinen Zwang an«, sagt sie.

Bald liegen zwei dampfende Portionen vor uns auf den Tellern. Meine Schwester isst mit Appetit. Sie redet über das Wetter, dass es eine Ungeheuerlichkeit sei, wie lange die Frühlingssonne auf sich warten lasse. Nach ihrem Versuch, eine Unterhaltung über eine neue Fernsehserie anzustoßen, von der ich noch nie gehört habe, erkundigt sie sich, wie es mir in dem Reihenhaus gefalle. Ich antworte, dass ich mich noch nicht so richtig eingelebt hätte, aber dass sich das schon finden werde.

Die Worte klingen plump und aufgesetzt. Ich fühle mich wieder so komisch, genau wie vor einer Stunde, als ich zu Hause in der Diele stand, direkt an der Haustür. Ich war schon fertig angezogen, als mich dieses Unwirklichkeitsgefühl überfiel. *Das geht nicht, ich kann nicht.* Mir wurde klar, dass ich anrufen und absagen musste, dass ich nicht zu dem freitäglichen Abendessen bei meiner Schwester fahren konnte, das sich inzwischen eingebürgert hatte. *Dasitzen, essen, Konversation machen und so tun, als wäre alles, wie es sein sollte. Nein. Nicht schon wieder. Nie wieder.* Trotzdem bin ich am Ende hingefahren.

»Ja, ja«, sagt meine Schwester. »Du musst dich nicht verpflichtet fühlen. Nur weil ich die Vermieterin kenne.«

Meine Vermieterin ist eine der zahlreichen Freundinnen meiner Schwester. Zurzeit bereist sie die Welt. Das machen die Freunde meiner Schwester so, sie fliegen und fahren herum und leben ihr Leben. Sie und ihr Mann sind auch viel gereist, mal allein und mal mit anderen Paaren. Aber das ist lange her.

»Es ist ja sowieso nur für ein paar Monate«, sagt sie, und ich begreife, dass sie noch immer vom Reihenhaus spricht. Von meinem Leben.

Meine Schwester dreht das Weinglas zwischen zwei Fingern und wirft mir einen nachdenklichen Blick zu. Sie hat mir schon mal angeboten, hier zu wohnen, bei sich und ihrem Mann, und ich glaube, dass sie drauf und dran ist, ihren Vorschlag zu wiederholen.

»Das wird schon«, sage ich als Antwort auf die Frage, die sie nicht gestellt hat.

Aus dem Augenwinkel sehe ich, wie sie verstohlen auf meinen Teller schaut, auf das Essen, das mehr oder weniger unberührt daliegt. Pflichtschuldig schiebe ich einen Bissen Lasagne in den Mund und spüle ihn mit Wein hinunter, ohne den Geschmack wahrzunehmen. Dann befrage ich meine Schwester zu ihrem Job und gebe mir Mühe beim Zuhören, als sie antwortet. Es geht besser, wenn der Fokus auf ihr liegt anstatt auf mir.

Ich trinke mein Glas aus, und meine Schwester schenkt nach. Der Alkohol tut seine Wirkung, er stumpft scharfe Kanten ab, dimmt und lullt ein. Fast fühle ich mich real.

»Und selbst?«, fragt meine Schwester nach einer Weile.

»Was?«

»Hast du mal über die Zukunft nachgedacht?«

Ich richte den Blick wieder auf meinen Teller, stochere in den Salatblättern herum. Die Zukunft? Die Zukunft liegt bereits hinter mir, denke ich, hüte mich aber, den Gedanken laut auszusprechen. Ich begnüge mich mit einem Schulterzucken, aber meine Schwester lässt nicht locker. Wie es mit der Schreiberei laufe, ob ich ein neues Projekt am Laufen habe? Ich benetze die Lippen und sage, wie es ist. Nein, ich sitze an keinem neuen Projekt.

Meine Schwester beugt sich zu mir vor.

»Du musst wieder an den Schreibtisch«, sagt sie mit Nachdruck. »Arbeit ist die beste Medizin.«

Ich halte inne. *Arbeit ist die beste Medizin.* Mutters alte Redensart, ihr Mantra. Die Worte, mit denen sie schmunzelnd auf unsere Bemühungen reagierte, wenn wir sie dazu bewegen wollten, sich auszuruhen, sich nicht zu überanstrengen. Worte, die sie permanent wiederholte, bis es rein körperlich nicht mehr möglich war. Bis die Schmerzen ihr nicht mehr erlaubten zu sprechen, geschweige denn sich im Bett aufzusetzen, um zu lesen oder zu schreiben.

Meine Schwester sagt das so neutral, als hätten die Worte keine tiefere Bedeutung für sie. Nichts in ihrer Stimme deutet darauf hin, dass sie sich erinnert. Vielleicht erinnert sie sich ja wirklich nicht mehr. Als Mutter krank wurde, war sie schon lange von zu Hause ausgezogen. Hatte im Ausland gelebt und sich nur selten daheim blicken lassen. Nur in der Endphase war sie öfter zu Besuch gekommen.

Ich blähe meine Lunge auf und halte die Luft an. Erst als mein Brustkorb zu bersten droht, erst als ich keine andere Wahl mehr habe, atme ich aus.

»Nur dass du es weißt, ich arbeite sehr wohl. Die ganze Zeit eigentlich.«

Und das stimmt. Ich nehme so viele Lesungen und Übersetzungen an, wie ich kann.

»Gut, dass du eine Beschäftigung hast. Aber du bist Autorin, Elena. Und eine Autorin schreibt doch, oder? Und stochert nicht nur in Texten von anderen herum.«

Mein Glas ist leer. Schon wieder. Ich starre den Wein an.

»Ich habe nichts, worüber ich schreiben könnte.«

Meine Schwester schenkt Wein nach, steht auf und holt die Ketchupflasche aus dem Kühlschrank.

»Was sagt dein Verleger immer über das Schreiben? Sein Ratschlag? Grab dein eigenes Grab oder so?«

Ein seltsamer Laut, der auch als Lacher hätte durchgehen können, kommt stoßweise über meine Lippen. Meine Schwester runzelt die Stirn, und ich schlage wieder die Augen nieder. Ich bin nicht mehr ganz nüchtern.

»Grab da, wo du stehst«, korrigiere ich leise.

»Ja, ja«, erwidert meine Schwester und greift wieder zum Besteck. »Whatever. Ich weiß jedenfalls, dass du diesen Spruch mehrmals zitiert hast. So bist du doch auch bei deinen bisherigen Manuskripten vorgegangen, oder?«

Ich nicke bedächtig. Große Teile meines Lebens war ich eine Beobachterin, eine Person, die eher zuschaut als aktiv teilnimmt. Das hat mir beim Schreiben geholfen. Ausgangspunkt für meine Erzählungen waren Geschehnisse und Ereignisse, die ich entweder selbst miterlebt habe oder die mir zu Ohren gekommen sind. Die Vorlagen für die Figuren in meinen vier Büchern sind allesamt Menschen aus meinem Umfeld, auch wenn das den Betroffenen nicht klar ist. Man muss sich als Autorin nur einer ganz einfachen Tarnung bedienen, das Alter oder den Beruf ändern, damit sich niemand wiedererkennt und dahinterkommt, dass es im Buch eigentlich um sie geht. Ich habe über Freunde und Arbeitskollegen geschrieben, über Menschen, die mir nahestanden oder die ich nur vom Sehen kannte. Ich habe über meine Eltern geschrieben, sogar über meine Schwester. Allerdings glaube ich nicht, dass sie das überreißt.

»Weißt du noch«, sagt sie plötzlich und strahlt über das ganze Gesicht, »wie ich deine Manuskripte gelesen habe, bevor du sie abgeschickt hast? Das war vor allem am Anfang, als du noch nichts veröffentlicht hattest, aber auch danach. Zumindest bei deinen ersten beiden Büchern. Du hast selbst gesagt, ich hätte kluge Einwände und ich hätte dir geholfen, den Text so gut wie möglich zu machen.«

Obwohl ich das Glas eben erst abgestellt habe, nehme ich es wieder in die Hand. Der Wein rinnt meine Kehle hinab, vollmundig und herb.

»Ich würde das gerne wieder machen«, fährt meine Schwester fort. »Lesen, was du schreibst, meine ich.«

Ihr klebt etwas Ketchup am Kinn, und als ich sie darauf aufmerksam mache, führt sie ihre Serviette zum Gesicht.

»Wie gesagt«, wiederhole ich, während sie sich abtupft. »Es gibt nichts zu lesen.«

»Aber dieser Ratschlag, grab da, wo du stehst, wenn der früher funktioniert hat, kannst du es doch einfach wieder so machen, oder?«

Ich lehne mich im Stuhl zurück.

»Warum ist das denn so wichtig für dich?«

»Weil ich denke, dass du etwas brauchst, eine richtige Aufgabe. Auf die du dich voll und ganz konzentrieren kannst, während du das durchmachst … was du gerade durchmachst.«

Wir sehen uns an. Schließlich macht meine Schwester eine ausholende Geste und murmelt *okay, okay*. Dann wechselt sie das Thema, hält mir die Ketchupflasche hin und fragt, ob ich nicht noch ein paar Bissen essen wolle, ich hätte das Essen ja kaum angerührt.

Ich erkläre, dass ich keinen Hunger habe, und schiebe den Teller beiseite.

»Wo ist denn Valter heute Abend?«, frage ich, um die Unterhaltung in eine andere Richtung zu lenken. Weg von mir.

»Beim Bowlen, glaube ich.«

Bisher war ich fest davon ausgegangen, dass meine Schwester und ihr Mann eine gute Beziehung führen, es sah einfach danach aus. Jetzt bin ich mir plötzlich nicht mehr so sicher. Ein verheiratetes Paar, das jeden Freitagabend getrennt voneinander verbringt, ist das nicht ein bisschen merkwürdig? Und dann das mit den Reisen, warum fahren sie nicht mehr gemeinsam in den Urlaub oder ins Wochenende?

Ich betrachte meine Schwester eingehend. Verschweigt sie mir etwas? Vielleicht ist das Verhältnis zwischen ihr und Valter doch nicht so gut?

»Wie geht es ihm denn? Habt ihr …?«

Weiter komme ich nicht, als mich Geräusche aus der Wohnung über uns unterbrechen. Helle Stimmen und Juchzer, gefolgt von einem Poltern.

»Kürzlich eingezogen«, sagt meine Schwester und lächelt, dieses schiefe Grinsen, das so typisch für sie ist. »Drei Kinder, keins älter als sieben.«

Sie verdreht die Augen Richtung Decke, und ich tue so, als würde ich ihrem Blick folgen, aber behalte ihr Gesicht im Blick. Die Wölbung ihrer Stirn, die Kontur ihrer Lippen. Die Ähnlichkeit ist unverkennbar. Ich frage mich, ob meine Schwester sich dessen bewusst ist, ob sie sieht, wessen Gesichtszüge sie geerbt hat, wenn sie in den Spiegel schaut, und wenn ja, was sie davon hält. Wäre unser Verhältnis ein anderes, könnte ich sie fragen, aber nun ist es, wie es ist.

Mehr Radau von oben, diesmal gefolgt von Kinderlachen und einer sanften Erwachsenenstimme. Die Worte sind nicht zu verstehen, aber es ist eindeutig, dass der Sprecher ein liebevoller, warmherziger Elternteil ist. Ich fahre mir mit dem Handrücken über die Augen. Als ich wieder aufblicke, hat meine Schwester die Serviette zu einer Kugel zusammengeknüllt. Sie knetet sie und heftet ihren Blick darauf.

»Du weißt«, sagt sie, »man kann auch ohne Kinder glücklich sein.«

Wieder übermannt mich dieses Gefühl der Unwirklichkeit. Alles kommt wieder zurück und entzieht sich mir zugleich. Meine Schwester sagt noch etwas über sich und Valter, dass sie sich zwar gegen Kinder entschieden hätten, *aber trotzdem*. Sie versteht, dass es schmerzlich sein muss, *aber trotzdem*.

»Was ich meine, ist … und es tut mir leid, wenn ich dir da zu nahe trete, aber willst du ihn deswegen wirklich verlassen? Ihr liebt euch doch.«

Sie legt die Serviette zu den Essensresten auf den Teller und sieht mir in die Augen. Dann streckt sie die Hand aus und legt sie auf den Tisch über meine. Ihre warme, leicht feuchte Handfläche ruht auf meinem trockenen Handrücken. Ich starre die Finger an, die meine Hand bedecken, und denke, dass selbst ihre Finger denen von Mutter ähneln. Der Kloß im Hals wird größer. Ich bringe kein Wort heraus.

Schließlich zieht meine Schwester ihre Hand wieder zurück und steht auf, um die Teller zusammenzustellen.

Während sie die Spülmaschine öffnet und bestückt, schließe ich die Augen und spüre, wie die Welt auf Grund läuft. *Was tue ich hier? Warum bin ich überhaupt hergefahren?*

Der Tisch ist abgedeckt, nur mein leeres Weinglas steht noch darauf. Meine Schwester macht den Geschirrspüler zu.

»Es gibt Eis zum Nachtisch«, verkündet sie.

Wie in Zeitlupe komme ich auf die Füße, greife nach dem Glas und gehe damit zur Spüle. Es kostet mich meine ganze Kraft, es nicht fallen zu lassen. Die Übelkeit steigt in mir auf, wogt in mir wie eine Brandung. Als ich das Glas abgestellt habe, drehe ich mich zu meiner Schwester.

»Ich glaube, ich rufe mir ein Taxi«, sage ich. »Morgen ist auch noch ein Tag.«

3

Die Fahrt von der Wohnung meiner Schwester im Stadtzentrum zum Reihenhaus im Vorort dauert vierzig Minuten mit dem Bus und weniger als halb so lange mit dem Taxi. Taxifahrten sind keine vertretbare Investition, so wie meine Finanzen zurzeit aussehen, aber das tangiert mich nicht. Nicht heute Abend.

Ich mustere den dunklen Lockenkopf des Taxifahrers, wende mich dann schweigend dem Fenster zu und sehe die Lichter der Stadt vor der Scheibe vorbeiflimmern.

Ich habe Müdigkeit und Übelkeit vorgeschützt, als ich so zeitig aufgebrochen bin, und habe behauptet, dass ich vielleicht gerade etwas ausbrüte. Meine Schwester hat mir keine Sekunde geglaubt, das habe ich ihr angesehen, aber sie hat nichts gesagt.

In der Diele haben wir uns umarmt.

»Wir sehen uns nächsten Freitag«, habe ich in ihr Haar gemurmelt und bin zu dem wartenden Taxi geeilt, »dann bin ich dran mit dem Abendessen.«

Das Auto bremst und hält an einer Ampel. Rotes Licht

auf meinem Gesicht, das zu Gelb und dann zu Grün wechselt, ehe wir weiterfahren.

Man kann auch ohne Kinder glücklich sein. Willst du ihn deswegen wirklich verlassen?

Meine Schwester versteht vieles nicht. Zumal sie selbst nie Kinder wollte. Aber es ist nicht nur das, es steht viel mehr zwischen uns. Ich erinnere mich noch an unsere gemeinsame Kindheit, die Grenzen zwischen uns waren fast fließend, als wäre das Wesen meiner Schwester ein Teil von mir und umgekehrt. Es gab eine Zeit, da war das Leben leicht. Damals, als wir unschuldig waren, hoffnungsvoll. Wie Kinder so sind. Dann wurden wir älter, meine Schwester zog aus, und alles wurde anders.

Wenn ich geblieben wäre und mich ihr gegenüber geöffnet hätte heute Abend? Wenn ich von der Schlaflosigkeit und Leere und Verwirrung erzählt hätte, die jetzt mein Leben prägen, mein Leben ohne Peter, nach Peter?

Aber damit befassen wir uns nicht, meine Schwester und ich, wir drehen und wenden nicht die Steine, die wir aufgehäuft haben, wir lassen die ungesagten Worte ruhen. Vielleicht hat sie ihre eigenen Gründe, den Abstand zwischen uns aufrechtzuerhalten, vielleicht hat sie mit eigenen Dämonen zu kämpfen. Oder es liegt alles an mir, der verkehrten Schwester, dem verzerrten Spiegelbild.

Der Lederbezug der Rückbank knarzt, als ich die Sitzposition ändere, und ein säuerlicher Weingeschmack füllt meinen Rachenraum. Der Taxifahrer blinkt und biegt um die letzte Straßenecke. Genau hier ist die Straßenbeleuchtung kaputt, die Laternenpfähle stehen wie welke schlummernde Riesen in den Schatten der Straße. Ich stiere in die Nacht. Spüre, wie sich die äußere Finsternis in die innere hineinfrisst.

Ich schlüpfe aus den Schuhen und husche durch die Diele, ohne Licht zu machen. Das hier ist jetzt mein Zuhause, und ich habe ein Recht, hier zu sein, aber dennoch fühle ich mich wie ein Eindringling. Auf rationaler Ebene bin ich mir bewusst, welches Glück ich hatte. Es ist ein gutes Haus in einer guten Gegend, und der Mietvertrag ist fast lächerlich kulant, aber als ich Richtung Küche gehe, kommt es mir so vor, als würden mich von überallher missbilligende Augen anstarren und mir durch die Dunkelheit folgen.

Das Haus will mich nicht, keiner von uns beiden fühlt sich mit dem anderen wohl, aber so etwas kann ich meiner Schwester nicht erklären. Sie würde verständnislos blinzeln, vielleicht den Kopf schütteln und etwas wie *dummes Zeug* murmeln. Vermutlich würde sie finden, ich sei undankbar, und das zu Recht. Meine Schwester war die Einzige, die etwas wusste, wo ich mich kurzfristig einmieten konnte. Tatsächlich war sie die Einzige, die ich überhaupt fragen konnte. Ich habe keine guten Freundinnen mehr, und es ist schon Monate her, dass ich mich bei einem der anderen Freiberuflichen gemeldet habe, mit denen ich mich früher immer getroffen hatte.

Ich bleibe auf der Schwelle stehen und blicke in die Küche, die ebenfalls im Dunkeln liegt. Die Tischfläche ist leer bis auf meinen Rechner. Niemand hat Tee gekocht und die Haube über die Kanne gestülpt, damit sich die Wärme hält, bis ich nach Hause komme. Niemand hat Brote gemacht oder ein Stück frischen Sandkuchen auf einen Teller gelegt, mit Frischhaltefolie bedeckt und in den Kühlschrank gestellt. Und niemand hat einen Zettel geschrieben, damit ich ihn lese, wenn ich nach einem Bibliotheksbesuch oder einem Schriftstellertreffen in einer Buchhandlung spät nach Hause komme. Ein Zettel mit einem liebevollen Gruß, Worte, die ausdrücken, wie viel ich ihm bedeute.

Ich könnte Wasser kochen und mir einen Tee machen. Ich könnte Brote schmieren oder backen. Aber das ist nicht dasselbe. Und was ich auch tue, um mich selbst zu betrügen, ändert es nichts an der Tatsache, dass niemand mehr hier und da kleine Notizzettel für mich hinterlässt. Auf dem Küchentisch, innen am Badezimmerschrank, unter dem Kissen. *Wie ein Puzzle aus zwei Teilen.*

Ich lasse mich auf einen der Sprossenstühle sinken, starre aus dem Fenster und versuche, meine Gedanken in Schach zu halten. Versuche, sie daran zu hindern, die Zeit zurückzudrehen. Aber nach vorne zu schauen ist auch keine Option. Die Wege, die früher gangbar waren, sind alle miteinander versperrt. Die Welt ist geschrumpft, das Dasein besteht nur noch aus dem, was ich um mich herum sehe. Ich sollte aufstehen und nach oben gehen, ins Schlafzimmer. Ich sollte zumindest einen Versuch unternehmen, etwas Schlaf zu finden. Wenn ich jetzt nicht aufstehe, tue ich es vielleicht nie. Womöglich bleibe ich für immer hier, eine steinerne Statue in der Dunkelheit. Vielleicht verwittere ich irgendwann und löse mich auf. Oder ich bin dazu verdammt, hier zu sitzen und aus dem Küchenfenster zu starren, bis eine Ewigkeit zu Ende ist und durch die nächste abgelöst wird.

Ich hänge meinen Gedanken nach, die Uhr an der Wand tickt, und die Finsternis vor dem Fenster wird immer kompakter. Es kommt mir so vor, als würde ich in einen Dämmerzustand versinken, bis mein Blick plötzlich eine Bewegung auf dem Innenhof registriert. Da ist jemand, ein Schatten streift den Schein einer altmodischen Straßenlaterne. Im nächsten Augenblick fällt das Licht auf einen Mann, der auf das Haus gegenüber zugeht. Es muss derselbe Mann sein, den ich heute Morgen da drüben in der Küche gesehen habe und der immer so adrett aussieht. Aber heute Abend ist sein dunkles Haar zerzaust und der Rücken seines Jacketts knitterig. Er macht etwas mit den Händen, rückt die Hose oder das Hemd zurecht. Zögerliche schlurfende Schritte. Plötzlich strauchelt er und droht hinzufallen, aber dann fängt er sich wieder und geht die letzten Schritte aufs Haus zu.

Licht erhellt die Fassade darüber, als er mit dem Schlüssel die Haustür anpeilt. Es kommt aus dem Fenster im ersten Stock. Hinter einem schweren Vorhang erhasche ich den Blick auf eine Gestalt mit langen Haaren, eine Frau im Nachthemd, die auf ihn herabsieht. Nur einen Moment lang, dann fällt die Gardine wieder an ihren Platz, die Tür geht auf, und der Mann betritt das Haus.

Die Fensterscheibe vor mir wird wieder dunkel. Ich kann meine Silhouette erkennen, die schwache Spiegelung einer Frau an einem Tisch. Das Bild wirkt irgendwie gespenstisch. Ich schaudere und beuge mich vor, um die Jalousie herunterzulassen. Die Bewegung führt dazu, dass ich endlich aufstehe.

Jetzt reicht es, denke ich. Ohne richtig zu verstehen, was ich damit meine.

DER EHEMANN

4

Es ist Freitagabend, und ich komme spät nach Hause, zu einer Uhrzeit, zu der meine Frau mit Sicherheit schon schläft. Trotzdem bilde ich mir ein, dass sie da drinnen wartet und Wache hält. Dass sie hinter einem Vorhang steht und mich beobachtet. Vielleicht hebe ich deswegen nicht den Blick und schaue zu unserem Schlafzimmer hoch. Ich würde es nicht ertragen, jetzt ihrem Blick zu begegnen.

Ich fühle mich selbstsicher und angespannt zugleich. Versichere mich erneut, dass das Hemd ordentlich in der Hose steckt. Ich bin fast schon an der Haustür, als ich stolpere und beinahe hinfalle, doch ich finde das Gleichgewicht wieder, halte meinen Blick aber weiterhin gesenkt.

In der Diele hänge ich meine Jacke auf und stelle die Schuhe an ihren Platz. Ich bin so leise, wie ich kann, und mache kein Licht in der Diele. Manchmal bin ich noch ins Bad geschlüpft, um mich frisch zu machen, aber meistens dusche ich, bevor ich nach Hause fahre. Bei ihr, meiner Geliebten. Ja, ich schlafe mit einer Frau, die nicht meine Ehefrau ist. Ich bin nicht stolz darauf, aber es ist so. Es hat sich so ergeben. Man könnte sagen, dass es viele Gründe dafür gibt, man könnte auch sagen, dass es einen einzigen Grund dafür gibt.

Die Schlafzimmertür ist angelehnt, nur ein schmaler Spalt steht offen. Vorsichtig schiebe ich sie auf und bleibe ein paar Sekunden auf der Schwelle stehen, bis meine Augen sich an die Dunkelheit gewöhnt haben. Die Umrisse eines Körpers im Bett, die Decke hebt und senkt sich im Rhythmus der leisen regelmäßigen Atemzüge. Als würde sie schlafen. Warum bilde ich mir ein, dass sie das nicht tut? Warum bilde ich mir ein, dass sie nur so tut, als ob? Ich schleiche zum Bett, hebe die Decke an und schlüpfe darunter. Die Matratze jammert unter meinem Gewicht und führt meine Gedanken zu dem Körper, der eben erst unter mir gejammert und gestöhnt hat. Das Blut pulsiert schneller durch meine Adern, als ich daran denke.

Ich will nicht lügen. Der Sex ist großartig, wirklich. Ein neuer Körper mit neuen Formen und neuem Duft. Neue Haut unter meinen Händen. Die Anziehung ist stark und wild. Trotzdem hat das, was zwischen uns passiert, erstaunlich wenig mit Sex zu tun, ich würde auch ohne auskommen. Ich weiß, das klingt komisch, ist aber so.

Wenn wir die Tür hinter uns schließen, entfliehen wir dieser Welt für eine Weile. Sie berührt mich, und alles andere verschwindet. Eine Zeit lang kann ich vergessen. Ohne dieses Gefühl kann ich nicht mehr sein.

Bisweilen komme ich mir armselig vor. Ich *bin* armselig, wenn ich nicht noch schlimmere Wörter gebrauchen will. Jener Tag, an dem wir Mann und Frau wurden. Wir waren uns so sicher damals, so überzeugt von der Einzigartigkeit dessen, was wir hatten, und davon, dass wir nicht so waren wie die anderen. Wir wollten nie zulassen, dass unsere Liebe in den Dreck gezogen wurde, und nie den anderen hintergehen, so wie die Männer und Frauen es immer schon getan hatten. Wir waren anders, unsere Liebe war anders. Das war, bevor ich von dem Geheimnis meiner Frau erfahren hatte. Bevor ich sie mit einer anderen betrogen hatte.

Nun liegen wir hier im Dunkeln, jeder auf seiner Seite der Matratze und atmen uns in gleichmäßigem Rhythmus durch die Lügen.

Ich schließe die Augen und warte darauf, dass der Schlaf mich übermannt. Ich träume bisweilen, ich würde meiner Frau die Wahrheit sagen, erzählen, was ich getan habe, dass ich mit einer anderen Frau zusammen war. In diesen Träumen ist alles so real, als würde es tatsächlich passieren. Als würde ich diese Worte wirklich sagen, mir alles von der Seele reden. Doch sobald es um die Reaktion meiner Frau geht, endet der Traum. Jedes Mal dasselbe. Ich sehe nie ihr Gesicht nach meinem Geständnis, ich weiß nie, welche Wirkung meine Worte auf sie haben.

Aus diesen Träumen wache ich kaltschweißig und mit rasendem Puls auf. Ich stiere eine Weile in die Dunkelheit, drehe mich dann zu der Frau um, die neben mir schläft und folge mit dem Blick den Konturen ihres Körpers unter der Decke. Wie würde sie reagieren, wenn ich es ihr erzählen würde? In Wirklichkeit?

Daran wage ich nicht einmal zu denken.

5

Der Tag, an dem sie beschloss, ihren Mann umzubringen, war ein Freitag.

Wenn jemand beschließen sollte, ihre Geschichte zu erzählen, dann sollte er vielleicht mit genau diesem Augenblick beginnen.

Aber ihre Geschichte handelte vor allem von den Dingen, die lange vorher geschehen waren. Und von denen, die danach passierten. Sie handelte davon, was sie sich selbst und anderen angetan hatte. Von Blut und Chaos, aber auch von Worten und Gedanken.

»Ich werde dich immer lieben. Ich werde dich nie verlassen.«

Worte aus dem Mund eines Mannes, mehr nicht.

»Ich will dir treu sein, bis dass der Tod uns scheidet.«

Worte aus dem Mund eines Mannes, mehr nicht.

»Ich könnte dieses Schwein umbringen.«

Gedanken im Kopf einer Frau, mehr nicht.

Oder doch?

Der Tag, an dem sie beschloss, ihren Mann umzubringen, war ein Freitag. Aber es sollte dauern, bis der Entschluss in die Tat umgesetzt werden konnte. Und die Geschichte sollte eigentlich auch nicht davon handeln. Sondern von alldem anderen.

ELENA

6

Die Tage kommen und gehen, reihen sich aneinander wie Perlen auf einer Schnur. Die Schattierungen sind unterschiedlich, aber die Farbe ist stets Grau. Keine Sonne, keine grünen Blätter. Nur wenn es unbedingt nötig ist, gehe ich vor die Tür, um den Müll rauszubringen, um Brot und Milch zu kaufen. Ansonsten beobachte ich die veränderten Lichtverhältnisse von meinem Platz in der Küche aus. Dort sitze und arbeite ich, dort stelle ich den Rechner auf und breite meine Notizen aus. Es gibt ein Arbeitszimmer neben der Küche, aber die Eigentümerin, die Freundin meiner Schwester, hat die meisten ihrer Besitztümer dort eingelagert und die Tür geschlossen. Das ist mir aber egal. Mein Leben braucht kaum Platz, der Küchentisch reicht völlig aus für meine Arbeit.

Ich arbeite freiberuflich für einen Lektoratsservice, dem angehende Autoren ihre Werke zuschicken können, damit sie gelesen und beurteilt werden. Die Qualität ist schwankend, einige Manuskripte sind gut geschrieben und begeistern einen bei der Lektüre, anderen fehlt der Zusammenhang, und sie sind platt. Dieses Mal habe ich von beidem etwas auf dem Tisch. In beiden Fällen besteht meine Aufgabe darin, plausibel und pädagogisch zu erläutern, was funktioniert und was nicht funktioniert, Schlussfolgerungen anzustellen und Beispiele zu nennen. Das ist eine anspruchsvolle Arbeit, die Konzentration und Zeit braucht und mich zwingt, den Fokus woandershin zu richten, weg von mir. Auch wenn meine Schwester offenbar nicht findet, dass das ausreicht. *Eine Autorin schreibt doch, oder? Und stochert nicht nur in Texten von anderen herum.*

Bisweilen verliere ich auch den Faden, ertappe mich dabei, wie ich dasitze, das Kinn in die Hand gestützt, und aus dem Fenster sehe. Der Innenhof ist hübsch und einladend, schmale Wege schlängeln sich zwischen verschiedenen Büschen hindurch, und es gibt eine blau gestrichene Gartenbank. Trotzdem habe ich bisher keine Menschenseele da draußen gesehen. Mit Ausnahme der Familie von gegenüber, in deren Küche ich praktisch freie Sicht habe, bekomme ich von den anderen Nachbarn kaum etwas mit.

»Glaub bloß nicht, dass hier jemand anklopft und sich vorstellt«, hat meine Schwester gesagt, als sie mir beim Einzug geholfen hat.

Das ist kein Ort für solche, die die Gesellschaft anderer suchen, erklärte sie, das hier ist eine Gegend für Menschen, die sich um ihren eigenen Kram kümmern und es vorziehen, dass die anderen es genauso machen. Ich habe darauf gewartet, dass sie *du passt perfekt hierher* hinzufügen würde, aber das hat sie nicht getan.

Zuweilen schicken wir uns SMS. Meistens meldet sich

meine Schwester zuerst und erkundigt sich, wie es aussieht und ob es mir besser geht. Ich beantworte ihre Nachrichten einsilbig. Manchmal schweife ich ab und schreibe mehr, verliere mich und starre die Wörter an, ehe ich alles wieder lösche. Jeder Satz, den ich ihr schreibe, scheuert und schabt. Früher stand sie mir einmal näher als jeder andere. Mittlerweile wissen wir nichts mehr voneinander.

Nachts liege ich wach. Wenn das Laken so klamm und zerknittert ist, dass ich es nicht länger aushalte, stehe ich auf und gehe die Treppe hinunter ins Erdgeschoss, wo ich meine rastlose Wanderung durch die Zimmer wieder aufnehme. Ich trinke Wasser in der Küche, stehe vor dem Spiegel im Bad, starre mich an. Früher oder später lande ich im Wohnzimmer, vor dem Bücherregal. Ich sortiere und stelle um. Gehe von der alphabetischen Reihenfolge nach Titel zur alphabetischen Reihenfolge nach Autor, von der Ordnung der Buchrücken nach Farbe zu einer Ordnung nach Genre. Und wieder zurück.

Geschichten. Irgendwie sind sie stets meine sichere Zuflucht gewesen, die Nabe, um die sich mein Leben dreht. Als wir klein waren, hat Mutter uns jeden Abend vorgelesen. Wir haben uns links und rechts neben sie gekuschelt und andächtig zugehört. Das war das Beste am ganzen Tag. Ich habe die Geschichten von Prinzen und Prinzessinnen geliebt, die verschiedene Kämpfe überstehen mussten, um das Böse zu besiegen. Meine Schwester ist sechs Jahre älter. Ich weiß noch, wie sie sich zurückzog, weil sie keine Lust mehr hatte.

»Das sind doch nur Märchen«, hat sie gesagt.

Mutter hat den Arm um mich gelegt und mir verschwörerisch zugezwinkert.

»Sie sind mehr als nur Märchen.«

Die Vorlesestunden der Kindheit wurden allmählich seltener, aber ich las selbst weiter. In den Geschichten ging es nicht mehr nur um Helden und Heldinnen, sondern um reale, unvollkommene Menschen. Sie kämpften gleichermaßen gegen innere Dämonen und Bedrohungen von außen.

»Genau wie in der Realität«, hat Mutter gesagt und mir eine Haarsträhne hinters Ohr gestrichen.

Mama. Nie bin ich ihr näher, als wenn ich am Bücherregal stehe. Dennoch ist sie mir ferner denn je.

Der Freitag kommt, und ich esse wieder bei meiner Schwester zu Abend. Eigentlich war ich an der Reihe, sie einzuladen, aber als ich irgendwas vor mich hin nuschele, dass ich es nicht geschafft habe mit den Vorbereitungen, entgegnet meine Schwester rasch, dass wir uns genauso gut bei ihr treffen können.

»Und Valter?«, gebe ich zu bedenken, doch sie erwidert, das sei schon in Ordnung.

Ich frage mich, ob das heißt, dass er diesmal zu Hause ist, dass er vielleicht mit uns zusammen isst, aber das ist nicht der Fall, wie sich herausstellt. Offenbar ist er wieder beim Bowlen.

Im Großen und Ganzen ist das Abendessen eine Wiederholung des vergangenen. Meine Schwester tut ihr Bestes, um mir eine größere Portion aufzunötigen.

»Es ist wichtig, dass du etwas isst, Elena, gerade jetzt.«

Sie erzählt von einem Interview, das sie im Radio gehört hat, von einem Autor, der sich nach Jahren aus seiner Schreibblockade befreit hat. Er hatte anscheinend viele kluge Gedanken und Ideen dazu, und sie verspricht mir, den Link des Interviews zu schicken, damit ich den Beitrag später nachhören kann. Peter erwähnt sie nicht, und als die Kinder eine Etage höher wieder Rabatz machen, beißt sie sich stumm auf die Lippe und meidet meinen Blick. Trotzdem weiß ich, dass sie herumgrübelt. Sich fragt, wohin diese Trennung führen soll und was aus mir und Peter werden soll. Inwieweit wir tatsächlich getrennte Wege gehen werden oder nicht.

Glaubst du etwa, dass ich mir nicht auch diese Frage stelle?, möchte ich ihr am liebsten an den Kopf werfen. Glaubst du etwa, dass ich mich nicht jede Sekunde eines jeden Tages frage, was zum Teufel ich hier eigentlich mache? Verstehst du nicht, dass mir jede Minute, jede Stunde ohne ihn wie ein ganzes Leben vorkommt? Dass ich alles dafür tun würde, um die Zeit zurückzudrehen und wieder in seinen Armen zu liegen? Aber es geht nicht darum, was ich will, sondern darum, dass wir an einem Punkt angelangt waren, an dem es keine Alternative mehr gab. Ich sage nichts von alledem laut und sage auch sonst nicht sonderlich viel.

Am nächsten Morgen sitze ich wieder am Küchentisch. In meinem Hinterkopf ertönt ein dumpfes Brummen, ein Geräusch, das nicht verschwindet, aber etwas leiser wird, als ich zu arbeiten anfange. Ich öffne die beiden Dateien mit meinen Gutachten und beginne mit der Zusammenfassung meiner Gesichtspunkte zu den Figuren und zur Sprache, Intrige und Erzähltechnik. Als das erledigt ist, gebe ich mir große Mühe mit meinen abschließenden Empfehlungen für die beiden Autoren. In einem Fall nenne ich geeignete Verlage, an die der Text geschickt werden könnte, im anderen Fall ermutige ich den Autor zur weiteren Textarbeit, ehe der nächste Schritt gemacht werden kann. Ich maile meine Gutachten an den Lektoratsservice und hänge die Rechnung an. Dann klappe ich den Rechner zu, lehne mich im Stuhl zurück und blicke aus dem Fenster. *Und jetzt? Was mache ich jetzt?*

Schwere Wolken hängen am Himmel. Die Untätigkeit verstärkt das Brummen in meinem Hinterkopf. Gleich Montagmorgen werde ich beim Lektoratsservice anrufen, um nach neuen Aufträgen zu fragen. In einem Punkt hat meine Schwester recht. Ich brauche etwas, worauf ich mich konzentrieren kann, etwas, wo ich mich reinknien kann, bis das Böse vorbei ist. *Und wenn es nie vorbei ist?* Ich schließe die Augen und öffne sie in dem Moment, als das Licht in der Küche gegenüber angeht.

Die Honigblonde kommt herein, in weißer Bluse und Hose mit hoher Taille. Das Haar zu einem strengen Pferdeschwanz gefasst, perfekt gestylt wie immer. Das einzige Mal, dass ich sie nicht so gesehen habe, war in der Nacht, als sie im ersten Stock durch den Vorhangschlitz zu ihrem Mann hinuntergespäht hat. Nun geht sie zum Küchentisch, auf dem ein Blumenstrauß steht. Ein ganzer Arm voll Rosen, offenbar von der langstieligen Sorte. Sie ragen aus der Vase und neigen sich zu allen Seiten, und ihre dunkelrote Farbe kontrastiert mit dem grellen Weiß von Tisch, Schranktüren und Lampe. Die Frau mit dem Pferdeschwanz streichelt die Blütenblätter, beugt sich vor, um daran zu riechen, und beginnt, die Blumen neu zu arrangieren. Gelegentlich tritt sie einen Schritt zurück, um das Arrangement zu begutachten, aber sie wirkt nicht zufrieden, denn sie ordnet die Rosen neu, sie lässt sich Zeit.

Schließlich wird sie auf etwas anderes aufmerksam und dreht den Kopf zur Küchentür. Kurz darauf erscheint der Anzugträger am Rand meines Blickfelds. Ich nenne ihn so, weil ich ihn bisher nur in dieser Kleidung gesehen habe. Er geht nicht auf seine Frau zu, sondern begnügt sich damit, in der Tür stehen zu bleiben. Es scheint, als wechselten sie ein paar Worte miteinander, möglicherweise redet vor allem der Mann. Nach ein paar Minuten wendet sie sich wieder dem Strauß zu, aber ihre Hände haben aufgehört, die Blumen neu zu sortieren.

Mein Blick wandert zum Anzugträger zurück. Er steht noch da, aber seine Körpersprache wirkt irgendwie unentschlossen. Dann macht er ein paar Schritte nach vorn und drückt der Frau hastig einen Wangenkuss auf, ehe er verschwindet. Die Haustür geht auf, und er kommt heraus, die Aktentasche in der einen Hand, das Bordgepäck in der anderen. Erst jetzt fällt mir das Taxi auf, das am Straßenrand wartet. Der Anzugträger übergibt dem Fahrer das Gepäckstück und setzt sich mit seiner Aktentasche auf die Rückbank. Seine Frau bleibt am Küchenfenster stehen und sieht ihm nach. Ihr Gesicht gleicht einer offenen Wunde.

Als das Taxi losfährt, ändert sich ihr Gesichtsausdruck, und sie wendet sich ab. Sie scheint drüben an der Spüle etwas zu suchen, und als sie sich wieder umdreht, hält sie eine große Schere in der Hand. Im nächsten Augenblick holt sie aus und führt einen schwungvollen Schlag gegen den Strauß auf dem Tisch. Ich erstarre. Sie wiederholt die Prozedur immer und immer wieder. Immer mehr Stiele brechen, rote Blütenblätter fallen ab. Das Gesicht der Frau ist rot gefleckt, ihre Bewegungen wild vor rasender Wut. Ich kann mich nicht von der Stelle rühren. Das Einzige, was ich tun kann, ist zusehen, während sie mit ihrem Vernichtungswerk fortfährt, abwechselnd mit der Schere und ihren Händen. Sie prügelt, schneidet und rupft die Blumen kaputt.

Sie hört erst auf, als der Strauß vollkommen zerstört ist. Dann lässt sie die Schere fallen und packt mit beiden Händen ihren Kopf, kneift die Augen zusammen und reißt den Mund weit auf. Den Schrei kann ich nicht hören, aber ich sehe deutlich, wie sie am ganzen Körper bebt. Ich umfasse meine Oberarme und halte mich fest. Meine Handflächen sind eiskalt.

Der Schrei scheint in Weinen überzugehen. Die Frau sackt auf einem Stuhl zusammen, lässt ihr Gesicht auf die Tischplatte sinken und verschwindet schließlich aus meinem Blickfeld. Minutenlang bleibe ich sitzen, ohne mich zu rühren, warte auf ihre nächste Regung, aber ich sehe nur den Pferdeschwanz über dem Fenstersims. Dann scheint die Küche im Haus gegenüber mit einem Mal zurückzuweichen, als würde ich sie vom anderen Ende eines Tunnels aus betrachten. Wieder überkommt mich diese seltsame Wahrnehmung von intensiver Nähe, in Verbindung mit einem starken Unwirklichkeitsgefühl. *Grab da, wo du stehst.*

Mein Blick fällt auf den Rechner vor mir. Meine Finger bewegen sich automatisch, öffnen eine neue Datei, suchen sich ihren Weg auf der Tastatur. Satz fügt sich an Satz. Es ist genauso ungewohnt wie selbstverständlich. *Eine Autorin schreibt doch, oder?* Und ich schreibe, jetzt tue ich es tatsächlich. Zum ersten Mal seit Langem schreibe ich etwas Eigenes, etwas Neues. Bei dieser Einsicht rauscht und tost es in meinem Körper.

Als ich aufblicke, kann ich nichts mehr von dem Pferdeschwanz sehen. Die Frau auf der anderen Seite hat offenbar den Raum verlassen. Nur die massakrierten Rosen sind noch da. Ich schaudere. Dann wende ich mich wieder dem Bildschirm zu und lese, was ich eben geschrieben habe. Schaue dann zur Küche gegenüber und wieder auf meinen Text. Was soll ich damit anfangen? Wo soll das hinführen? Ich starre auf den blinkenden Cursor. Ich brauche nur alles zu markieren und die Löschtaste zu drücken. *Tu's einfach, vergiss alles und schau nach vorne.*

Ich hebe die Hand. Die Finger schweben in der Luft, ehe sie auf die Tastatur treffen. Aber sie drücken nicht die Löschtaste. Sie drücken die Speichertaste.

7

Wie konnte das passieren? Darauf gibt es keine Antwort.

Auf einmal hielt sie die Schere in der Hand.

Im nächsten Moment lagen die Blumen misshandelt und zerfleddert auf dem Boden verstreut.

Danach erinnerte sie sich nur an Bruchstücke der Ereignisse. Daran, wie die Dornen ihre Haut zerstachen und wie sich die roten Schrammen über ihre feinen blauen Adern an den Unterarmen zogen. Und an den unkontrollierten Schrei, der sich ihrer Kehle entrang.

Eher ein Laut als ein Schrei.

Er bestand nicht aus Worten, und doch kannte sie seine Bedeutung ganz genau.

»Du Arschloch. Nächstes Mal bist du dran.«

ELENA

8

Nein, momentan gebe es keine neuen Aufträge, erklärt mein Ansprechpartner beim Lektoratsservice. Er klingt beinahe amüsiert, als ich am Montagmorgen eine Minute nach acht anrufe, um mich zu erkundigen, ob sie noch weitere Manuskripte zu vergeben hätten.

»Du bist doch eben erst mit zwei Manuskripten fertig geworden, Elena. Ich habe deine Mail vor mir, und es sieht alles gut aus. Wie immer.«

Er erzählt, dass sie am Freitag einen Stapel Manuskripte durchgegangen sind und sie auf einige Gutachter verteilt haben. Unter Berücksichtigung meiner laufenden Aufträge hatten sie beschlossen, sie diesmal an einige andere Kollegen zu vergeben.

»Du bist eine unserer Gutachterinnen, die besonders hart arbeitet, Elena. Ich wundere mich schon ein bisschen, aber brauchst du nie Freizeit?«

Ich muss mir auf die Lippe beißen, um nicht laut zu schreien. Ich brauche etwas, womit ich meine Zeit und Gedanken ausfüllen kann, etwas, das Müßiggang und Untätigkeit vertreibt. Ich brauche keine Freizeit, ich muss die unruhigen Ströme in mir im Zaum halten.

Aber mein Auftraggeber versteht von alledem natürlich nichts.

»Mach einen Stadtbummel«, schlägt er vor. »Geh mit einer Freundin einen Kaffee trinken. Das kann man doch machen als Freiberufler. Ruf nächsten Montag wieder an, dann können wir schauen, was reingekommen ist.«

Ich bitte ihn, an mich zu denken, falls vorab vielleicht doch etwas auftauchen sollte. Ich zwinge mich dazu, ruhig zu klingen, doch als ich auflege, spüre ich, wie es überall kribbelt. Nächsten Montag? Bis dahin ist noch ein ganzer Ozean von Zeit. Und was soll ich so lange mit mir anstellen?

Ich beiße von meinem Brot ab und richte meinen Blick aus dem Fenster, als die Frau mit dem Pferdeschwanz aus der Tür tritt. Sie trägt einen eleganten Mantel und eine dunkle Sonnenbrille, die das halbe Gesicht verdeckt. Damit sieht sie wie ein Filmstar von früher aus, beherrscht und kühl. *Aber ich habe dich gesehen*, durchfährt es mich, *ich habe dich wie eine Wahnsinnige auf die Blumen losgehen sehen*. Ich folge ihr mit dem Blick, bis sie um die Ecke verschwindet. Der Anzugträger muss gestern irgendwann von seiner Reise zurückgekehrt sein, denn auch er hat das Haus vor Kurzem verlassen, etwa zur gleichen Zeit, als ich in die Küche gekommen bin. Mit durchgedrücktem Rücken und gewienerten Schuhen lief er Richtung Straße, die Aktentasche fest im Griff. Er wirkte gestresst, wie ein wichtiger Mann, der zu wichtigen Aufgaben unterwegs ist. Das komplette Gegenteil von mir.

Das Brot schmeckt nach nichts. Ich stehe vom Tisch auf und werfe es in den Abfalleimer. Was hat mir der Kollege vom Lektoratsservice empfohlen? Einen Spaziergang?

Ich schlüpfe in eine abgetragene Hose und ein Sweatshirt und ziehe eine Steppweste über. Dann finde ich mich vor dem Haus wieder, zum ersten Mal seit mehreren Tagen, und sehe mich um. Kein Mensch weit und breit. Der Innenhof liegt verlassen da, die Reihenhäuser schmiegen sich an ihn wie ein einziger Körper, ein zusammengekauertes, schlummerndes Wesen. Ich bewege mich langsam auf dem schmalen Weg, der durch den Innenhof verläuft. Ich müsste nach links, Richtung Straße. Es gibt keinen Grund, weiter geradeaus zu gehen, vorbei an Büschen und Mülltonnen auf der anderen Hofseite. Dennoch tue ich genau das.

Ehe ich mich versehe, stehe ich vor dem Haus gegenüber. Ein schwarzes Schild ist in Augenhöhe neben der Haustür angebracht.

Hier wohnt Familie Storm.

Was dann passiert, kann ich mir nicht erklären, ich weiß nur, dass ich unvermittelt die Straße und Hausnummer in eine Suchmaske meines Handys eingebe. Im Handumdrehen werden die Ergebnisse angezeigt. Unter der Adresse sind drei Personen gemeldet: Filip, Veronica und Leo Storm. Das heißt also, es lebt ein Kind im Haushalt, ein Sohn. Ich nicke und erinnere mich wieder an einen etwa zwölfjährigen Jungen, den ich ein paarmal gesehen habe. Er ist mir aufgefallen, weil der Rucksack auf seinen schmalen Schultern so schwer und monströs wirkte.

Ich gebe Filip Storm in die Suche ein. Das erste Ergebnis führt zur nüchternen Webseite einer Kanzlei für Wirtschaftsrecht, und unter dem Reiter *Unser Team* ist ein Foto des Mannes aus dem Haus gegenüber zu sehen. »Rechtsanwalt und Partner« steht darunter. Ich will gerade den Namen Veronica Storm in die Suchmaske eingeben, als mich ein Scharren ganz in meiner Nähe aufschreckt. Ich zucke zusammen, und mir wird klar, dass ich nicht mehr alleine im Hof bin. Jemand steht hinter mir.

Ich drehe mich um und blicke einer alten Dame mit gebeugtem Rücken in die Augen. Soweit ich mich erinnere, habe ich sie hier noch nie gesehen, aber da sie etwas Ähnliches wie einen Morgenrock trägt, nehme ich an, dass sie eine meiner neuen Nachbarinnen ist. Ich probiere ein Lächeln, das unerwidert bleibt. Stattdessen mustert sie mich misstrauisch, und mir wird schlagartig bewusst, wie nahe ich dem Haus der Storms gekommen bin und wie komisch es aussehen muss, dass ich einfach nur dastehe und starre.

Ich mache den Mund auf und höre mich reden. Ich erzähle, dass ich kürzlich eingezogen bin, und behaupte, dass mir die Familie von gegenüber irgendwie bekannt vorgekommen sei. Mit jedem Wort klinge ich geschraubter, und ehe ich dazu komme, mich vorzustellen und ihr die Hand zu geben, dreht sich die Alte unvermittelt um, schlurft auf die gegenüberliegenden Häuser zu und schließlich von dannen. Und ich bleibe mit dem Gefühl stehen, bei etwas Verbotenem ertappt worden zu sein.

Ich werfe einen Blick zu meinem Küchenfenster rüber. Es ist verlockend, wieder zurückzulaufen, aber dann führe ich mir wieder vor Augen, was mich dort erwartet: rein gar nichts nämlich. Irgendwie muss ich die Tage herumbringen, bis ich wieder neue Aufträge kriege. Ich muss auf andere Gedanken kommen, meinen Körper auslaugen.

Ich ziehe den Reißverschluss der Weste hoch und setze mich in Bewegung.

Eineinhalb Stunden später habe ich den Stadtkern erreicht. Meine Beine sind steif, und an der einen Ferse bekomme ich eine Blase. Ich habe Hunger und vor allen Dingen Durst. Es gibt eine Konditorei, in der ich manchmal gesessen und geschrieben habe. Sie ist gemütlich, liegt aber etwas ab vom Schuss, was weitere zehn oder fünfzehn Minuten Fußmarsch für mich bedeuten würde. Es ist fraglich, ob ich das schaffe. Ich verlangsame meinen Schritt und bleibe vor einem hohen Gebäude stehen. Unentschlossen hebe ich den Kopf und blicke an der Fassade empor. Da sehe ich es, das Schild mit dem bekannten Namen. Dem Namen einer Kanzlei für Wirtschaftsrecht. Filip Storms Arbeitsplatz.

9

Das Gebäude mit der Kanzlei, in der Filip Storm arbeitet, liegt an einer Kreuzung. Misstrauisch starre ich wieder auf das Schild mit dem Firmennamen. Wie bin ich eigentlich ausgerechnet an dieser Kreuzung gelandet? Ich rufe mir die Formulierung auf der Webseite in Erinnerung. *Zentrale Lage, in einem der attraktivsten Stadtviertel, gut zu erreichen.* Habe ich mir die Adresse gemerkt? Habe ich mich sozusagen unbewusst hierherbewegt? Und wenn ja, warum?

Ich sehe mich um, entdecke ein Café auf der anderen Straßenseite und merke wieder, wie durstig ich bin. Außerdem brauchen meine Beine wirklich eine Pause. Jetzt bin ich hier, warum auch immer. Ich überquere die Straße und betrete das Café, bestelle mir einen Hähnchensalat und ein Mineralwasser und lasse mich an einem Tisch direkt am Fenster nieder. Eigentlich hätte ich mich mit Leitungswasser begnügen sollen, denke ich, während die sprudelnde Flüssigkeit aus der Flasche in mein Glas gegossen wird. Noch lebe ich von den Einnahmen meines jüngsten Buches, das als Einziges meiner bislang vier Bücher ein kommerzieller Erfolg geworden ist, aber meine Tantiemen sind ein rasch versiegender Quell. Und ein Lektoratsauftrag hält nicht lange vor. Schon gar nicht, wenn er ausbleibt. Ich stochere mit der Gabel im Hähnchen und im Romanasalat herum. Obwohl ich eben noch so hungrig war, vergeht mir der Appetit.

Ich lege das Besteck aus der Hand, schiebe den Teller weg und lehne mich zurück. Dabei scharrt ein Stuhlbein geräuschvoll über den Fußboden. Weiter hinten im Raum blickt ein Mann von seinem Rechner auf, in der Ecke kichern ein paar halbwüchsige Mädchen. Meine Wangen beginnen zu glühen, und ich fühle mich, als würden sämtliche Gäste mich anstarren. Mir kommt es so vor, als wäre ich durchsichtig, als wären jeder Gedanke und jedes Gefühl von außen sichtbar.

Aus dem Augenwinkel bemerke ich, wie der Mann sich wieder dem zuwendet, womit er eben noch befasst war, und ich bereue es, dass ich meinen Laptop nicht mitgenommen habe. Normale Menschen beschäftigen sich mit irgendetwas, sehen eingespannt aus. Mit einem Anflug von Übelkeit trinke ich das Mineralwasser aus und überlege gerade, ob ich zu Fuß nach Hause gehen oder den Bus nehmen soll, als meine Schwester anruft. Sie ist in der Arbeit und meldet sich zwischen zwei Meetings bei mir, um zu klären, wie wir mit Vaters Geburtstag verfahren sollen, der in diese Woche fällt. Sollen wir ihm eine Karte schicken oder nicht? *Papa*. Meine Gesichtsmuskeln erstarren.

Mutters Sarg war kaum unter der Erde, als Vater eine andere Frau kennengelernt hat, mit der er nach Nordschweden gezogen ist. In den Jahren, die seitdem ins Land gegangen sind, hat er kein nennenswertes Interesse an mir oder meiner Schwester gezeigt. Wenn er sich mal meldet, dann mit Postkarten, die von einem aktiven Leben außer Haus zeugen. Ein Leben, von dem er wohl stets geträumt hatte, das er mit Mutter aber nicht führen konnte. Während sie ein geruhsames Dasein mit ihren Büchern schätzte, war er ein aktiver Mensch, der selten die Ruhe hatte, um länger still zu sitzen.

Zu seinen Lieblingssportarten gehörte das Skifahren, und ich weiß bis heute, wie er mir beigebracht hat, auf dem kleinen Hügel in unserem Viertel Abfahrtsski zu fahren, als ich fünf oder sechs war. Er hat in einer langen Reihe Skistöcke in den Hang gesteckt, mich bis nach oben zur Kuppe gezogen und dann die Piste hinunterfahren lassen, immer wieder. Einige andere Väter haben ihn verspottet und ausgelacht, wie er sich immer wieder abmühte, mich den Hügel hochzuziehen, aber das war ihm einerlei. Er war unermüdlich in seinen Bemühungen.

Am Telefon überlegt meine Schwester hin und her. Einerseits haben wir kaum Kontakt, andererseits ist es ein runder Geburtstag. Ich höre mir ihre verschiedenen Argumente an, während mein Blick über die Kreuzung vor dem Fenster schweift. Ich bin seit Jahren nicht mehr Ski gefahren und will ganz sicher nie wieder etwas tun, was mich an Vater erinnert. Und er wiederum ist froh, wenn er nicht mehr als nötig an meine Existenz erinnert wird.

Gerade will ich meiner Schwester sagen, dass wir von mir aus auf die Geburtstagskarte verzichten können, als ich ein bekanntes Gesicht vor der Fensterscheibe entdecke. Filip Storm verlässt das Gebäude gegenüber und hastet den Fußweg auf der anderen Straßenseite entlang. Wie von selbst wird mein Rücken kerzengerade.

»Können wir später weiterreden?«, frage ich und stehe auf. »Ich muss los.«

Ich schnappe mir meine Weste von der Stuhllehne und eile zum Ausgang. Meine Schwester kann ihre Verwunderung nur schlecht verbergen.

»Wohin denn?«

Ich mache mir nicht die Mühe, ihre Frage zu beantworten, und drücke das Gespräch weg.

Dann überquere ich die Straße und hefte mich an Filip Storms Fersen. Trotz steifer Gelenke und mürber Muskeln hole ich rasch auf. Er hält das Telefon ans Ohr gedrückt und spricht offenbar mit jemandem. Als er um eine Ecke biegt und erneut eine Straße überquert, tue ich es ihm nach.

Verfolge ich ihn? Tue ich das wirklich? Dann ist das nur Zufall, rede ich mir ein. Bald wird er das Restaurant erreichen, wo er zum Mittagessen verabredet ist – vermutlich mit einer Handvoll anderer Anzugträger. Dort wird er in das Stimmengewirr und den Essensdunst eintauchen. Und ich werde auf dem Bürgersteig vorbeigehen, ohne langsamer zu werden, geschweige denn den Kopf zu drehen. Ich werde weitergehen, bis ich die Bushaltestelle erreiche, wo der richtige Bus hält. Dort werde ich auf den nächsten Bus warten, nach Hause fahren, hinter mir die Schotten dicht machen und mich lange nicht vor die Tür trauen.

Wir kommen an mehreren Lokalen vorbei, aber Filip

Storm bleibt nirgends stehen. Er hält die Hand nicht mehr am Ohr und hat das Telefon in die Tasche gesteckt. Hat er nicht einen Zahn zugelegt? Mit federndem Schritt strebt er vorwärts. Schließlich biegt er in eine schmale Querstraße ein. Eine Straße ohne Autos und Restaurants. Vor einem Haus auf der rechten Seite steht eine rothaarige Frau in einem engen Strickkleid und raucht. Sie trägt keine Jacke, es ist offensichtlich, dass sie entweder hier arbeitet oder in einem der umliegenden Häuser wohnt. Als sie Filip entdeckt, richtet sie sich auf und drückt die Zigarette aus. Ich bleibe an der Ecke stehen und tue so, als würden mich die Aushänge im Schaufenster eines Maklerbüros interessieren, während ich die beiden heimlich beobachte.

Filip Storm bleibt vor der Rothaarigen stehen. Der Abstand zwischen ihren Körpern misst nicht mal einen Meter. Ich befinde mich knapp in Hörweite und nehme wahr, wie er etwas zu ihr sagt, seine Stimme klingt beschwingt, und sie antwortet mit einem sinnlichen Lachen. Dann legt sie ihm eine Hand auf den Arm, und er sieht so aus, als wollte er sie umarmen, doch dann überlegt er es sich anders. Er sieht sich hastig um, als hätte er Angst, mit ihr entdeckt zu werden. Im nächsten Augenblick sind sie im Treppenhaus verschwunden. Ich drehe mich um und starre die Haustür an, die sich hinter ihnen schließt. Wenn ich hinüberrennen und die Tür noch zu fassen kriegen würde, bevor sie ins Schloss fällt? Wenn ich die beiden da drinnen überraschen würde, wenn sie sich allein und geschützt vor den Blicken der neugierigen Umwelt wähnen? Was würde ich in dem Fall zu sehen kriegen?

Die Busfahrt verläuft holprig. Ich spüre ein Ziehen in der Magengegend, etwas reißt sich los und erzeugt ein Brodeln unter den Rippen. Der Busfahrer bremst erneut unvermittelt ab. Durchs Fenster betrachte ich die Welt, die vorbeifliegt, ich schaue, ohne zu sehen. Mir ist schlecht. Vielleicht ist es Reiseübelkeit, vielleicht etwas ganz anderes.

10

Diese vielen Telefonate. Die geführt wurden, als sie noch keine Ahnung hatte.

Wenn er anrief, um ihr zu sagen, dass er länger bleiben müsse und es spät werden würde. Oder um Einzelheiten über eine weitere Dienstreise mitzuteilen, zu der er aufbrechen müsse.

Aber meistens war sie es, die anrief. Sie rief an, um zu fragen, wie sein Tag gewesen sei, um zu fragen, ob er Lust habe, sich spontan zum Lunch zu treffen, oder einfach, um seine Meinung zu einer praktischen Frage zu hören.

Diese vielen Male, die er kurz angebunden war und erklärt hatte, dass es gerade nicht passe. Die vielen Male, die er gar nicht erst rangegangen war.

Manchmal erreichte sie ihn, wenn er unterwegs war. Sie konnte im Hintergrund Verkehrsgeräusche und Stadtlärm hören und sich vorstellen, dass er soeben das Büro verlassen hatte. Sie sah ihn vor sich, wie er den Bürgersteig entlangging, das Telefon ans Ohr gepresst. Wo willst du hin?, pflegte sie zu fragen. Hatte er ihr jemals eine Antwort darauf gegeben?

Diese vielen Anrufe in all den Ehejahren. Wir sehen uns später, vergiss die Milch nicht, mach's gut, Küsschen! Einer dieser Anrufe würde der letzte sein.

Das letzte Telefonat, bevor alles zusammenbrach.

Das letzte Telefonat, ehe die Bestie in ihr erwachte.

DER EHEMANN

11

Ich konnte noch nie gut allein sein. Das Gefühl, jemanden an meiner Seite zu haben, hat mich immer zu glücklich gemacht, um das Singleleben zu schätzen. Seit ich mit siebzehn meine Unschuld verloren habe, habe ich mit wenigen Unterbrechungen die ganze Zeit in einer Beziehung gelebt. Mit verschiedenen Frauen, aber immer nur einer zur jeweiligen Zeit. Bis jetzt. Jetzt gibt es zwei Frauen in meinem Leben, meine Frau und Anna.

Wir treffen uns inzwischen häufiger. Seltener im Hotel, öfter bei ihr zu Hause. Wir stürzen ins Bett, sobald wir durch die Tür treten. Aber danach reden wir, immer mehr und immer länger. Oft lachen wir, ein einziges Mal hat sie geweint. Jedes Mal ist es ein bisschen seltsamer, sich anzuziehen und in die Wirklichkeit zurückzukehren, in der wir nichts füreinander sind. Es kommt mir vor, als würden wir in zwei parallelen Universen leben.

Heute, als ich unterwegs zu unserem Treffen war, hat meine Frau angerufen. Sie hat gefragt, wo ich sei, und mich gebeten, nach Hause zu kommen. Ich hasse Lügen. Hasse

Heimlichtuerei. Ich habe das dringende Bedürfnis, ihr zu erzählen, was da passiert. Aber was passiert eigentlich zwischen mir und Anna? Mein Kopf dröhnt. Ich weiß nur, dass es so nicht weitergehen kann.

Ich muss an eine Fernsehserie denken, die wir immer angeschaut haben, als wir frisch verheiratet und glücklich waren. Es fühlt sich an, als sei das eine Ewigkeit her, und dennoch gibt es diesen Satz, der sich mir ins Gedächtnis eingebrannt hat … *und alle Schrecken der Hölle sind nichts gegen den Zorn einer Frau, die betrogen wurde.* Es ist ursprünglich wohl ein literarisches Zitat, aber ich hatte es vorher noch nie gehört, und ich weiß noch, dass ich gelacht habe und es ziemlich treffend fand. Doch wie sehr ich mich auch bemühe – ich kann mich an die Reaktion meiner Frau nicht erinnern. Es war, bevor sie mir das Ungeheuerliche erzählt hat. Sonst hätte ich mich erinnert, ganz bestimmt.

Im Nachhinein ist es unmöglich, die Augen vor der Tatsache zu verschließen, dass sie mir erst nach unserer Heirat davon erzählt hat. Ich kann nicht aufhören, über den Anlass nachzugrübeln, frage mich die ganze Zeit, ob sie vorsätzlich darauf gewartet hat, bis wir rechtlich aneinander gebunden waren, ehe sie ihr Geheimnis preisgegeben hat. All die vorangegangenen Tage und Nächte hatte sie es für sich behalten, verborgen vor mir, den sie über alles liebte, wie sie sagte. Mir fällt es immer noch schwer, das mit dem Bild zu vereinbaren, das ich von unserer Beziehung habe oder hatte. Ich hatte geglaubt, dass wir über alles reden konnten.

Gelegentlich, vor allem zu Anfang, haben wir über unsere verflossenen Beziehungen gesprochen und darüber, was schiefgegangen war. Sie hatte ihre erste Liebe erwähnt, natürlich, und erzählt, dass sie betrogen und verletzt worden war. Ich weiß noch, dass ich das als eine rührende, wenn auch ziemlich klassische Geschichte über jungen Liebeskummer verbuchte, es gab keinerlei Andeutungen von etwas anderem. Nicht zu dem Zeitpunkt. Den Rest hat sie, wie gesagt, erst später enthüllt.

Ich fahre mit den Händen durch Annas Haar, drücke ihren nackten Körper fest an mich. Irgendetwas ist geschehen, der schützende Filter zwischen uns und der Wirklichkeit droht aufgerieben zu werden. Es ist nicht mehr so leicht, die Welt da draußen zu vergessen. Mir fällt es immer schwerer, nicht an meine Frau zu denken, wenn ich mit Anna zusammen bin. Mein schlechtes Gewissen quält mich natürlich. Schuldgefühle. Aber da ist noch etwas anderes. Es hat mit der Geschichte zu tun, die meine Frau schließlich enthüllt hat, die Geschichte über das, was passiert ist, als sie jung war. Wie sie sich selbst dazu getrieben hat, Grenzen zu überschreiten, jenseits jeglicher Vernunft und jeglichen physischen Schmerzes, um sich zu rächen.

… und alle Schrecken der Hölle sind nichts gegen den Zorn einer Frau, die betrogen wurde.

Ich schließe die Augen und drücke die Frau in meinen Armen noch fester an mich.

Was soll werden? Was soll aus uns allen werden?

ELENA

12

Ich schreibe. Bisher nur Fragmente ohne erkennbaren Zusammenhang oder chronologische Reihenfolge, aber ich schreibe. Zunächst, im Anschluss an die Busfahrt nach Hause, lässt es sich zäh an. Ich bin selbst zu sehr präsent, zu distanziert. Dann passiert etwas. Ich werde in den Text hineingesogen, treffe einen Nerv. Meine Finger bewegen sich wie von selbst über die Tastatur, als könnten sie nicht schnell genug arbeiten. Ich sitze am Küchentisch, die Jalousien sind heruntergelassen, aber mit offenen Lamellen, damit das Nachmittagslicht hereinscheinen kann. Die Zeit verrinnt, ohne dass ich es bemerke.

Als es an der Haustür klingelt, kapiere ich nicht gleich, was für ein Geräusch das ist. Ich habe noch niemanden die Klingel betätigen hören. Als ich aufblicke, sehe ich jemanden draußen stehen, jemanden, der nur teilweise durch die Schlitze der Jalousie zu sehen ist. Es ist nicht meine Schwester. Ich erhebe mich und gehe in die Diele, ordne mein Haar, als ich am Flurspiegel vorbeigehe. Weil ich am Vormittag außer Haus war, bin ich ausnahmsweise passabel angezogen und erfülle die Minimalanforderung, wann es okay ist, die Tür aufzumachen.

Er trägt einen roten Kapuzenpulli und zerschlissene Jeans, und über der Schulter hängt ein gut gefüllter Rucksack. Zuerst hebt er die Hand zum Gruß, dann ändert er seine Meinung und streckt mir die Hand hin. Seine Handfläche ist feucht, aber sein Händedruck fest.

»Hallo, ich bin Leo. Leo Storm.«

Er ist es, der Sohn von gegenüber. Er ist dünn, um nicht zu sagen sehnig und eine Handbreit kleiner als ich. Aber er ist älter als zwölf, das sieht man aus der Nähe ganz eindeutig. Der Ausdruck in seinen Augen … dreizehn Jahre passt besser, vielleicht sogar vierzehn.

»Ich bin heute früher nach Hause gekommen, und meine Mutter hat noch nicht Feierabend, und ich habe die Schlüssel vergessen. Und da habe ich mir gedacht, ich könnte mal vorbeischauen. Sie sind ja neu hier. Ziemlich jedenfalls. Ich störe doch nicht?«

Er dreht sich um und zeigt auf das Haus gegenüber.

»Ich wohne im Haus da drüben, auf der anderen Seite vom Hof.«

Ich stelle mich als Elena vor, doch meine Stimme klingt heiser und ungeölt, und ich muss mich räuspern und nochmal ansetzen. Leo nickt.

»Du bist Schriftstellerin, oder?«

Dann nennt er den Titel meines jüngsten Buches, das ein unverhoffter Erfolg wurde, nachdem ich drei Bücher mit eher halb garen Verkaufszahlen veröffentlicht hatte. Genau wie meine vorherigen Werke ist auch mein vierter Spannungsroman eine eher finstere Geschichte. Sie erzählt vom Zerfall einer Familie, schildert, was die Familienmitglieder einander anzutun bereit sind, und enthält ein paar überraschende Wendungen. Die Rezensenten benutzten Worte wie *einzigartig* und *erstklassig*, ich wurde ins Fernsehen eingeladen, um über den Tod der Kernfamilie zu diskutieren, und das Buch ist auf den Bestenlisten der Buchhändler durch die Decke gegangen, weil es offenbar konsequenten Krimiliebhabern wie auch traditionelleren Romanlesern gefallen hat.

Ein paar Monate lang erkannte man mich in der Stadt wieder, aber das war zum Glück schnell wieder vorbei. Neue Bücher kamen auf den Markt, neue Autoren erschienen auf den Sofas der Morgenmagazine und im Feuilleton. Die Scheinwerfer erloschen, und ich war froh darüber, beschränkte mich auf die Rolle des Betrachters. In der ich mich am wohlsten fühle.

Mich gibt es nicht in den sozialen Medien, und meine Bücher richten sich auch nicht an Jugendliche. Trotzdem weiß der Bursche, wer ich bin. Vermutlich ist mir meine Verwirrung anzusehen.

»Ich häng oft in der Bücherei ab«, erklärt Leo. »Lese voll viel und kenn mich ganz gut aus.«

Sein Pony ist lang und fällt ihm ins Gesicht. Als er den Kopf zurückwirft, erhasche ich einen Blick auf die Stirn. Sie ist voller roter und weißer Pickel.

»Ist es okay, dass ich vorbeigekommen bin? Wir klingeln hier nicht wahllos in der Gegend herum, und ich wollte nicht stören. Es ist nur so, dass ich … dass ich einfach …«

Ich mustere ihn, wie er den langen Pony aus der Stirn streicht, um ihn gleich darauf wieder in die Augen fallen zu lassen. Die unbewusste Reaktion auf störende Haare im Gesicht und die bewusste Strategie, um Pickel zu verstecken. Mich befällt ein Gefühl, das ich nicht beschreiben kann.

»Kein Problem«, sage ich. »Du störst nicht.«

»Sicher?«

»Sicher.«

Er senkt den Blick auf seine Schuhe, auf die nachlässig geschnürten, gräulich weißen Sneakers. Dann schaut er wieder auf und begegnet meinem Blick.

»Ich will auch Schriftsteller werden. Wenn ich erwachsen bin, meine ich.«

»Wirklich? Das ist ja spannend.«

Er schreibt so einiges auf dem Rechner zu Hause, berichtet er, hauptsächlich Erzählungen und kürzere Texte. Alltagsbetrachtungen. Und er liest, wie gesagt, sehr viel. Er macht eine Geste Richtung Rucksack und erzählt, dass er nicht nur Schulbücher, sondern auch einen Stapel aus der Bibliothek enthält.

»Ich kann mich so schwer entscheiden und leihe mir immer zu viel aus.«

»Ich war früher auch so«, entgegne ich. »War immer an einem neuen Buch dran. Oder an fünf.«

Leo lacht leise und fragt, was meine Eltern davon gehalten haben. Als ich sage, dass meine Mutter genauso war, dass ich das Interesse von ihr habe, senkt er wieder den Blick. Das Lächeln erstirbt.

»Mein Dad meint, ich soll mehr Sport machen und weniger lesen. Und die Jungs in meiner Klasse, die kapieren sowieso nicht, wie man lesen kann, wenn man nicht muss. Die finden, ich bin eine dämliche Schwuchtel, die immer …«

Er unterbricht sich. Streicht sich die Haare aus dem Gesicht und rückt den Rucksack zurecht.

»Jetzt lasse ich …«

Er redet langsam, zieht die Wörter in die Länge. Ich will etwas sagen, weiß aber nicht, was, und dann ist der Moment vorbei. Leo ist schon auf dem Weg.

»Ich lasse dich jetzt in Ruhe«, sagt er. »Man sieht sich.«

»Viel Glück mit der Schreiberei. Und sag Bescheid, wenn ich dir irgendwie helfen kann.«

Sein Blick weitet sich.

»Im Ernst? Cool! Danke.«

Wir verabschieden uns, ich schließe von innen ab und lehne mich mit dem Rücken an die Tür.

Warum musste ich ihm das anbieten? Hoffnungen nähren, die ich sowieso nicht erfüllen kann? Wie sollte ich diesem Jungen denn helfen? Wo ich mich mit Ach und Krach um mich selbst kümmern kann. Dann fällt es mir siedend heiß ein. Hat er nicht gesagt, dass er keinen Schlüssel hat? Und dass von seinen Eltern noch keiner nach Hause gekommen ist? Was wird er jetzt tun? Sich draußen hinsetzen und auf sie warten? Am späten Nachmittag wird es schnell kühl, und der rote Kapuzenpulli scheint nicht besonders warm zu sein.

Ich überlege hin und her, aber gerade als ich die Tür wieder aufmachen will, klingelt mein Handy in der Küche. Ich sehe gleich nach, ob er noch draußen ist, nehme ich mir vor, aber als ich das Telefon vom Küchentisch nehme und den Namen auf dem Display lese, ist Leo Storm vergessen, aus meinem Gedächtnis getilgt. Ein Name, fünf ganz gewöhnliche Buchstaben, mehr braucht es nicht, um alles auf den Kopf zu stellen. Denn der Anrufer ist die Liebe meines Lebens. Der Mann, mit dem ich seit fünf Wochen und zwei Tagen kein Wort mehr gewechselt und den ich seitdem jede Sekunde vermisst habe. *Peter.*

Wie oft klingelt es, ehe ich mich ein bisschen beruhigt habe? Zwei- oder dreimal? Fünfmal? Ich weiß es nicht, ich weiß nur, dass es verstummt – direkt bevor ich meinen Zeigefinger auf das Hörersymbol lege. Das Display erlischt, das Telefon liegt kalt und leblos in meiner Hand. Ich lasse mich auf einen Küchenstuhl sinken, strecke die Arme aus und drücke die Handflächen auf die Tischplatte, denke, dass ich sonst umfalle. Vom Stuhl falle, durch den Boden ins leere Nichts.

13

Filip Storm macht einen Schritt in den blassen Morgendunst hinaus und hält vor der Haustür inne. Er steckt etwas in die Aktentasche, ehe er über den Innenhof eilt. Dieselben glänzenden Schuhe, dieselbe selbstsichere Haltung. Drinnen am Tisch sitzt seine Frau. Sie hat ihr Gesicht der Scheibe zugewandt und folgt Filips Rücken mit dem Blick. Aber ihr Gesichtsausdruck ist alles andere als liebevoll. Die Miene, mit der sie ihrem Mann hinterherstarrt, ist irgendwie … Ich beiße mir auf einen Fingernagel und versuche in Worte zu fassen, welches Gefühl sie umtreibt, aber es gelingt mir nicht, mein Kopf ist zu benebelt nach den vielen schlaflosen Stunden der vergangenen Nacht. Ich habe sie mit Wanderungen durchs Haus und mit Büchersortieren verbracht, während die Gedanken die ganze Zeit wie wild gewordene Tiere in mir rasten.

Keiner meldet sich bei dem anderen, so lautete Peters und meine Übereinkunft. Drei Monate Trennung auf Probe, nur im Ausnahmefall dürfen wir uns gegenseitig kontaktieren, wenn etwas Außergewöhnliches eintreffen sollte –

oder wenn jemand von uns eine Idee haben sollte, wie wir weitermachen könnten. Allein oder gemeinsam. Scheidung oder Wiedervereinigung. Ein guter Monat ist verstrichen, und keiner von uns hat sich gerührt. Bis Peter gestern anrief. Wenn das überhaupt eine bewusste Kontaktaufnahme war, er hat ja aufgelegt, bevor ich den Anruf annehmen konnte.

Die Fragen ließen mir keine Ruhe. Ich wanderte in den nächtlichen Schatten umher, und mir war abwechselnd heiß und kalt. Schließlich entschied ich, dass es ein Versehen gewesen sein musste, dass Peters Name in den Anruflisten meines Telefons nicht der Rede wert war, nichts, weswegen ich mir Hoffnungen zu machen brauchte. Dann fiel ich in eine Art unruhigen traumlosen Schlaf, bis ich wenige Stunden später wieder aufwachte. Jetzt sitze ich hier, im Morgenmantel und mit zerzausten Haaren und ganz außerstande, mir Frühstück zu machen.

Als sich die Tür auf der anderen Seite des Innenhofs wieder öffnet, kommt die Ehefrau heraus. Veronica. Sie dreht mir den Rücken zu und schließt ab, und trotzdem kann ich ihr Gesicht vor mir sehen, wie es vor einer Weile aussah. Ich schließe die Augen, das Bild wird größer, schärfer. Jeder Muskel, jede Gesichtspartie wird herangezoomt, und schlussendlich ist das Bild genauso scharf, als würde sie neben mir stehen. In ihren Augen lodern schwarze Flammen, während sie Filip über den Innenhof folgen. Ist das Wut? Oder Hass? Ich schlage die Augen wieder auf, als der helle Mantel im Wind flattert und gerade um die Ecke verschwindet. Sie ist weg, aber das nagende Gefühl in mir lässt sich nicht vertreiben.

Ich stehe auf und recke mich, gehe zum Kühlschrank und kehre zum Küchentisch zurück. Setze mich wieder auf den Stuhl und trommle mit den Fingern auf die Tischplatte. Ich brauche wieder eine Beschäftigung, aber ich kann frühestens am Montag mit neuen Lektoratsaufträgen rechnen. Auch bei den Übersetzungen herrscht momentan Flaute. Ich setze mich vor meinen Rechner und öffne die Datei mit meinem angefangenen Text, aber die Buchstaben tanzen vor meinen Augen, und mein Magen krampft sich zusammen.

Ich greife zum Mobiltelefon und wiege es in der Hand. Wenn ich Peter eine SMS schicken würde? Wenn ich ihm schreiben würde, wie es ist, wie ich mich fühle?

Ohne dich bin ich nur eine Hülle, eine Schale ohne Inhalt.

Nein! Ich schleudere das Handy mit so viel Schwung von mir, dass es auf die Erde fällt. Das Glas des Displays springt, aber das Telefon bleibt heil und funktioniert auch noch. Im Gegensatz zu mir, denn der Riss in mir geht viel tiefer, frisst sich weit unter die Oberfläche.

Ich stehe wieder auf und gehe ins Wohnzimmer, sortiere die Bücher im Regal, obwohl es helllichter Tag ist. Dann bin ich so erschöpft, dass ich einschlafe und erst nach Stunden wieder aufwache, als meine Schwester anruft. Es ist offensichtlich, dass ich geschlafen habe und sie mich geweckt hat, trotzdem behaupte ich etwas anderes, sage, dass ich schon lange auf und etwas heiser bin und vielleicht eine Erkältung kriege.

Meine Schwester sagt einen Moment lang nichts, als würde sie Kraft sammeln, um mir etwas Wichtiges mitzuteilen, und ich vermute, dass sie mich ermahnen will. Oder irgendetwas enthüllen wird. Was ist eigentlich mit Valter und seinem Bowling? Aber dann höre ich andere Stimmen, die näher kommen. Meine Schwester arbeitet nämlich in einem Großraumbüro. Jetzt räuspert sie sich und erzählt in neutralem Tonfall, dass sie für Vater eine Geburtstagskarte gekauft, einen Gruß darauf gesetzt und mit unseren beiden Namen unterschrieben hat. Es sei keine ausgefallene Karte, keine Luftballons oder Herzchen, sagt sie. Und wenn es mir recht sei, werfe sie den Gruß nach Feierabend auf dem Nachhauseweg ein. Ich sage, es sei mir recht.

Wieder senkt sie die Stimme, zögert.

»Hast du heute was gegessen, Elena?«

Ehe ich antworten kann, ruft im Hintergrund jemand nach meiner Schwester.

»Okay, ich muss ins Meeting«, sagt sie hastig. »Wir reden später.«

Ich drehe mich auf die Seite und spüre, wie sich mein Puls beschleunigt. Freitag kommt sie zu mir, ich habe sie selbst eingeladen. Nur noch drei Tage. Der Gedanke treibt mich aus dem Bett, scheucht mich ins Wohnzimmer zurück. Auf der Schwelle bleibe ich stehen und sehe mich zwischen den gestapelten braunen Umzugskartons um. Das einzige Möbelstück, vom Bücherregal einmal abgesehen, ist ein abgewetztes Sofa. Ansonsten herrscht gähnende Leere im Zimmer.

Ich gehe weiter in die Küche und unterziehe sie der gleichen prüfenden Betrachtung. Zwei Sprossenstühle, ein wackliger Tisch und eine Uhr, sonst nichts. Die Wände und das Fenster sind auch hier kahl. Kein Bild soweit das Auge reicht, keine Pflanzen. Sogar meine Schwester wird finden, dass es hier scheußlich aussieht. Ich muss ihr zeigen, dass ich Fortschritte mache, muss vor dem Wochenende zumindest das Level der Einrichtung einen Tick anheben. Ein Teil von mir kann nicht begreifen, dass ich mich mit solchen trivialen, bedeutungslosen Dingen aufhalte. Ein anderer Teil von mir ruft mir ins Gedächtnis, dass ich keine andere Möglichkeit habe. Dass es nur einen Weg nach vorn gibt.

Etwa eine Stunde später, ich bin auf dem Heimweg vom Blumenladen, ruft meine Schwester wieder an. Ich habe auch einen Abstecher in den nächsten Supermarkt gemacht, nur um festzustellen, dass ich in einen besser sortierten Lebensmittelladen muss, wenn ich am Freitag ein vernünftiges Abendessen zustande bringen will. Aber morgen ist auch noch ein Tag. Ich nehme die Einkaufstüten in die eine Hand und halte mir das Telefon mit der anderen ans Ohr.

»Hallo?«

»Da ist noch eine Sache. Ich bräuchte noch was …«

Im Hintergrund ist es jetzt still. Vielleicht ist sie in einen Konferenzraum gegangen und hat die Tür hinter sich zugemacht, um sicherzugehen, dass sie diesmal in Ruhe gelassen wird.

»Aber ich weiß nicht, wie ich dir das … oder ob das so eine gute Idee ist …«

Ich hatte recht, sie will mir etwas sagen, und ihrer angespannten Stimme nach zu urteilen ist das Thema heikel.

»Ich höre«, sage ich und denke gleichzeitig: *Jetzt kommt's. Valter.*

Aber als meine Schwester wieder das Wort ergreift, spricht sie nicht über ihren Mann, nicht mal über sich. Sondern über mich. Sie sagt, sie habe nachgedacht und finde, dass sie letzten Freitag mit mir zu hart ins Gericht gegangen sei. Das ganze Gerede davon, dass ich zurück an den Schreibtisch müsse und dass man auch ohne Kinder glücklich sein könne. Und das alles, ohne dass ich sie um ihre Meinung, geschweige denn um ihren Rat gebeten hätte.

»Mach dir keine Gedanken«, sage ich, als sie verstummt. »Ich weiß, dass du es gut meinst.«

»Aber genau das tue ich. Ich mache mir Gedanken.«

Ich halte mich an der Papiertüte mit den Pflanzen fest, die mir der Florist als besonders pflegeleicht angepriesen hat.

»Wie meinst du das?«

Ich bin fast zu Hause, der Innenhof öffnet sich vor mir. Vor Familie Storms Haus sitzt Leo mit einem Buch. Er entdeckt mich und hebt die Hand, um zu winken. Ich winke zurück und höre meine Schwester am anderen Ende seufzen.

»Zum Beispiel die Sache mit dem Essen. Du bist erwachsen, Elena, und ich habe natürlich kein Recht … Aber weißt du, ich befürchte, dass es nochmal passiert.«

In meinen Ohren beginnt es leise zu rauschen.

»Das was nochmal passiert?«

Leo hat seine Sachen zusammengesammelt und steht auf. Er kommt auf mich zu.

»Sei jetzt bitte nicht sauer, aber ich weiß es.«

Ich konzentriere mich auf meine Atmung, zwinge mich,

so langsam zu atmen, wie ich kann. Ein und aus, ein und aus.

»Was weißt du? Wovon redest du denn?«

»Ich meine, dass du als Teenager magersüchtig warst.«

Sie macht eine kurze Pause.

»Mama hat es mir erzählt«, fügt sie dann hinzu.

Das Rauschen in meinen Ohren wird lauter, und die letzte Kraft rinnt aus meinen Armen. Ich muss die Einkaufstüten abstellen. Leo, der inzwischen neben mir steht, zeigt wortlos darauf und fragt mich mit einer Geste, ob ich Hilfe beim Tragen brauche. Ich schüttle den Kopf und werde mit letzter Kraftanstrengung wieder Herr meiner Stimme.

»Ich muss auflegen«, sage ich. »Wir hören uns.«

»Bitte!«, ruft meine Schwester. »Leg nicht auf. Ich wollte dir das nicht so an den Kopf werfen, aber ich bin auch ein bisschen verunsichert. Wir sind ja sonst nicht so … Wenn du willst, komme ich nach Feierabend vorbei. Dann können wir uns zusammensetzen und reden, nur du und ich.«

Leo hat verstanden, dass ich beschäftigt bin, und er signalisiert mir, dass er wieder rübergeht.

»Nein, warte!«

Leo hält inne und sieht mich fragend an.

»Meinst du mich?«, höre ich meine Schwester fragen.

»Weißt du was«, sage ich. »Ich habe jetzt keine Zeit, gerade ist mein Nachbar vorbeigekommen.«

Ich drücke das Gespräch weg und stecke das Handy ein. Lasse ein, zwei Sekunden verstreichen, ehe ich meinen Blick auf Leo richte. Er hat keine Jacke an.

»Frierst du nicht, wenn du mit dieser leichten Kleidung draußen sitzt?«

Er hebt die Schultern.

»Hast du schon wieder keinen Schlüssel?«

»Ich bin total vergesslich, ich weiß.«

Ich werfe einen Blick in die Tüten, auf die Pflanzen und Blumentöpfe darin, und mustere dann Leos Hände. Seine Finger sind bleich und bläulich. Kein Zweifel, er friert. Vielleicht habe ich mehrere Möglichkeiten, aber nur eine davon ist akzeptabel.

Ich schaue auf und begegne Leos Blick.

»Willst du kurz mit reinkommen?«

14

Als wir in die Diele treten und Leo seinen Rucksack aufmacht, um das Buch einzustecken, in dem er gelesen hat, fällt ein Zettel heraus. Er muss zwischen den Buchseiten geklemmt haben. Jetzt liegt er zwischen uns auf der Erde. Ich kann nicht umhin zu lesen, was da steht. Jemand hat in Großbuchstaben mit Tinte LEO STORM = ZU HÄSSLICH FÜR DIESE WELT geschrieben.

Leo erstarrt, dann bückt er sich hastig, hebt den Zettel auf, zerknüllt ihn und schiebt ihn in die Tasche.

»Was war das denn?«

»Nichts.«

Er richtet sich wieder auf, aber weicht meinem Blick aus. Wir gehen in die Küche, und ich bitte Leo, sich zu setzen, während ich die Lebensmittel auspacke und mich um die neu gekauften Blumen kümmere. Er bietet mir seine Hilfe an, und wir machen uns daran, die Pflanzen einzutopfen, sie zu gießen und auf der Fensterbank zu arrangieren. Ich beobachte ihn insgeheim, während er sich zum Fenster dreht, um einen Farn abzustellen, und sich vorbeugt, um ein paar Blätter zu richten. Mir geht der Zettel nicht aus dem Kopf. Hat er ihn selbst geschrieben? Oder ist das eine Nachricht von jemand anderem?

Leo dreht sich um und bemerkt meinen Blick. Schnell frage ich, ob er Hunger hat und etwas essen möchte. Kurz darauf sitzen wir am Tisch, und zwischen uns steht ein Teller mit Haferkeksen. Leo isst gleich mehrere nacheinander, aber achtet gewissenhaft darauf, mir die Hälfte übrig zu lassen. Ich schüttele den Kopf, schiebe ihm den Teller zu und sage, wie es ist, dass ich keinen Appetit habe.

Die Worte meiner Schwester klingen in mir nach. *Dass du als Teenager magersüchtig warst. Mama hat es mir erzählt.* Ich drücke die Fingerspitzen gegeneinander und spüre den Widerwillen, der wieder hochkommt, nachdem er vorübergehend von den Gedanken an Leo verdrängt worden ist. Kann es wirklich sein, dass ein solches Gespräch stattgefunden hat? Und wenn ja, was genau mag meine Mutter meiner Schwester erzählt haben?

Leo bricht den letzten Keks in der Mitte durch und knabbert an der einen Hälfte, während er sich in der Küche umsieht.

»Wohnst du allein hier?«

Die Frage kommt unvermittelt, und ich habe keine Zeit nachzudenken. Ein Nicken, ein einfaches *Ja* hätte genügt, aber die Wörter sprudeln nur so aus mir heraus.

»Mein Mann und ich sind getrennt.«

Leo sieht ernst aus.

»Ihr lasst euch also scheiden?«

»Wir wohnen nicht mehr zusammen, damit jeder Zeit

zum Nachdenken hat, jeder für sich. Aber wir sind immer noch verheiratet.«

Er nickt und zerkaut stumm das letzte Stück Haferkeks. Als er fertig ist, schiebt er ein paar Krümel über die Tischkante und fängt sie mit der Handfläche auf.

»Dann ist es ja so wie …«

Er beißt sich auf die Lippe und nickt Richtung Diele.

»Dieser Zettel.«

Ich nicke langsam, warte.

Leo steckt die Krümel in den Mund und lässt sich Zeit beim Schlucken.

»Wenn du Mama oder Papa triffst, sie vielleicht grüßt oder mit ihnen ins Gespräch kommst … dann brauchst du ihnen ja nichts zu sagen. Von dem Zettel, meine ich.«

Ich stehe auf, um zwei Gläser Wasser zu holen, stelle eines vor Leo ab und sinke wieder auf den Stuhl ihm gegenüber.

»Vielleicht solltest *du* ihnen davon erzählen.«

Er schweigt.

»Wenn es dir nicht gut geht«, fahre ich fort. »Wenn dich jemand schlecht behandelt …«

Leo schüttelt vehement den Kopf.

»Papa hat nie Zeit. Er arbeitet andauernd und kümmert sich nicht um so was.«

So was? Ich trinke ein paar Schlucke Wasser.

»Und deine Mutter?«

»Mama?«

Leo schüttelt wieder den Kopf, dass ihm die Haare vor die Augen fliegen.

»Eher nicht.«

Die Worte hängen zwischen uns in der Luft. Etwas erfüllt den Raum, eine neue, eine andere Energie.

»Wie kommst du darauf?«

Ich bemühe mich um einen möglichst neutralen Tonfall, versuche meine Neugier zu verbergen. Er betrachtet das Glas, das ich vor ihm hingestellt habe.

»Mama ist … sie ist irgendwie …«

Und in dem Moment, genau in dem Moment ist es einfach da. Der gleiche Sog, den ich so viele Male zuvor gespürt habe, in verschiedenen Zusammenhängen, mit total unterschiedlichen Menschen. *Hier gibt es eine Geschichte.*

»Wie? Wie ist sie denn?«

Leo hebt langsam den Blick, und wir sehen uns an. In seinen Augen blitzt es auf, aber das geht so schnell, dass ich nicht registriere, was es ist.

»Schwer zu sagen«, murmelt er und wendet sich ab. »Sie ist anders.«

»Wieso? Kannst du mir ein Beispiel geben?«

Jetzt bin ich zu weit gegangen, das wird mir klar, sobald ich die Frage gestellt habe, und ich mache den Mund auf, um sie zurückzunehmen, zu relativieren. Aber Leo kommt mir zuvor.

»Ich weiß noch genau«, murmelt er, »wie ich fünf oder sechs war und zusammen mit Mama über eine Brücke gegangen bin, und plötzlich hat sie ihre Handtasche über die Brüstung geschleudert. Einfach so. Ich weiß nicht, wo das war oder wohin wir wollten, aber ich erinnere mich noch, dass ich es seltsam fand, dass sie so nah an den Rand getreten ist. Wir haben uns an der Hand gehalten, und ich habe ihr etwas erzählt, aber sie hat mich nicht beachtet, sondern die ganze Zeit über die Brüstung der Brücke gestarrt, auf das Wasser darunter. Dann hat sie den Arm gehoben und die Tasche in hohem Bogen weggeworfen. Mit Portemonnaie, Schlüsseln, Handy und allem drin. Ein Mann ist dazugekommen, um zu helfen, er hat einen langen Stock genommen und versucht, die Tasche wieder herauszufischen, aber es ist ihm nicht gelungen. Zum Schluss ist sie gesunken. Später, als Mama Papa erklären sollte, was passiert war, habe ich sie Worte wie *verloren* sagen hören, und ich weiß noch, wie ich mich darüber gewundert habe. Ich hatte ja gesehen, dass sie die Tasche mit Absicht weggeworfen hat. Ich habe überhaupt nicht verstanden, warum sie nicht sagen wollte, wie es wirklich gewesen war, nicht mal Papa gegenüber.«

Die Küchenuhr tickt im Hintergrund, und Leo knackt mit den Fingergelenken. Mir hat es die Sprache verschlagen, ich weiß nicht, was ich erwartet habe, aber kaum, dass er etwas so Persönliches erzählen würde. Noch dazu mir, da er mich erst vor Kurzem kennengelernt hat.

Ich kratze mich an der Augenbraue.

»Manchmal machen die Erwachsenen komische Sachen. Das muss nicht heißen, dass …«

Leo hebt den Kopf.

»Das ist nur eine Geschichte, aber ich kenne viel mehr davon. Es gibt noch schlimmere Sachen, die ich erzählen könnte. Viel schlimmere.«

»Über deine Mutter?«

»Ja. Über Mama.«

Die Gedanken wandern zurück zu dem, was ich vor ein paar Tagen gesehen habe, zu Veronica mit der Schere im Anschlag, der unkontrollierten Wut in ihren Bewegungen. *Mehr Geschichten? Noch schlimmere?* Dann reiße ich mich zusammen und sehe verstohlen zu ihm hinüber. Ist das nicht ein bisschen ... ein bisschen übertrieben für einen Jungen, sich einer Fremden gegenüber so zu öffnen? Warum tut er das? Ich schüttele den Kopf und verscheuche die Fragen. Die Ursache ist nicht von Bedeutung. Leo ist jung und vielleicht etwas unbedarft, und es liegt in meiner Verantwortung, das nicht auszunutzen.

Ich wechsele das Thema, und bald darauf kommt Veronica nach Hause. Wir sehen beide durchs Fenster, und Leo schaut zu, wie sie die Haustür gegenüber aufschließt. Sobald sie im Haus verschwunden ist, steht er auf und bedankt sich für die Kekse. Ich begleite ihn in die Diele und sehe zu, wie er in die Schuhe steigt, ohne die Schnürsenkel vorher aufzuknoten. Wieder muss ich an den Zettel denken, der aus seinem Buch gefallen ist. *Zu hässlich für diese Welt.* Vielleicht, fällt mir ein, hat er niemanden, an den er sich wenden kann. Vielleicht sitzt er deshalb hier, überschreitet die Grenzen der Privatsphäre seiner Eltern. Weil er beunruhigt ist, sich verloren fühlt, aber keinen hat, der mit seinen Empfindungen etwas anfangen kann.

Ich nehme den Rucksack und gebe ihn ihm.

»Hast du jemanden zum Reden? Einen Freund? Oder einen Erwachsenen, dem du vertrauen kannst?«

Leo nimmt den Rucksack und sieht mich an. Einen Augenblick ist es still.

»Danke, dass ich kommen durfte«, sagt er dann und geht.

Ich kehre in die Küche zurück und sehe ihm durchs Fenster nach. Frage mich unwillkürlich, was ihn zu Hause erwartet. *Veronica.* Wer ist die Frau hinter dieser kultivierten Maske? Und wie geht es ihr wirklich?

DER EHEMANN

15

Akute Belastungsreaktion.

Das ist die Diagnose, die meine Frau nach den Ereignissen von damals bekam. Sie muss mir die Bedeutung erklärt haben, aber ich weiß kaum noch etwas von diesem Teil des Gesprächs. So viel anderes hatte sich aufgedrängt, so viel auf einmal war zu verarbeiten gewesen. Was den medizinischen Zustand betrifft, begriff ich nur so viel, dass es sich dabei um eine unverhältnismäßig starke emotionale oder verhaltensmäßige Reaktion auf ein bestimmtes Ereignis handelt.

Schließlich, vor acht oder neun Monaten, hat meine Frau mir alles erzählt und mir ihre damalige Reaktion und ihr Verhalten beschrieben. Endlich bin ich bereit, mich dir anzuvertrauen, hat sie gesagt. Sie hat beim Reden nicht geweint, ihre Stimme war besonnen und stand in scharfem Kontrast zu der Gewalt in ihren Worten. Ich wünschte, ich könnte sagen, dass ich souverän damit umgegangen wäre. Ich wünschte, ich könnte sagen, dass ihre Schilderung meine Sichtweise auf sie nicht beeinflusst hätte.

Wir lagen im Bett, und ich spürte Übelkeit in mir aufsteigen. Ich habe ihr linkisch den Kopf getätschelt und behauptet, dass ich nur etwas Schlechtes gegessen hätte und gleich wieder da sei, um sie in den Arm zu nehmen. Dann bin ich ins Bad gestürzt und habe mich übergeben. Meine Beine haben geschlottert, und ich konnte nicht wieder aufstehen, denn bei jedem Versuch überfiel mich der Schwindel. Als ich dann wieder ins Schlafzimmer zurückkehrte, lag sie ganz still und mit geschlossenen Augen da, das strubbelige Haar auf dem Kissen ausgebreitet. Sie war eingeschlafen, und ich schäme mich, das sagen zu müssen, aber ich war erleichtert. Das hieß, dass ich an jenem Abend nichts mehr zu ihr sagen musste, um sie zu beschwichtigen und Trost zu spenden. Denn das hätte ich nicht über mich gebracht.

In den folgenden Wochen und Monaten tat sie so, als wäre nichts passiert und sie ganz die Alte. Und sie schien auch von mir zu erwarten, dass ich genau das dachte und glaubte. Mir hingegen kam es so vor, als wäre sie mir aus den Händen geglitten oder vielmehr, als würde ich abgleiten und sie mit anderen Augen sehen, distanzierter. Ich wurde immer unsicherer. Hatte ich jemals gewusst, wer sie eigentlich war?

Sie hatte ihre Pläne, die eben noch unsere gemeinsamen gewesen waren, und sie sprach mehr denn je über die Zukunft. Jedes Mal bebte die Erde unter meinen Füßen. Ich war nicht nur ihretwegen unsicher. Denn wer war ich, der ich jemanden geheiratet hatte, über den ich so wenig wusste? Wie sollte ich mich je wieder auf mein Urteil verlassen, nachdem ich jemanden, den ich liebte, so vollkommen falsch eingeschätzt hatte?

Den ich liebte? Oder liebe?

Ich weiß es nicht, wollte ich schreien. *Ich weiß es nicht, ich weiß es nicht.* Was selbstverständlich gewesen war, verschwand, es gab keine Konstante mehr, auf die Verlass gewesen wäre. Ich taumelte, stolperte vor und zurück, hatte keinen Halt mehr. Nichts und niemanden. Bis Anna mich auffing.

Was ich mit ihr mache, ist falsch, das weiß ich. Die heimlichen Gespräche, Nachrichten. Die Treffen im Verborgenen. Die Reisen, die ich freiwillig auf mich nehme, die immer länger werden und immer öfter anstehen, die nicht mehr nur Dienstreisen, sondern etwas anderes sind. Eine Flucht von zu Hause. Eine Gelegenheit, Anna in einer fremden Stadt zu treffen und Zeit mit ihr außerhalb der geschlossenen Räume zu verbringen, auf die wir normalerweise angewiesen sind.

Anfangs waren die Stunden mit Anna ein Lichtblick, eine Rettung vor dem, was meine Brust zusammenpresste, was in meinen Ohren schrillte. Aber jetzt. Es kann so nicht weitergehen. Ich kann sie nicht länger betrügen, ich bin uns allen die Wahrheit schuldig. Ich habe mich entschieden. Ich will meiner Frau von meiner Verwirrung und meinen Zweifeln erzählen, ich will ihr ehrlich sagen, wie es mir seit ihrer Enthüllung ergangen ist. Und ich will ihr von Anna erzählen. Es gibt ganz einfach keine Alternative. Jetzt oder nie.

Heute Abend.

Klopfe, mein Herz, klopfe und poche. Heute Abend ist es soweit.

16

Der Abend, an dem sie es erfuhr.

Sie hatte sein Leibgericht zubereitet und den Tisch mit dem guten Porzellan gedeckt. Sie hatte sich hübsch gemacht, obwohl sie nur zu Hause sein würden. Sie trug das Haar offen, denn sie wusste, dass ihm das gefiel. Dann kam er nach Hause. Nahm sich von dem Lamm und dem Kartoffelgratin und sagte, dass er ihre Mühen zu schätzen wisse.

Sie dachte noch, dass sich heute Abend das Blatt wenden und von nun an alles besser werden würde. Es gibt keinen Grund, sich Sorgen zu machen, dachte sie. Er liebt mich.

Dann kam der Schlag. Dann erzählte er von der Frau, die er kennengelernt hatte, die Frau, mit der er sie betrogen hatte. Das Dasein wurde aus den Angeln gehoben. Und sie verschwand in sich selbst. Wie damals.

Es folgten Tage und Nächte, in denen sie sich kein einziges Mal aus dem Bett bewegte. Dumpf tickende Stunden, in denen sie nicht begreifen konnte, was geschehen war. Aber schlussendlich zwängte sich die Wahrheit unter die Haut, brannte sich tief in ihr Fleisch. Die Tragweite seines Verrats war deutlich. Wie die Parallelen zur Vergangenheit. Alles war noch immer in ihr. Alles.

Doch obwohl er eingesehen haben musste, wie sehr er sie verletzt hatte, zeigte er keine Reue und bat sie nicht um Verzeihung. Auch er nicht.

Scharfe Dornen drangen ein, stachen alte Wunden auf und förderten eine zähe, stinkende Masse zutage. Eine schwarze Brühe erfüllte ihre Zellen, ihre Blutbahn, übernahm die Herrschaft und wurde eins mit ihr. Sie spürte keinen Hass, sie war Hass.

Der Mann, der behauptet hatte, sie zu lieben, der sie in Sicherheit gewiegt und sie dazu gebracht hatte, ihr Leben in seine Hände zu legen. Der Mann, der versprochen hatte, sie zu lieben, bis dass der Tod sie scheide.

Dieser Mann.

Plötzlich wusste sie mit einer Gewissheit, die alles andere übertraf, dass sie ihn, egal was von nun an passierte, unter keinen Umständen weiterleben lassen konnte, als wäre nichts gewesen. Nein, sie konnte ihn überhaupt nicht am Leben lassen.

ELENA

17

Seit Leo nach Hause gegangen ist, werde ich immer aufgekratzter. In mir ist etwas in Bewegung geraten, eine Art Wechsel steht bevor oder ist bereits eingetreten. Nachdem ich die letzten Monate wie benebelt umhergelaufen bin, leer und abgestumpft, kommt es mir jetzt so vor, als würde ich allmählich erwachen. Gedanken und Gefühle, die vorher weit weg waren, drängen an die Oberfläche, behelligen und beunruhigen mich. Ich bringe nichts zustande, aber die Stunden vergehen dennoch irgendwie.

Als es Abend wird, sehe ich, dass Veronica in ihrer Küche auftaucht, um das Essen vorzubereiten. Ausnahmsweise ist ihr Haar nicht zu dem typischen Pferdeschwanz gebunden, sondern fällt fließend über die Schultern. Sie trägt ein dunkelrotes ärmelloses Kleid, die Lippen haben die gleiche Farbe. Sie ist immer elegant, aber heute Abend hat sie sich offenbar selbst übertroffen. Ich vermute, dass die Familie Storm Gäste erwartet, aber es stellt sich heraus, dass Filip der Einzige ist, der Veronica beim Abendessen Gesellschaft leistet. Leo ist nicht zu sehen, aber seine Worte hallen in meinem Kopf nach. Die Geschichte von der Handtasche, die über die Brüstung einer Brücke geschleudert wurde, tief hinunter in die dunklen Wasserstrudel. *Es gibt noch schlimmere Sachen, die ich erzählen könnte. Viel schlimmere.*

Veronica macht die Backofentür auf und bückt sich, um eine Form herauszunehmen, die sie auf den Tisch stellt. Während Filip sich vom Essen nimmt, schenkt sie Wein in ihre Gläser. Der Rahmen wirkt romantisch, die Voraussetzungen scheinen ideal, und trotzdem geht etwas schief. Es geht so schnell. Eben noch sitzen sie da, essen und reden, und im nächsten Moment bricht Veronica in Tränen aus. Ich kann ihre Tränen zwar nicht sehen, aber ihre Gestik lässt keinen anderen Schluss zu. Sie fährt sich mit den Händen abwechselnd über Nase und Augen, drückt sich die Serviette aufs Gesicht. Filip starrt reglos seine Frau an, dann zieht er seinen Stuhl neben ihren und legt ihr linkisch einen Arm um die Schultern. Sie schüttelt ihn ab, steht heftig vom Tisch auf und läuft aus dem Zimmer. Filip bleibt allein zurück und knetet die Serviette in den Händen, doch sie kommt nicht wieder.

Und in der Dunkelheit auf der gegenüberliegenden Seite des Innenhofs sitze ich, ohne Licht. Ein Schatten zwischen Schatten. Was ich eben gesehen habe, ist eigentlich nichts Besonderes. Ein ganz normales Abendessen, ein ganz normaler Ehestreit. Aber mein Gefühl sagt mir etwas anderes. Mir kommt es so vor, als wäre ich etwas auf der Spur, etwas Unschönem, etwas Furchtbarem. Ich schließe die Augen, und das schwarze Feuer in Veronicas Augen ist wieder da, als sie Filip hinterhersieht, die Wut oder der Hass oder was auch immer, was er nicht sehen kann, denn er dreht sich nicht um. Vielleicht ahnt er es trotzdem.

In dieser Nacht wandere ich wie immer zwischen Wohnzimmer und Küche auf und ab. Seltsame Gefühle jagen durch meinen Körper. Das Haus gegenüber liegt still im Dunkeln, und ich starre die Fassade an, versuche mir Veronica, Filip und Leo in ihren Betten vorzustellen. Aber als ich die schlafende Veronica vor mir sehe, schlägt sie plötzlich die Augen auf und starrt direkt in meine. Während ich zuschaue, steht sie auf und umrundet langsam das große Doppelbett, eine Gestalt in Weiß. Sie bewegt sich völlig lautlos, und Filip hört ihre Schritte nicht, die allmählich näher kommen.

Ich trete einen Schritt vor, will *Achtung* rufen, aber es kommt kein Laut über meine Lippen. Stattdessen kommt es mir so vor, als würde ich durch die Vorwärtsbewegung weiter hineingezogen, weiter in Veronica hineingesogen, als würde ich hineingeschleudert in das, was in ihren Adern pulsiert und tobt. Alles, was ihr nicht anzusehen ist, alles, was sie zurückhält, all das spüre ich, an alledem habe ich teil.

Auf einmal stehe ich in der Küche auf der anderen Seite des Innenhofs. Leo ist auch dort, und ich beuge mich vor, um ihm über den Kopf zu streicheln. Das ist eine mütterliche Geste, und mir wird plötzlich klar, dass ich seine Mutter bin. Aber Leo zuckt zurück, als ich ihm mit der Hand übers Haar streiche, und dann bin ich wieder ich selbst, mein eigenes kinderloses Ich. Unter der Haut meiner Fingerkuppen entsteht ein Kribbeln, aus dem Kribbeln wird

Schmerz, ein hoffnungsloses Sehnen. *Das war für dich nicht vorgesehen*, ist eine Stimme zu vernehmen. Es ist meine Stimme, aber der Mund, der die Worte formt, ist der meiner Schwester. Auf einmal gehören nicht nur die Lippenbewegungen, sondern auch die Stimme meiner Schwester. *Du weißt, man kann auch ohne Kinder glücklich sein.* Ich muss weinen, und jemand beugt sich vor, um mich zu trösten. Zuerst denke ich, es sind die Arme meiner Schwester, die meinen Rücken umfangen, dann merke ich, dass Mutter bei mir ist. Da weine ich noch mehr.

Mutter nimmt mich in ihre Arme, hält mich fest, ist mein sicherer Hafen. Ich kann nicht glauben, dass sie es ist, dass sie wieder bei mir ist, also löse ich mich behutsam und lehne mich zurück, um ihr Gesicht zu sehen. Und da ist sie, meine Mutter. Sie ist von einem schwachen Licht umgeben, aber sonst ist sie wie immer. Sie sieht so aus wie damals, lange bevor sie von der Krankheit gezeichnet war, als sie meinen schwächlichen, widerspenstigen Körper umarmte und flüsterte, dass ich nicht allein sei, dass alles gut werden und sie mich nie wieder loslassen werde.

Dann nehme ich einen Schatten neben uns wahr, den Schatten von jemandem, der sich von uns abwendet oder eher von mir, und ich weiß, dass es Vater ist. Damals schon weiß ich, dass er sich davonmachen wird, und als ich mich wieder zu Mutter umdrehe, liegt sie krank und ausgezehrt in ihrem Bett. *Arbeit ist die beste Medizin*, sagen sie und meine Mutter wie aus einem Mund. Dann ist Mutter fort, aber es liegt noch jemand in ihrem Bett. Es ist Filip Storm.

Er schläft und merkt nicht, dass Veronica immer näher

kommt. Am Kopfende des Bettes bleibt sie stehen und blickt auf ihn herab. Sie ist bleich im Gesicht, ihr Mund ein schmaler Strich. Dann hebt sie den Arm, und in ihrer Hand blitzt etwas auf, etwas Kaltes und Scharfes. Eine Küchenschere? Oder ein Messer? Ich keuche, und sie schaut auf, begegnet meinem Blick und begreift, dass ich mit ihr dort bin. *Es wird passieren. Nicht jetzt, nicht so*, höre ich sie denken. *Aber bald.*

»Du kannst mich nicht aufhalten.«

Ihre Stimme in meiner Kehle, ihre Worte kommen aus meinem Mund. Und zu spät geht mir auf, dass Veronica mich direkt in die Falle geführt hat, dass ich sehenden Auges in ihre Finsternis hineingetappt bin. Jetzt hat sie mich gefangen, mich umgarnt, und von hier gibt es kein Zurück mehr, von hier gibt es nur eine langsame, sogartige Bewegung in den Schlamm hinein. Der schwarze Morast um mich herum steigt höher, macht sich bereit, mich zu verschlingen, bohrt sich in jede Pore, dringt schließlich in meinen Mund und meine Augen. Ich kann nicht mehr atmen, bald ist es vorbei. Bald ist alles vorbei. Wenn es das ist, was ich will.

Mit einem lauten Schrei wache ich auf.

18

»Ich wollte fragen, ob du mir bei einer Sache helfen könntest.«

Leo steht vor meiner Haustür und malt mit seiner Schuhspitze Kreise in die Erde. Die Morgenluft ist noch klamm, und ich fröstele in meinen leichten Kleidern. Ich wollte gar nicht aufmachen wegen meines verquollenen Gesichts und meiner blutunterlaufenen Augen, aber dann hat mich ein kalter Schauer der Besorgnis erwischt. *Wenn etwas passiert ist, wenn er meine Hilfe braucht*? Woher kam diese Sorge? War sie in dem begründet, was Leo am Vortag gesagt hatte, in dem, was sich zwischen Veronica und Filip in der Küche zugetragen hatte, oder in meinen grausigen Albträumen? Vielleicht von jedem etwas.

Aber Leo scheint es ganz gut zu gehen. Vielleicht ist er etwas blass. Und es fällt ihm schwer, auf den Punkt zu kommen.

»Du hast doch gesagt … weißt du noch, dass du gesagt hast, ich kann dich fragen, wenn …«

Schließlich rückt er mit dem raus, worum es geht. Sie

haben eine Hausaufgabe aufbekommen und sollen über eine Kindheitserinnerung schreiben, so detailliert und klar wie möglich. Es geht nicht so sehr um den Inhalt, sondern darum, wie sie sich ausdrücken. Der Schwedischlehrer will, dass der Fokus auf der Gestaltung liegt. *Macht von all euren Sinnen Gebrauch, bringt mich dazu, etwas zu fühlen, das Ereignis so zu erleben, als wäre ich dabei gewesen.* So lautete die Aufgabenstellung.

Leo wirft den Kopf zurück, der Pony fliegt zur Seite, aber ein paar Haarsträhnen fallen ihm in die Augen. Er wischt sie aus dem Gesicht und schüttelt den restlichen Pony wieder in die Stirn. Die Aufgabe soll erst nächste Woche abgegeben werden, aber Leo ist schon fertig und würde sich über meine Meinung freuen. Wenn es nicht zu viel Arbeit ist für mich.

Während ich zuhöre, kommt ein Bruchstück von den Traumfetzen der letzten Nacht wieder hoch. Wie ich die Hand ausstrecke, um ihm behutsam und beschützend übers Haar zu streichen. Als wäre ich seine Mutter. Jemandes Mutter. Und dann die Stimme, die mich daran erinnert, dass mir das nicht vergönnt ist.

Leo nimmt den Rucksack von den Schultern und fischt eine schmale Pappmappe heraus, erklärt, der Aufsatz liege darin.

»Es geht um Mama«, sagt er und hält mir die Mappe hin.

Ich nehme sie in Empfang und spüre dennoch nichts davon. Während ich mir durchaus bewusst bin, wie ich meine Hand ausstrecke und meine Finger sich um die Mappe schließen, fühle ich mich zugleich abgetrennt von meinen Bewegungen.

Leo lächelt mich schüchtern und dankbar an, während er wiederholt, dass es wirklich nicht eilig sei. Ich denke an die Stunden, die vor mir liegen, all die leeren Minuten und Sekunden ohne Beschäftigung. Ohne irgendetwas Sinnvolles zu tun.

»Ich lese das heute«, sage ich. »Komm nach der Schule vorbei, wenn du willst, dann können wir reden.«

Ich nehme mir vor, Leos Text gleich zu lesen. Doch als er gegangen ist und ich in die Küche zurückkehre, zeigt das Display meines Handys eine neue Nachricht an. Ich lese sie und sinke zitternd auf den Stuhl. Immer wieder lese ich die beiden Sätze und warte darauf, dass die Wörter vor meinen Augen durcheinandergeworfen werden und ihre Bedeutung ändern. Doch ganz gleich, wie oft ich sie lese, der Inhalt der Nachricht bleibt unverändert. *Denke an dich. Hoffe, dir geht es gut.* Sie ist von Peter.

Der Mann, mit dem ich ein Leben aufgebaut habe. Der Mann, von dem ich glaubte, dass er der Vater meiner ersehnten Kinder sein würde. Der Mann, von dem ich getrennt lebe. Der Mann, den ich nicht aufgehört habe zu lieben.

Denke an dich. Hoffe, dir geht es gut.

Das sind gerade mal acht Wörter, aber zwischen den Zeilen ist noch etwas anderes, steht noch mehr. Diesmal lässt sich der Versuch der Kontaktaufnahme nicht als Versehen abtun. Irgendwo tief in mir entsteht ein stummer Schrei, der hinauswill, aber feststeckt. Ein Schrei von unbefriedigter Sehnsucht, von Begierde und Verlust, Trauer und zerplatzten Träumen. *Ich denke auch an dich!* Aber ich bringe es nicht über mich zu antworten, ich kann einfach nicht. Ich spreize die Finger und lasse sie über den Kopf gleiten. Und bleibe so sitzen.

Mehrere Stunden später gehe ich wieder langsam zur Haustür, lege mir verschiedene Ausflüchte zurecht und mache mich darauf gefasst, ihn zu enttäuschen. Aber als ich aufmache, kommt es anders.

Leo steht draußen, halb abgewandt, die eine Schulter hochgezogen. Er trägt einen grauen Kapuzenpulli mit grauem Aufdruck, denselben wie heute Morgen, doch nun hat er die Kapuze auf.

»Das ist für dich«, sagt er.

Im nächsten Moment halte ich eine Tüte in der Hand. Darin befindet sich eine gelbe Gießkanne, auf deren Tülle Blütenblätter gedruckt sind. Fragend blicke ich auf.

»Damit du dich um deine neuen Topfpflanzen kümmern kannst«, sagt Leo heiser.

»Vielen Dank«, antworte ich, »die ist wirklich schön. Aber du sollst mir doch nichts schenken.«

»Das ist auch kein Geschenk. Eher ein Dankeschön, weil du … für meinen Aufsatz.«

Leo steht noch immer halb abgewandt und scheint darauf bedacht zu sein, die rechte Seite seines Halses nicht zu zeigen. Aber als er seine Position ändert, sehe ich sie, deutliche Spuren von einem wasserfesten Stift auf der Haut.

»Was hast du da?«

»Was denn?«

Ich hebe die Hand und deute auf seinen Hals.

»Ach, nichts.«

Aber er hat die Schulter etwas locker gelassen, und als ich mich vorbeuge, zuckt er nicht zurück. *Mongo* steht da, und die großen grünen Buchstaben bilden einen scharfen Kontrast zu der geröteten Haut darum herum. Das Wort bedeckt fast den gesamten Hals.

Leo hat sich nicht freiwillig unterworfen, das ist offensichtlich. Sie müssen zu mehreren gewesen sein. Einer hat geschrieben, einer oder mehrere haben ihn festgehalten.

»Leo …«

»Das sind nur ein paar Jungs in der Schule, die sich witzig vorkommen. Ich versuche, sie gar nicht zu beachten. Das ist am einfachsten.«

Ich starre die rotfleckige Haut am Hals an. Und denke an den gemeinen Zettel, der kürzlich aus seinem Buch gefallen ist. Ich weiß, dass er mich gebeten hat, ihn nicht zu erwähnen, und dass wir dann irgendwie vom Thema abgekommen sind. Dass wir auf andere Sachen zu sprechen kamen.

»Du solltest wirklich mit deinen Eltern reden«, setze ich an. »Damit sie dir helfen können. Leo, du musst ihnen zeigen, was …«

»Auf gar keinen Fall! Mama darf das nicht sehen. Das packt sie nicht.«

Seine Stimme ist dumpf, ein leises Murmeln, doch weder Tonlage noch Worte lassen Zweifel aufkommen. Er senkt den Kopf, und die Haare fallen ihm wieder in die Stirn.

Im Stillen wäge ich ab. Dann, möglicherweise wider besseres Wissen, trete ich zur Seite.

»Okay, komm rein. Dann kannst du dir das abwaschen.«

Er hat heute keinen Rucksack dabei, ich nehme ihm die Tüte mit der Gießkanne ab und zeige ihm den Weg zum Bad. Leo schließt die Tür hinter sich und lässt den Wasserhahn laufen. Ich gehe in die Küche und stelle die Gießkanne aufs Fensterbrett. Sie strahlt wie eine gelbe Sonne in dem kargen Raum.

Der Wasserhahn im Bad wird zugedreht und wieder aufgedreht. Ich setze einen Topf mit Milch auf und gebe ein paar Esslöffel Kakao und Zucker in einen Becher. Heiße Schokolade war eine von Mutters Spezialitäten, die sie für meine Schwester und mich zum Sonntagsfrühstück und an anderen Festtagen gekocht hat, als wir noch klein waren. Jahre später, als die Dunkelheit sich über mich gesenkt hatte, hat Mutter wieder begonnen, mir Schokolade zu kochen. Ich erinnere mich noch, wie sie mit einer Tasse in mein Zimmer gekommen ist und versucht hat mich zum Trinken zu bewegen, behutsam, geduldig. Anfangs habe ich mich gesträubt, aber sie ist beharrlich geblieben.

Schließlich habe ich nachgegeben und das Getränk wie auch ihre helfende Hand angenommen. *Wie konntest du das so gut verkraften?*, habe ich Mutter viel später gefragt. *Wie konntest du deine Gefühle im Zaum halten und Ruhe bewahren, wie konntest du voll und ganz für mich da sein, und zwar zu meinen Bedingungen?* Zu dem Zeitpunkt hatte sich die Krankheit bereits in ihr festgebissen, und sie war merklich geschwächt, als sie antwortete. *Flüche und Wut halfen nichts.*

Mitgefühl war das einzige Mittel, um wirklich zu dir vorzudringen. Dann hat sie mich angelächelt mit dem gleichen schiefen Grinsen, das meine Schwester von ihr geerbt hat, und hinzugefügt: *Und Zucker.*

Als Leo in die Küche tritt, ist sein Hals sauber geschrubbt, und auf der geröteten Haut sind nur noch ein paar Farbreste zu sehen. Sie werden bald verblassen. Was bleibt, ist die innere Wunde. Ich beschließe, die Fragen zum Wer und Warum vorerst für mich zu behalten. Wenn er reden will, wird er das auch tun. Im Moment braucht er etwas anderes. Eine Freistatt, denke ich und bereue meine Wortwahl sofort, voller Angst, mir und meinem Zuhause eine zu große Bedeutung beizumessen.

»Willst du ein belegtes Brot?«, frage ich. »Oder vielleicht Kekse?«

Die Mappe mit seiner Hausaufgabe liegt auf dem Küchentisch. Während Leo Schokolade trinkt und Haferkekse isst, sage ich ihm ehrlich, dass ich noch nicht dazu gekommen bin. Er wiederholt, es habe keine Eile und ihm sei klar, dass ich alle Hände voll zu tun hätte mit meiner Arbeit, dem Schreiben und allem anderen. Er sagt wirklich diesen Nachsatz: *und allem anderen.*

Und allem anderen? Das wären dann wohl die Gedanken an meine havarierte Ehe. *Denke an dich. Hoffe, dir geht es gut.* Worte, die mir den ganzen Tag im Kopf herumgehen und meinen eigentlichen Tätigkeiten im Weg stehen. Ich muss sie mir eine Weile vom Leib halten, ich muss auf Abstand gehen, bis ich weiß, wie ich antworten werde.

Etwas Gelbes im Augenwinkel erregt meine Aufmerksamkeit. Die Gießkanne. Ich drehe mich wieder um und sehe verstohlen zu Leo hinüber. Dann greife ich nach der Mappe.

»Wenn du willst, kann ich deine Hausaufgabe auch gleich lesen«, sage ich.

»Jetzt?«

Ich nicke.

»Jetzt gleich.«

Leo fragt, ob er sich so lange das Haus ansehen dürfe, weil er es sonst vor Nervosität nicht aushalte. Ich erlaube es ihm und warne ihn gleichzeitig, dass es hier nicht viel zu sehen gibt.

»Das Bücherregal steht im Wohnzimmer«, sage ich. »Wenn du dir etwas ausleihen willst, sag Bescheid.«

Er verschwindet, und ich schlage die Mappe auf. Das erste Blatt ist leer, und erst als ich umblättere, sehe ich den Titel des Textes. In dicken schwarzen Buchstaben.

Zwei kleine leblose Körper von Leo Storm.

19

Nach der Lektüre lege ich die Blätter in die Mappe zurück und klappe sie zu. Ich brauche ein paar Minuten, um mich zu sammeln, ehe ich Leo rufe. Soll ich diesen Aufsatz wie jeden anderen Text behandeln und auch so beurteilen? Ist das überhaupt möglich – bei der Grausamkeit, die mit dieser Erinnerung verbunden ist?

Leo kommt wieder in die Küche. Er versucht, entspannt auszusehen, aber der angestrengte Zug um den Mund verrät ihn. Er hält ein Buch übers Schreiben in der Hand, und noch ehe er fragen kann, nicke ich und sage, dass er es gerne ausborgen könne. Dann ziehe ich den Stuhl vor und bedeute ihm mit einem Nicken, sich zu setzen. Es gibt keinen Grund für Small Talk, ich weiß, wie ausgeliefert man sich fühlt, wenn man darauf wartet, die Ansichten eines anderen zu einem Text zu hören, den man geschrieben hat.

»Das war starker Tobak«, sage ich. »Wirklich stark. Das hat mich richtig mitgenommen, ehrlich gesagt.«

Leos Bein will nicht still stehen, die Ferse wippt ohne Unterlass auf und ab.

»Du findest, dass ich sie bloßstelle? Dass es falsch ist, so über sie zu schreiben?«

»Das habe ich nicht gesagt. Aber wenn ich deine Lehrerin wäre und du diesen Aufsatz bei mir abgeben würdest, würde ich mich schon fragen …«

Leo schlägt die Beine übereinander und legt den rechten Fuß aufs linke Knie. Seine Mundwinkel zucken nervös.

»Was würdest du dich fragen?«

»Wie es bei dir so läuft. Wie es dir geht und vielleicht auch, wie es deiner Mutter geht.«

Leo klopft sich mit der Handfläche aufs Schienbein und meidet meinen Blick. Das Klopfen beunruhigt mich, und ich habe das Gefühl, mich auf dünnem Eis zu bewegen. Was immer ich tue, was immer ich sage oder nicht sage – ich gehe das Risiko ein, etwas falsch zu machen.

Ich betrachte die geschlossene Mappe. Warum wollte er eigentlich, dass ich diesen Text lese? Ist es ein Hilferuf? Warum lässt er mich sonst hinein in seine Welt, gewährt mir so vorbehaltlos Einblick in Dinge, die man normalerweise für sich behält?

Leo nimmt die Hand von seinem Bein und fährt sich durchs Haar.

»Ich habe natürlich auch andere Erinnerungen. Vielleicht wäre es besser gewesen, wenn ich mich für etwas anderes entschieden hätte, etwas Fröhlicheres.«

Dann erzählt er von dem Häuschen, in dem die Familie ganze Sommer verbrachte, als er klein war. Eine Blockhütte am See, ganz in der Nähe eines Waldes. Da haben sie gebadet und gespielt, da hat sein Vater ihn auf Streifzüge durch den Wald mitgenommen und ihm beigebracht zu fischen.

Während er redet, beruhige ich mich allmählich wieder. Seine Worte stoßen andere Gedanken an, lassen Erinnerungen an meine Kindheit wach werden. Mehrere Sommer hintereinander hatten Mutter, Vater, meine Schwester und ich ein Häuschen am Sandstrand auf der anderen Sundseite gemietet. Wir sind mit dem Auto hingefahren, und Vater hat zur Musik im Radio mitgesungen, obwohl er keinen einzigen Text kannte. Wir haben ihn von der Rückbank ausgelacht, Mutter hat gelächelt, das Fenster heruntergekurbelt und ihr Haar im Fahrtwind wehen lassen. Das Häuschen war nicht groß, und meine Schwester und ich teilten uns ein Zimmer, keine von uns hatte etwas dagegen. Abends grillten wir und spielten Gesellschaftsspiele, und die Tage verbrachten wir am Strand.

Ich weiß noch, dass meine Schwester geschwommen ist und meine Mutter auf einer Decke gelegen und gelesen hat, während Vater und ich Sandburgen bauten. Er war erstaunlich geschickt und zeigte mir, wie man alles baute – von Türmen über Kuppeln bis zu Mauern. Als wir am nächsten Tag zum Strand kamen, waren diese einzigartigen Bauwerke zerstört, die Gezeiten hatten sie dem Erdboden gleichgemacht. Vater und ich standen da und sahen zu, und ich weiß noch, dass ich Angst hatte, er wäre vielleicht traurig. Also schob ich meine Hand in seine und wollte etwas Nettes sagen. *Das macht nichts, Elena*, sagte er. *So ist die Welt. Alles verschwindet. Früher oder später verschwindet alles.* Diese Worte waren schön und erschreckend zugleich, und ich drückte Vaters Hand noch etwas fester. Ohne zu ahnen, dass in seinen Worten ein Vorbote steckte. Ein Vorbote, der ihm selbst galt, ja, unserer ganzen Familie.

»Denkst du, ich hätte lieber über so etwas schreiben sollen? Über eine Erinnerung aus glücklichen Tagen im Sommerhaus?«

Ich schüttele mich leicht, und die Bilder meiner Kindertage verblassen. Ich bin wieder bei Leo in der Küche.

»Ich weiß nicht«, sage ich und falte die Hände im Schoß. »Das kannst nur du entscheiden, sonst keiner. Vorausgesetzt, wir haben eine Wahl, wir schreibenden Menschen. Einige Autoren sind ja der Meinung, dass die Geschichte sie auswählt und nicht umgekehrt.«

Leo dreht sich zum Fenster um. Die Haare hängen ihm ins Gesicht, und ich kann ihm nicht in die Augen sehen.

»Aber dir geht es nicht so, oder? Du entscheidest selbst, worüber du schreibst?«

Er bezieht sich auf einen Artikel, den er im Internet gefunden hat, ein Interview, in dem ich von meinem Schreibprozess erzähle. Warum ich schreibe, wie ich zu meinen Ideen komme und dass ich von dem ausgehe, was um mich herum passiert.

»Warte mal«, sage ich. »Wie hast du diesen Artikel gefunden?«

»Vielleicht habe ich dich ein bisschen gegoogelt.«

»Mich gegoogelt?«

Er errötet.

»Ich hatte noch nie eine richtige Schriftstellerin in der Nachbarschaft.«

Ich weiß nicht, wie ich darauf reagieren soll, weder auf diesen Satz noch auf die schüchterne Bewunderung in seiner Stimme. Ich bin betreten, stolz und beschämt zugleich und lache auf. Da kommt es mir so vor, als löste sich etwas in Leo, als er das hört, denn er lacht auch.

Nach einer Weile steht er auf. Ich begleite ihn wieder in die Diele und sehe wieder zu, wie er die Füße in die Schuhe zwängt, indem er die Fersen hin und her schiebt. Er setzt sich die Kapuze wieder auf, und ich reiche ihm die Mappe mit dem Aufsatz. Das Lachen, das wir eben noch geteilt haben, erscheint mir plötzlich weit weg.

»Hast du heute denn einen Schlüssel? Oder glaubst du, deine Mutter … Ist deine Mutter heute schon von der Arbeit zurück?«

Er streicht sich die Haare aus der Stirn.

»Mama ist heute gar nicht zur Arbeit gegangen.«

»Nicht?«

Leo schüttelt den Kopf.

»Papa hat gesagt, dass es ihr nicht gut geht und dass sie sich krankgemeldet hat. Mehr wollte er mir nicht sagen, aber mir war klar, dass da etwas war … na ja, dass sie nicht bloß eine Grippe hat. Dass es zurückgekommen ist.«

Es? Ich runzele die Stirn.

»Was? Was ist zurückgekommen?«

Er drückt den Rücken durch und ergreift mit beiden Händen die Mappe.

»Kurz vor dem Vorfall, über den ich geschrieben habe. Ich meine, kurz bevor das mit den Kaninchen …«

Als müsste er mich daran erinnern, als hätte sich seine

Geschichte nicht schon in mein Gedächtnis gebrannt. Ich nicke.

»Die Zeit davor. Mama war schon seit Wochen bettlägerig gewesen und hatte kaum Kraft, mit jemandem zu sprechen. Genauso war es heute Morgen auch. Ich habe sie durch den Spalt der Schlafzimmertür entdeckt, habe sie da drinnen mit dem Rücken zur Tür liegen sehen. Und bevor ich jetzt am Nachmittag hergekommen bin, habe ich zu Hause vorbeigeschaut, nur um nach ihr zu sehen. Entweder hat sie geschlafen und nicht gemerkt, dass ich da war, oder sie hatte keine Kraft, sich umzudrehen. Sie lag in exakt derselben Position wie heute früh. Als hätte sie sich den ganzen Tag lang nicht bewegt.«

Wir wechseln einen Blick. Ich weiß nicht, was ich sagen soll. Es gibt nichts, was ich sagen *kann*.

Leo schüttelt den Pony in die Stirn und wendet sich ab.

»Das ist doch total klar«, sagt er. »Sie ist wieder unterwegs in die Dunkelheit.«

20

Meine Schwester schickt mir eine Nachricht, kurz nachdem Leo nach Hause gegangen ist, und gleich danach noch eine. Ich sehe ihren Namen auf dem Display, antworte ihr aber nicht, lese nicht mal, was sie geschrieben hat. Dann ruft sie an.

»Alles in Ordnung bei dir, Elena? Ist bei uns alles in Ordnung, bei dir und mir, ich meine …«

Sie redet weiter, aber ich schnappe nur einzelne Wörter auf. Ihre Stimme klingt wie aus weiter Ferne, überhaupt kommt mir alles an ihr genauso fremd vor wie in dem Traum letzte Nacht. Seit unserem Treffen sind nur ein paar Tage vergangen, aber es ist so viel passiert seitdem. Ich könnte ihr von Peters Nachricht berichten. Oder davon, dass ich ein neues zaghaftes Schreibprojekt in Angriff genommen habe. Aber aus irgendeinem Grund kann ich mich nicht überwinden.

»Hallo«, sagt sie nach einer Weile. »Hörst du mir überhaupt zu? Wie geht es dir denn?«

Leos Abschiedsworte von vorhin haben etwas mit mir gemacht. Seitdem kreisen meine Gedanken wieder um seinen Aufsatz.

»Sie haben ihm Kaninchen gekauft«, murmele ich. »Aber dann … hat sie einfach …«

»Kaninchen? Für wen?«

»Für Leo.«

Ich gehe zum Fenster und stelle mich neben den Tisch.

»Wovon redest du? Und wer ist Leo?«

Ich erzähle ihr von der Familie im Haus gegenüber. Sage, dass es zwischen Filip und Veronica anscheinend nicht rund läuft. Und dass Leo ein feiner Kerl ist, der es ziemlich schwer hat. Das verwirrte Schweigen meiner Schwester schlägt in einen behutsam positiven Ton um.

»Du hast also neue Leute kennengelernt, das ist doch ein Schritt in die richtige Richtung. Und sonst? Wie geht es dir sonst?«

Aber ich kann ihre Frage nicht beantworten, denn ich muss ständig an die Kaninchen denken. An Leos direkte, schonungslose Art, das zu beschreiben, was in jenem Sommer passierte, als die Familie Storm irgendwo am Mittelmeer eine Ferienwohnung gemietet hatte.

Einmal besuchten sie einen Markt und sahen zu ihrem Entsetzen ein paar Kaninchen, die in enge Käfige gepfercht waren. Die Tiere standen bei sengender Hitze ohne Wasser da, und niemand schien sich um ihre Qualen zu scheren, weil sie für die Schlachtung bestimmt waren. Leo hatte zu weinen begonnen und konnte gar nicht mehr aufhören, als er sah, wie die Kaninchen in den Käfigen panisch aufeinander herumkletterten. Er weigerte sich weiterzugehen, bis seine Eltern ihm schließlich zwei der Kaninchen kauften, die er mit in die Ferienwohnung nehmen und dort als Haustiere halten durfte. Er liebte diese Kaninchen, liebte es, ihre zarten weichen Körper zu halten, und er war seinen Eltern jeden Tag dafür dankbar, dass sie ihm geholfen hatten, die Kaninchen vor dem grausamen Schicksal zu retten, das sie sonst erwartet hätte.

Die Ferien neigten sich ihrem Ende zu, und es wurde Zeit für die Heimreise. Die Kaninchen konnten nicht mitfahren, daran ließ Papa keinen Zweifel. Vielleicht konnte man sie jemand anderem schenken? Oder sie einfach in die Natur freilassen? Leo weinte und protestierte, aber im Stillen stellte er sich darauf ein, von seinen pelzbekleideten Freunden Abschied zu nehmen. Die Tage verstrichen, die Heimreise stand bevor, aber es war noch keine konkrete Entscheidung über die Kaninchen gefällt worden. Und dann, am letzten Morgen, passierte es.

Leo wachte davon auf, dass Veronica ins Zimmer kam, die Kaninchen aus ihrem Käfig hob und mit ihnen hinausging. *Mama*, sagte er, *was machst du?* Aber sie sagte nichts, schien ihn gar nicht zu hören. Er schlug die Decke zur Seite und rannte ihr hinterher auf den Balkon. Aber er kam zu spät. Er sah, wie seine Mutter erst das eine, dann das andere Kaninchen in hohem Bogen über das Geländer schleuderte. Die Körper wirbelten durch die Luft, ehe sie nach ihrem Sturzflug vier Stockwerke tiefer aufschlugen. Leo wusste nicht, schrieb er, ob er tatsächlich den Aufprall der kleinen Körper auf der Straße hörte oder ob er sich das im Nachhinein einbildete.

Heulend lief er in sein Zimmer zurück, knallte die Tür zu und bohrte den Kopf ins Kissen. Wenn Mama käme, um sich zu entschuldigen, würde er sie keines Blickes würdigen, er würde schreien, dass er ihr nie verzeihen könne, dass er sie hasste. Er wünschte inbrünstig, seine ganze brodelnde Wut gegen sie richten zu können. Aber sie kam nicht. Niemand kam.

Stattdessen wachte Papa auf und erfuhr, was passiert war. Leo erinnerte sich, dass von Mamas Stimme nur ein Murmeln zu hören war, während Papas Stimme immer lauter wurde. Zuerst glaubte Leo, Papa würde Mama ausschimpfen, was er selbst gern getan hätte, aber dann konnte er einzelne Wörter auseinanderhalten und begriff, dass auch seinem Papa die Kaninchen völlig egal waren. Dass er aus ganz anderen Gründen aufgebracht war. *Was hast du dir dabei gedacht, Veronica? Du hättest jemanden verletzen können, ist dir das gar nicht klar? Weißt du, wie schwer ein Körper ist, der aus so großer Höhe herabfällt?*

Das Letzte, woran Leo sich erinnerte, bevor er sich das Kissen ins Gesicht drückte, um nichts mehr hören zu müssen, war das Geschrei seines Vaters.

Kapierst du, was da hätte passieren können? Du hättest jemanden töten können!

»Elena? Hast du was gesagt?«

Ich starre die Gießkanne auf dem Fensterbrett an, spüre, dass ich nur mit Mühe Luft holen kann.

Die Handtasche, die ins Wasser geschleudert wurde.

Die Kaninchen, die über das Balkongeländer geflogen waren.

»Was ist denn los mit dir? Du keuchst, als wärst du zehn Kilometer gerannt.«

Filip mit der rothaarigen Frau. Veronicas Tränen beim Abendessen. Ihr finsterer Blick, der Filip über den Hof folgt. Und ihre rabiaten Hiebe mit der Schere, als wäre der Blumenstrauß ein Wesen aus Fleisch und Blut, jemand, den sie vor sich sieht, den sie zerstören, vernichten will.

»Hallo? Elena!«

Meine Schwester hebt die Stimme, dringt in das Chaos in meinem Kopf ein. Wäre sie hier, würde sie mich an den Schultern packen und mich schütteln, auf einer Antwort bestehen. Aber sie ist nicht bei mir, niemand ist bei mir.

»Ich mache mir Sorgen um ihn.«

»Sorgen um wen? Um den Nachbarsjungen? Leo heißt er, stimmt's?«

Ich gebe keine Antwort. Mein Blick sucht das Fenster im ersten Stock, über der Küche der Familie Storm. Obwohl es noch nicht spät ist, sind die Vorhänge zugezogen. Vielleicht waren sie schon den ganzen Tag geschlossen. Ich wende mich einer meiner Pflanzen auf dem Fensterbrett zu, zupfe an den Blättern, zuerst vorsichtig, dann resoluter.

»Du scheinst dich ja sehr für diese Familie zu interessieren, Elena. Ich hoffe nur, du denkst auch an dich. Ich habe kein Blatt vor den Mund genommen bei unserem letzten Gespräch … und ich kann mir vorstellen, dass dich das ganz schön mitgenommen hat, aber ich wollte wirklich nicht …«

Ich lasse von dem Farn ab, als hätte ich mich verbrannt. *Dass du als Teenager magersüchtig warst. Mama hat es mir erzählt.*

»Wir sehen uns ja am Freitag, da können wir weiterreden. Außer du willst, dass ich vorher vorbeikomme. Das mache ich natürlich gern.«

»Nein«, stammele ich, »nein, nein. Freitag ist gut.«

Ich beende das Gespräch und lege das Telefon aus der Hand. Ich starre die zugezogenen Vorhänge auf der anderen Seite des Innenhofs an, bis mir die Augen brennen. Und starre weiter. Was ist eigentlich los in dem Haus?

Ich fahre den Rechner hoch und gehe ins Netz. Der Name Veronica Storm liefert überraschend wenige Treffer. Die konkretesten Hinweise sind die Webseite eines Yogastudios ganz in der Nähe, wo sie anscheinend arbeitet, und der Link zu einer Alumnigruppe für Jurastudenten. Erneut hebe ich den Blick und mustere die Fassade. Wie ihr Mann ist Veronica von Haus aus also Juristin. Allerdings ohne Anstellung in einer angesagten Kanzlei, stattdessen ist sie hinter dem Empfangstresen eines Yogastudios gelandet. Wie kommt das? Man könnte meinen, eine typische Jurastudentin habe andere Ambitionen. Vielleicht ist auf dem Weg dahin etwas passiert, vielleicht ist Veronica zu tief in die Dunkelheit abgeglitten und hat sich etwas zuschulden kommen lassen, etwas, das ihr eine Karriere im Rechtswesen ein für alle Mal verbaut hat?

Es gibt noch schlimmere Sachen, die ich erzählen könnte. Viel schlimmere.

Kalte Finger huschen über meine Wirbelsäule, und ein Schauer läuft mir den Rücken hinab.

Ich habe auch mein E-Mail-Programm offen, und aus dem Augenwinkel sehe ich, dass ich eine neue Nachricht erhalten habe. Ohne nachzudenken klicke ich sie an, und erst als die Mail bereits geöffnet ist, wird mir klar, wer der Absender ist. Meine Pupillen weiten sich, und ich überfliege die ersten Zeilen. Da steht, dass ihm bewusst ist, was wir entschieden haben, nämlich uns nur zu melden, wenn etwas passiert ist. Da steht außerdem, dass er genau deswegen schreibt. Weil tatsächlich etwas passiert ist. Mein Herz rast. Es folgen weitere Zeilen Text, doch ich muss die Einleitung noch einmal lesen. Muss mich wappnen.

Ich drehe ein paar Runden in der Küche, trinke ein Glas Wasser, und als ich mich wieder vor den Rechner setze, sehe ich Filip über den Hof nach Hause schlendern. Ich folge ihm mit dem Blick, bis er im Haus gegenüber verschwunden ist. Dann wende ich mich wieder dem Bildschirm zu. Ich lese den Rest der Mail, und es kommt mir so vor, als wäre Peter durch die Tür getreten, würde hinter mir stehen, seine Hände auf meinen Schultern. Er wartet darauf, mich halten zu dürfen, darauf, dass ich mich an ihn schmiege und meine Wange an seine Brust drücke. *Ein Puzzle aus zwei Teilen.*

Ich lese wieder und wieder.

Neulich habe ich ein kleines Mädchen im Park gesehen. Sie wollte nicht aufhören zu schaukeln, ihr Vater hatte keine Lust mehr, aber sie rief, dass sie mehr Anschwung wollte, dass sie höher schaukeln wollte. Du hättest ihr Lachen hören sollen, wie sie juchzte, als die Schaukel emporschwang. Sie war dir so ähnlich, Elena, sie hatte deine Haare, deine Augenfarbe und in der einen Wange das gleiche Grübchen, und ich musste ständig denken, dass sie unser Kind hätte sein können. Und plötzlich habe ich mich gefragt: Was tun wir hier eigentlich? Was haben wir gemacht?

Ich springe vom Stuhl auf – bereit, mich in Peters Arme zu werfen. Das Gefühl seiner Nähe ist so stark. Aber als ich mich umdrehe, begegnet mir nichts als die Schatten der Dämmerung in den Ecken.

Das Zimmer ist leer. Ich bin allein, vollkommen allein.

DER EHEMANN

21

Sie zieht nicht wie sonst die Gardinen auf, um die Morgensonne hereinzulassen. Sie steht überhaupt nicht auf. Ich sage ihren Namen, aber sie antwortet nicht. Als ich mich aus unserem gemeinsamen Bett erhebe, bleibt sie liegen. Ich erledige das Notwendige im Bad, ziehe mich an und gehe frühstücken, und als ich ins Schlafzimmer zurückkomme, hat meine Frau sich nicht von der Stelle gerührt. Sie liegt in exakt derselben Stellung, hat die Knie angezogen und mir den gebeugten Rücken zugewandt.

Ich sage ihren Namen an der Tür, aber sie schweigt. Ich trete näher und sage ihn wieder. Dann gehe ich zu ihr und lege ihr eine Hand auf die Schulter, rüttele sie behutsam und dann nicht mehr ganz so behutsam. Aber sie rührt sich nicht. Ich merke, dass sie atmet, und ich sehe, wie es unter den geschlossenen Lidern zuckt, also weiß ich zumindest, dass sie lebt. *Lebt?* Dass mir dieses Wort überhaupt in den Sinn kommt. Es ist doch klar, dass sie lebt!

Ich trete einen Schritt zurück und denke wieder an das Gespräch beim Abendessen, mein Bekenntnis. Hätte ich etwas anders machen können? Gibt es eine richtige, eine schonende Art, seiner Frau zu erzählen, dass man sich mit einer anderen Frau trifft? Dass man verwirrt ist und nicht weiß, was man will?

Schließlich muss ich gehen. Die Arbeit wartet. Ich stelle ihr ein Glas Wasser hin und drücke ihren Oberarm unter der Bettdecke, dann überlasse ich sie der Dunkelheit. In mir spüre ich Schuld und Selbstvorwürfe, aber da ist auch Erleichterung. Weil ich endlich die Wahrheit gesagt habe, weil ich nicht länger mit einer Lüge lebe. Und vor allem, weil meine Frau so reagiert, wie sie reagiert. Es tut weh, sie so zu sehen, aber Tränen und Apathie sind trotz allem besser als die Alternative. Ich denke an die Narbe an ihrem Bauch und schaudere.

Ich habe sie zum ersten Mal entdeckt, als wir zusammen nackt waren, aber es vergingen sicher ein paar Wochen, bis ich sie danach fragte. Sie hat eine Geschichte von einem Unfall erzählt, etwas von einem Stacheldrahtzaun, und mehr hatte sie dazu nicht zu sagen. Schon zu dem Zeitpunkt hätte ich misstrauischer sein sollen, hätte mehr Fragen stellen und ihre Miene deuten müssen, als sie mir das erzählte. Aber ich war verliebt und habe nur das gesehen, was sie preisgeben wollte. Ich habe die Narbe geküsst, wenn wir zusammen im Bett waren, und rückblickend muss ich sagen, dass sie mein Gesicht dann immer weggeschoben hat. Dann hat sie mir die Wahrheit erzählt, und seitdem werde ich die Narbe immer mit anderen Augen sehen. Als ich nach Hause komme, ist niemand da, der mich begrüßt. Diele und Küche sind dunkel. Meine Frau liegt noch immer im Bett, an derselben Stelle und in derselben Position wie heute Morgen. Die Vorhänge sind zugezogen, im Zimmer ist es dunkel und stickig. Ich versuche mit ihr zu sprechen, erkundige mich, wie es ihr geht und ob ich etwas tun kann, aber sie reagiert nicht.

Ich will mich nicht aufdrängen und wage es auch nicht. Ich habe keine andere Wahl, als Verständnis aufzubringen und ihr Zeit zu lassen. Aber zugleich … In diesem Zustand kann das nicht mehr lange weitergehen. Zwei oder maximal drei Tage, denke ich, dann muss ich etwas unternehmen, auf Hilfe von außen zurückgreifen.

Als Bettgehzeit ist, mache ich mich fertig, schlage die Decke zurück und lege mich auf die freie Seite der Matratze. Es ist ein merkwürdiges Gefühl, das Bett zu teilen, und doch wieder nicht. Sich so nahe zu sein, wie es zwei Menschen überhaupt möglich ist, und zugleich durch einen Abgrund getrennt.

Ich könnte natürlich auch in einem anderen Zimmer oder auf dem Sofa schlafen. Tun das nicht die Leute in solchen Situationen? Aber nein. Wenn es eine Norm dafür gibt, wie echte Eheleute sich verhalten sollen, wenn einer den anderen betrogen hat, dann gilt sie nicht für uns. In unserem Fall gibt es keinen Trost in den Erfahrungen der anderen und auch kein vorgegebenes Muster. Wir sind nicht wie die anderen.

Ich höre ihre gleichmäßigen Atemzüge und frage mich, woran sie wohl denkt. Mir wird klar, dass ich keine Ahnung habe, ja, dass ich vielleicht nie eine Ahnung davon gehabt habe. Ich schiebe den Arm unter meinen Kopf und starre an die Decke. Nein, wir sind nicht wie die anderen. Aber das hat nicht in erster Linie mit mir zu tun. Wir sind anders, weil meine Frau anders ist.

ELENA 22

Der Abend geht in die Nacht über, aber ich mache keine Anstalten, ins Bett zu gehen. Das würde ja nichts bringen, ich kann sowieso nicht schlafen. Meine Energien drehen sich im Kreis, suchen nach einem Ausweg, ohne einen zu finden. Ich bewege mich durchs Haus, bleibe schließlich auf der Schwelle zum Wohnzimmer stehen und lasse meinen Blick erneut über die an den Wänden gestapelten Umzugskartons schweifen. Ich sollte zumindest einige davon auspacken, bevor meine Schwester zu Besuch kommt. Dann hätte ich eine Beschäftigung, eine Aufgabe für meine Hände.

Stattdessen zieht es mich zum Bücherregal. Ich nehme Bücher heraus und stelle sie an neue Plätze. Das geht mittlerweile wie von selbst. Bücher sortieren, Gedanken sortieren. Ich stelle mich auf die Zehen, um das oberste Regalfach zu erreichen, aber ich versuche, nicht nur Bücher zu fassen zu kriegen, sondern Mutter.

Was soll ich machen?, flüstere ich ihr in der Dunkelheit zu.

Wenn ich nur ein einziges Mal noch ihre Umarmung spüren könnte, die Ruhe in ihren Fingerkuppen, wenn sie meine Haare hinters Ohr streicht. Aber hier bin ich, schlaflos, hoffnungslos und einsam. Einsam mit den wenigen, aber schwerwiegenden Entscheidungen, die noch ausstehen.

Ich kann Peters Mail auswendig, kenne jeden Satz und jedes Wort. Sie endet mit der Frage, ob ich mir vorstellen kann, mich mit ihm zu treffen. *Ohne irgendwelche Verpflichtungen oder Erwartungen, nur ein bisschen reden. Ich vermisse dich so.* Jedes Mal, wenn ich an diese Worte denke, ist es, als würde ich in einen Strudel hineingezogen, als würde ich immer schneller in einer Spirale aus verdrängten Gefühlen rotieren, um am Ende wieder an die Oberfläche katapultiert zu werden. Er will sich mit mir treffen. Er vermisst mich. Ich presse die Hände auf meinen Brustkorb, spüre, wie sich die Wärme auf meinen Handflächen ausbreitet. Peters liebevolle Betrachtung des kleinen Mädchens, das mir seiner Meinung nach ähnlich sah und das unser Kind hätte sein können. Und dann die Verzweiflung, die durch die folgenden Sätze hindurchschimmert, die gleiche Verzweiflung, die ich auch empfinde. *Was tun wir hier eigentlich? Was haben wir gemacht?*

Meine Hand bewegt sich wie von selbst, und ehe ich weiß, wie mir geschieht, habe ich die geballte Faust gegen die Wand neben dem Regal gerammt. Ich zucke zurück, starre meine Finger an, als gehörten sie jemand anderem.

Da höre ich sie plötzlich, Mutters Stimme.

Arbeit ist die beste Medizin.

Und plötzlich ist mir klar, was ich tun muss.

Ich überlasse die Bücher ihrem Schicksal, obwohl ich nicht mal halbwegs mit dem Sortieren durch bin. Drüben in der Küche bringe ich den Rechner wieder zum Laufen und antworte Peter. Ich schreibe, ohne seine Mail noch einmal zu lesen, ohne Worte abzuwägen oder mir Formulierungen zurechtzulegen. Ich erkläre, dass ich ihn jetzt nicht treffen kann, dass ich vorher eine andere Sache abschließen muss. Aber dass wir uns dann, wenn etwas mehr Zeit verstrichen ist und ich das, was ich tun muss, erledigt habe, sehen und reden können. Wenn er dann noch will. Sobald ich den letzten Punkt getippt habe, klicke ich die Senden-Taste. Ich gebe mir nicht die Gelegenheit, noch einmal nachzudenken und womöglich etwas zu bereuen. So ist es jetzt. So muss es sein.

Ich öffne das Textdokument, das ich vor ein paar Tagen begonnen habe. Ich hatte ganz spontan angefangen zu schreiben, ohne zu wissen, wohin es mich führen würde. Jetzt weiß ich es.

Ich werde es fertig schreiben, die Fragmente zu einer Erzählung zusammenfügen. Weil ich Autorin bin und weil Autoren es so machen. Ich werde mich durch die Finsternis hindurcharbeiten und diesem Text alles geben, was ich habe. Und ich werde meine Hoffnung daransetzen, dass ich auf der anderen Seite wieder herausklettern kann, wenn das letzte Kapitel geschrieben ist. Was danach kommt, wer ich dann sein werde, bleibt abzuwarten.

Aus dem Augenwinkel erahne ich die unscharfen Konturen von jemandem, der neben mir auf dem Küchenstuhl sitzt und nervös mit dem Fuß wippt. Leo. Ich schaue auf, doch es ist keiner da, der Stuhl ist leer. Ich drehe meinen Kopf und blicke durch das Fenster in den Hof. Nun, da keine Lampen die Zimmer erleuchten, ist das Haus gegenüber nur eine düstere Silhouette. Das Einzige, was deutlich zu sehen ist, bin ich, als Mittelpunkt in dem bläulichen Schein, der den Bildschirm umgibt. Ich scrolle zu dem letzten Satz, den ich geschrieben habe, und lege meine Finger auf die Tastatur. Dann beginne ich.

Die Wörter nehmen fast wie von selbst unter meinen Fingerkuppen Gestalt an. Die Nacht eilt voran, während sich Seite an Seite fügt. Als die Müdigkeit in meinem Kopf zu rauschen beginnt, siedele ich ins Bett über, stelle den Rechner auf den Fußboden daneben und schlafe ein paar Stunden, einen unruhigen Schlaf mit verschwommenen Träumen. Mitten in einem besonders turbulenten Teil wache ich auf, hebe den Laptop ins Bett und schreibe noch ein paar Seiten, ehe ich wieder einschlafe. Diese Prozedur wiederhole ich so lange, bis der Tag anbricht und ich an den Küchentisch zurückkehre. Ich esse Knäckebrot mit den letzten Resten aus dem Marmeladenglas, trinke Tee und nehme halbherzig zur Kenntnis, dass ich heute wirklich einkaufen muss, wenn ich für meine Schwester ein halbwegs passables Abendessen zusammenbringen will. Dann arbeite ich weiter.

Peter schickt eine Antwort. *Tu das, was du für richtig hältst. Nimm dir die Zeit, die du brauchst. Ich bin für dich da, wenn du soweit bist.* Ich lese seine Nachricht und arbeite weiter.

Erst als ich gegen Nachmittag Leo draußen auf dem Hof entdecke, legen meine Finger eine kurze Pause ein. Was soll ich ihm sagen? Wie soll ich ihm erklären, dass es heute nicht passt? Dass ich auf unabsehbare Zeit beschäftigt sein werde? Dann fällt mir auf, dass er gar nicht unterwegs zu mir ist, sondern sein eigenes Zuhause ansteuert. Seine Gangart hat etwas Merkwürdiges, und als ich den Hals recke, sehe ich, dass er keine Schuhe trägt. *Keine Schuhe?* Ich erhebe mich halb aus meinem Stuhl und lehne mich ans Fenster. Aber es ist keine optische Täuschung, Leo geht nur auf Strümpfen über den Plattenweg. Warum … wie …? Er blickt sich kein einziges Mal um, sieht zu Boden. Dann verschwindet er im Haus gegenüber.

Mein Blick wandert von der Haustür ein Stockwerk höher, wo die Vorhänge noch immer zugezogen sind. Als ob dahinter jemand liegen würde oder vielleicht schon den ganzen Tag gelegen hat. Jemand, der unterwegs in die Dunkelheit ist. Ich richte meinen Blick wieder auf den Bildschirm.

Schreib jetzt. Schreib einfach.

Und das tue ich.

23

Aus dem Schrank unter der Spüle hat es begonnen zu riechen. Ich knote den Müllbeutel zu und gehe nach draußen, um ihn in eine der Mülltonnen im Innenhof zu werfen. Als ich mich umdrehe, steht Leo hinter mir. Obwohl er wie gewöhnlich einen weiten Pullover und tief sitzende Jeans trägt, wirkt sein schlaksiger Körper dünner denn je.

Ich sehe auf die Uhr und frage, was er so früh hier draußen mache. Die Schule fange doch noch gar nicht an?

In einer Stunde erst, lautet die Antwort, aber die Bibliothek sei offen. Normalerweise liest oder lernt er dort vor der ersten Stunde. Das ist clever, denn es gibt von der Bibliothek aus einen separaten Eingang zur Schule, sodass man sich das Gedränge mit allen anderen in der großen Garderobenhalle erspart.

Das Gedränge?, frage ich mich im Stillen. Oder das Risiko, herumgeschubst und verspottet zu werden? Ich blicke hinunter auf Leos Füße. Er trägt Schuhe, aber es sind nicht seine üblichen weißen Sneakers. Ich will wissen, was damit passiert ist, und er fragt, was ich meine.

»Gestern, Leo. Ich habe gesehen, dass du ohne Schuhe nach Hause gekommen bist.«

Mit einem Ruck wirft er den Kopf zurück, und seine Ponyhaare fliegen zur Seite. Die eitrigen Pickel auf der Stirn schreien mich an. Entweder sind es mehr geworden, oder sie sind größer. Dann nickt er, und die Haare fallen ihm wieder in die Stirn.

»Ich muss jetzt gehen«, sagt er. »Man sieht sich.«

Ich fange seinen Blick auf.

»Was machen die eigentlich noch? Außer dir gemeine Zettel zu schreiben, deinen Hals zu beschmieren und dir deine Schuhe wegzunehmen?«

Leo wendet sich ab. Ich denke, jetzt habe ich eindeutig die Grenze überschritten. Jetzt geht er und kommt nie wieder bei mir vorbei. Aber er bleibt stehen, kehrt mir den Rücken zu. Ich werfe einen Blick hinüber zur Küche der Familie Storm und frage mich, ob Veronica oder Filip vielleicht dort sitzen und uns beobachten, aber ein Busch nimmt mir die Sicht.

Ich gehe einen Schritt vor, suche nach einer klugen Bemerkung, aber das ist nicht leicht. Wirklich nicht.

Leos Verhalten hat etwas Paradoxes, etwas, das mich verblüfft und verwirrt. Von zu Hause zu erzählen, scheint für ihn kein Problem zu sein. Es gibt für ihn offenbar keine Grenzen, wenn es darum geht, was und wie viel er über seine Eltern und nicht zuletzt Veronica zu erzählen bereit ist. Doch wenn es darum geht, was er in der Schule aushalten muss, sieht die Sache anders aus. Vielleicht ist es für einen Jungen in seinem Alter schwieriger, über das Thema

Freunde oder genauer gesagt die Abwesenheit von Freunden zu reden.

»Leo, was kann ich tun?«

Er bleibt mir die Antwort schuldig. Seine Schultern beben. *Weint er?* Ich spüre einen Stich, tief in mir. Und trete noch einen Schritt vor.

»Ich will dir helfen.«

Endlich dreht er sich um. Er starrt zu Boden und scheint mit sich selbst zu beratschlagen.

»Wenn du vielleicht …«, setzt er schließlich an. »Könntest du meinen Schlüssel aufbewahren?«

Dann hebt er den Kopf und sieht mir in die Augen. Erklärt knapp und gedämpft, dass sie manchmal seine Sachen nehmen und verstecken. Schuhe, Schlüssel … ja, vielleicht könne ich verstehen, was er meint.

Er setzt den Rucksack ab und kramt etwas aus der Außentasche hervor. Im nächsten Moment hält er einen Hausschlüssel in der Hand. Er streift sich die Schulterriemen wieder über, sagt, dass er den Schlüssel in der Schule sowieso nicht brauche und ihn sich einfach holen könne, wenn er nach Hause komme. Er verspricht, nicht lange zu stören, er brauche gar nicht hereinzukommen. Und wenn ich beschäftigt sei oder nicht zu Hause, könne ich den Schlüssel einfach in einen Blumentopf oder so vor die Tür legen.

»Übrigens liegt das Handbuch übers Schreiben, das ich mir geliehen habe, in meinem Zimmer neben dem Rechner. Falls du es brauchen solltest.«

Dann wendet er sich zum Gehen. Ich stehe da, mit seinem Schlüssel in der Hand. Und bin mir nicht ganz im Klaren darüber, wozu ich eigentlich Ja gesagt habe.

Einige Zeit später entdecke ich Veronica. Ich sitze am Rechner und schreibe, dränge die finsteren Gedanken zurück, die irgendwo im Hintergrund lauern, indem ich mich auf den Text konzentriere, der unter meinen Händen langsam Form annimmt. Als Veronica in der Küche gegenüber auftaucht, sehe ich sie zum ersten Mal seit dem Abendessen, das in Tränen geendet hat. Seitdem sind die Vorhänge im ersten Stock morgens nicht aufgezogen worden, oder, besser gesagt, sie sind überhaupt nicht aufgezogen worden.

Sie ist wieder unterwegs in die Dunkelheit. Eine Andeutung, dass sie auch vorher schon labile Phasen gehabt hat. Als sie die Handtasche über das Brückengeländer geschleudert hat. Als das mit den Kaninchen passiert ist. Die Kaninchen … Ich glaube zu hören, wie die Schädel auf dem Asphalt zerschmettert werden, und zu sehen, wie sich blutige Fellfetzen über die Straße verteilen. Wer macht so etwas? Was für ein Mensch, was für eine Mutter? Ich schaudere und wickele die Strickjacke enger um mich.

Anhand von Leos Erzählungen hatte ich vermutet, dass es noch einige Tage dauern würde, ehe Veronica sich zeigte. Und wenn, dann im Morgenmantel und mit schlurfenden Schritten. Und jetzt ist sie da, die Haare zu dem typischen glänzenden, glatt gebürsteten Pferdeschwanz zusammengebunden. Sie trägt ein eng anliegendes Top in grellen Farben und geht mit energischen Schritten in der Küche hin und her. Erst macht sie den Kühlschrank auf und steckt sich etwas in den Mund, dann füllt sie eine Wasserflasche und verlässt den Raum wieder. Ich lehne mich vor, versuche, ihr mit dem Blick um die Ecke zu folgen, am Türstock vorbei, aber sie ist nicht mehr zu sehen.

Vielleicht ist Veronica auf dem Weg zurück ins Schlafzimmer, und der Ausflug ins Erdgeschoss ist das Einzige, was sie heute bewältigen konnte. Aber es ist auch möglich, dass sie vorhat, in Kürze das Haus zu verlassen. Ich spüre, wie sich mein Puls beschleunigt, und blicke an mir hinunter. Ich trage eine Strickjacke über dem Unterhemd, in dem ich geschlafen habe, und bin vorhin in eine bequeme Jogginghose geschlüpft. Annähernd präsentabel. Ich bin bereit. Auf meinen Handflächen bricht der Schweiß aus. *Bereit? Wofür?* Fürs Schreiben. Darauf will ich mich ja jetzt ausschließlich konzentrieren. Ich würde mich durch nichts ablenken lassen, hatte ich mir das nicht vorgenommen?

Die Tür gegenüber geht auf, und Veronica kommt heraus. Sie trägt eine dünne taillierte Jacke über dem grellen Top und eine schwarze, enge Trainingshose. In der Hand hält sie eine kleine schwarze Tasche, aus deren Seitenfach die Wasserflasche herausragt. Sie schließt die Tür ab und verlässt mit entschlossenen Schritten den Hof. Dabei nimmt sie denselben Weg, den ihr Mann einschlägt, wenn er das Haus verlässt, auch an diesem Morgen.

Ich höre wieder Leos Stimme. *Es gibt noch schlimmere Sachen, die ich erzählen könnte. Viel schlimmere.* Im nächsten Moment befinde ich mich in der Diele, schlüpfe in meine Joggingschuhe und schnappe mir meine Steppweste. Dann finde ich mich unversehens draußen vor der Tür wieder und nehme Veronicas Verfolgung auf. Es kommt mir so vor, als würden fremde Kräfte mich einfangen und mitreißen.

Ich verstehe nichts, ich weiß nichts. Nur das eine: Ich muss wissen, wo sie hingeht.

24

Als die Veränderung eintraf, bemerkte er sie nicht. Dabei war es, als hätten Himmel und Meer ihren Platz getauscht.

Apathie und Hoffnungslosigkeit ebbten ab und gaben den Fantasien Raum. Fantasien von Wiedergutmachung und Vergeltung, von Angstschreien und gewaltsamem Tod. Und dann, eines Tages, als sie wusste, dass sie allein zu Hause war, stand sie aus dem Bett auf, zog sich an und packte ihre Sporttasche.

Der Tag, an dem sie beschloss, ihren Mann umzubringen, war ein Freitag. Da wusste sie noch nicht, wie sie vorgehen sollte. Sie brauchte Zeit, um zu planen und die nötigen Vorkehrungen zu treffen. Bis sie einen Plan hatte, würde sie sich damit befassen, ihren Körper zu stählen. Sie würde stärker sein als je zuvor. Sie war nicht sicher, ob reine Körperkraft von Bedeutung sein würde, wenn der kritische Moment da war, aber es war auch nicht völlig abwegig. Sie musste auf alles gefasst sein.

Er berührte sie nicht länger, sah sie nicht ohne Kleidung und würde ihre körperliche Veränderung nicht bemerken. Er würde nicht begreifen, was sich tatsächlich abspielte, und genauso sollte es sein. Sie wollte ihn glauben machen, sie sei schwach und ver-

letzlich und verbringe immer noch den größten Teil der Tage erschöpft im Bett. Sie wollte, dass er sie für ungefährlich hielt.

Der entscheidende Tag kam näher, das spürte sie in jeder Zelle ihres Körpers. Es würde nicht mehr lange dauern. Überhaupt nicht lange.

ELENA 25

Das Fitnessstudio befindet sich ganz oben in einem quaderförmigen Backsteingebäude. Ein schmaler Flur mit Auslegeware führt vom Fahrstuhl zum Empfang, der aus einem geschwungenen Tresen aus blank poliertem Holz besteht. Darüber hängt ein Kronleuchter.

»Warst du schon mal in einem Fitnessstudio? Hast du Trainingserfahrung?«

Die junge Frau hinter dem Tresen ist in den Zwanzigern und mustert mich mit unverkennbarer Skepsis. Offensichtlich hat sie Mühe, in mir eine potenzielle Kundin zu sehen. Mein nachlässiges Erscheinungsbild ist in einer solchen Einrichtung natürlich nicht an der Tagesordnung.

Ich sollte umkehren, mit dem Lift nach unten fahren und nach Hause gehen. Ich weiß, dass Veronica sich irgendwo in den Räumlichkeiten hinter dem Empfang aufhält, dass sie hierher wollte. Das sollte reichen.

Ich habe auf dem Weg hierher natürlich ausreichend Abstand gehalten. Dabei wäre das gar nicht nötig gewesen, denn Veronica ging zielsicher den Bürgersteig entlang, ohne einen Blick nach rechts oder links. Und ohne mich zu entdecken.

Als wir am Ziel waren, wartete ich hinter einem Baum, während sie durch den verglasten Eingang verschwand. Erst als ich sah, wie sich die Fahrstuhltüren schlossen, rannte ich quer über die Straße und verfolgte mit dem Blick die roten Ziffern, die die Fahrt des Lifts anzeigten, bis er im obersten Stock angekommen war. An der Wand daneben hing ein Verzeichnis der Unternehmen und Organisationen mit Angabe des entsprechenden Stockwerks. Zahnärzte, ein Immobilienmakler, ein Nagelstudio. Und dann, ganz oben, der Name eines Fitnessstudios. *Exclusive.* Damit hätte ich mich zufriedengeben sollen.

Aber ich kann das, was mich umtreibt, nicht ignorieren. Ich strecke mich.

»Momentan habe ich noch keine Mitgliedskarte, aber ich hätte Interesse daran. Könntest du mich ein bisschen herumführen, bevor ich mich entscheide?«

Wie komme ich zu diesen Worten? Diesem selbstsicheren, auffordernden Ton? Ich weiß es nicht, aber es funktioniert. Die junge Frau ist einverstanden und bedeutet mir mit einem Wink, ihr zu folgen. Zuerst zeigt sie mir die Umkleideräume und eskortiert mich dann in die »Landschaft«, wie sie die Trainingsfläche nennt. Eine fliederfarbene Rückwand auf der einen, ein schräges Glasdach auf der anderen Seite, Laufbänder und Crosstrainer in langen Reihen, Geräte für Krafttraining und ganz hinten Gewichte. Es sind nicht viele Mitglieder da, und die junge Trainerin erklärt, dass abends und an den Wochenenden mehr Leute kommen. Ich schaue mich um, sehe ein Paar Mitte zwanzig, eine ältere Dame und eine Handvoll Männer, von denen jeder für sich trainiert. Und schließlich Veronica.

Sie steht hinten vor einem Spiegel und hebt einen kugelförmigen Gegenstand mit beiden Händen. Dabei wirkt sie völlig vertieft, Konzentration und Fokus stehen ihr ins Gesicht geschrieben. Und noch etwas: Schmerz. Sie trainiert offenbar so heftig, dass es wehtut. An den Schultern und Oberarmen spielen die Muskeln. Ich bleibe stehen, unfähig, den Blick von ihr abzuwenden.

»Das sind die Kettlebells«, informiert mich die Trainerin und deutet mit dem Kopf auf die Kugel in Veronicas Hand. »Für den schnellen Muskelaufbau. In wenigen Wochen kannst du die Kraft in deiner Armmuskulatur um ein Vielfaches …«

»Wie lange trainiert sie schon hier?«

Die Trainerin reagiert mit Verwunderung und vielleicht auch mit etwas anderem.

»Meinst du die Frau da hinten? Keine Ahnung. Aber wir können rübergehen, wenn du willst. Dann kannst du dir das näher anschauen und vielleicht sogar mal ausprobieren …«

Ich schüttele den Kopf und trete einen Schritt zurück. Die Fitnesstrainerin zuckt mit den Schultern und meint, dass wir dann fertig seien mit dem Rundgang, viel mehr gebe es nicht zu sehen. Ich könne jederzeit den Mitgliedsvertrag unterschreiben oder aber erst ein kostenloses Probetraining buchen, wenn mir das lieber sei. Wir gehen zum Empfang zurück. Die junge Frau dankt mir für mein Kommen und wünscht mir viel Erfolg. Ich bleibe am Tresen stehen.

»Aber sie … kommt sie oft her? Hast du sie schon mal gesehen?«

Die Fitnesstrainerin dreht sich wieder zu mir und runzelt die Stirn.

»Wer?«

Eine Sekunde Stille.

»Meinst du immer noch die Frau mit den Kettlebells?«

Ich ziehe den Reißverschluss meiner Weste zu und nicke.

»Ich möchte nur wissen, was für einen Eindruck sie auf dich macht. Benimmt sie sich irgendwie komisch? Oder wirkt sie …?«

Die Trainerin mustert mich eingehend, der letzte Funken Entgegenkommen ist aus ihrem Blick verschwunden.

»Selbst wenn ich wollte, dürfte ich mich nicht mit dir über unsere Kunden unterhalten.«

»Das verstehe ich, aber …«

Plötzlich sitzt mir etwas im Hals, das nicht verschwindet, obwohl ich schlucke.

»Und selbst wenn ich dürfte, würde ich es nicht wollen.«

Sie wendet sich ab und ruft einen Kollegen herbei, der ein Stück entfernt steht. Ich drehe mich um und gehe. Eilige Schritte zum Fahrstuhl. Ich bleibe nicht stehen, auch nicht, als ich den Eindruck habe, dass sie mir hinterherrufen. Statt auf den Lift zu warten, schlüpfe ich durch eine Tür ins Treppenhaus. Ich nehme im Laufschritt die Treppe. Erst als ich keuchend und japsend wieder unten auf der Straße bin, neben demselben Baum wie vorhin, halte ich inne und werfe einen Blick über die Schulter. Niemand verfolgt mich. Ich lehne mich gegen den rauen Stamm und schiebe meine kalten Hände in die Westentaschen.

Mehrmals beschließe ich wegzugehen, und trotzdem stehe ich vierzig Minuten später noch da, als Veronica herauskommt, mit rosigen Wangen und geföhntem Haar. Außerdem hat sie sich umgezogen. Ich stelle mich wieder hinter den Baum und puste auf den Tee im Pappbecher, den ich vor einer Weile bei einem Imbiss in der Nähe gekauft habe. Der Großteil der Bockwurst, die ich mir bei der Gelegenheit gekauft habe, liegt im Abfall. Die ersten Bissen haben gut geschmeckt, aber dann hatte ich die Stimme meiner Schwester im Ohr. *Dass du als Teenager magersüchtig warst.* Mit voller Lautstärke, so, als würde sie die Worte herausschreien. Da habe ich den Appetit verloren.

Ich drücke den Rücken gegen den Stamm und zähle langsam bis zehn, ehe ich wieder hervorluge. Statt denselben Weg zu nehmen, auf dem wir hergekommen sind, überquert Veronica in entgegengesetzter Richtung den Parkplatz und hält auf die weiter entfernte Bushaltestelle zu. Wohin will sie jetzt? Offensichtlich nicht nach Hause. Die Busse, die diese Strecke bedienen, fahren fast pausenlos in die Stadt. Im Wartehäuschen setzt sie sich auf eine Bank und nimmt ihr Telefon zur Hand. Ich lasse sie nicht aus den Augen, und obwohl die Kälte längst durch meine Kleider gekrochen ist, bemerke ich sie kaum. Es dauert nur wenige Minuten, bis ein Bus kommt und vor Veronica hält. Ich höre die Türen zischend aufgehen und erahne durch das Fahrerfenster ihre Silhouette, während sie einsteigt.

Da hechte ich nach vorn und renne zur Bushaltestelle. Laufe so schnell mich meine Füße tragen, bis ich keuchend nach Luft schnappe. Kalte Luft strömt in meine Lunge, und die Luftröhre pfeift. Noch fünfzig Meter, fünfundzwanzig, fünfzehn. Ein Zischen ertönt, dann schließt sich die Bustür. Der Fahrer schaut in meine Richtung, und obwohl ich keine zehn Meter mehr vor mir habe, fährt er los. Ächzend nimmt der Bus Fahrt auf, erst langsam, dann immer schneller. Ich bleibe stehen, spüre meine Beine schwer werden und beuge mich vor, die Hände auf den Knien, um Atem zu schöpfen. Mein Blick bleibt am Heck des Busses hängen, bis dieser eine Straßenecke umrundet und verschwindet. Erst dann richte ich mich wieder auf.

Wenn der Fahrer auf mich gewartet hätte, wäre ich dann eingestiegen? Und dann, was hätte ich dann getan? Ich schiebe die Hände in die Hosentaschen und kicke einen Stein weg. In der einen Tasche berührt meine Hand einen kleinen, harten Gegenstand. Leos Schlüssel. Ich befördere ihn ans Tageslicht und betrachte ihn, wie er in meiner Handfläche glänzt. Dann stecke ich ihn wieder ein, drehe mich um und stapfe los. Zeit, heimzugehen.

26

Als ich mich der Reihenhaussiedlung nähere, überkommt mich ein Gefühl von Passivität. Meine Beine sind willenlos, ich lasse mich durch reine Gewohnheit vorwärtsführen. Auf dem Weg zu meiner Tür komme ich am Haus der Storms vorbei, das ist alles. Aber dann türmt es sich vor mir auf, und meine Beine bleiben stehen. Ich starre die pastellfarbene Fassade an und in die Küche, die ich sonst nur aus der Entfernung sehe. Es ist mitten am Tag, es ist niemand zu Hause. Leo ist in der Schule, Filip in der Arbeit und Veronica … tja, wenn ich geistesgegenwärtig genug gewesen wäre zu registrieren, welchen Bus sie genommen hat, hätte ich das einschätzen können. Doch jetzt habe ich keine Ahnung. Aber egal wie, sie ist nicht zu Hause, so viel ist sicher.

Leos Schlüssel wiegt nichts, trotzdem spüre ich seine Schwere in meiner Hosentasche. Dann habe ich ihn plötzlich wieder in der Hand, starre ihn an. Mir kommt es so vor, als wäre er mit mir verwachsen, hätte sich in meinem Fleisch festgehakt. Ich gehe ein paar Schritte auf die Tür zu und lese das schwarze Schild an der Wand daneben. *Hier wohnt Familie Storm.* Hat Veronica die Formulierung ausgewählt? Und wenn ja, ist es nur zufällig eine Abgrenzung gegenüber Außenstehenden anstelle einer freundlicheren Alternative wie zum Beispiel: *Willkommen bei Familie Storm*? Ich klingele, warte einen Augenblick und klingele erneut. Es ist unbegreiflich, ich weiß ja, dass keiner zu Hause ist, aber meine Hände bewegen sich automatisch, haben ein Eigenleben. Drinnen sind keine Schritte zu hören, es geschieht nichts, außer dass die Sekunden verstreichen.

Ich muss an die alte Frau denken, die mich letztens dabei ertappt hat, wie ich das Haus der Familie Storm angestarrt habe. Wenn sie wieder auftaucht und sieht, wie ich vor der Haustür herumlungere, dann wird sie wohl richtig misstrauisch werden. Vielleicht erzählt sie Filip und Veronica davon, vielleicht ruft sie schlichtweg die Polizei. Hastig werfe ich einen Blick über die Schulter – keiner da –, ehe ich den Schlüssel ins Schloss stecke und einmal herumdrehe. Es klickt, und die Tür gleitet auf. Der gleiche Sog, der mich vorhin am Haus der Familie Storm vorbeigeführt hat, zieht mich jetzt hinein. Willenskraft braucht es keine. Von hier zu verschwinden, wäre eine aktive Entscheidung, eine Entscheidung, die eine Anstrengung bedeuten würde.

Mit Bedacht schließe ich die Tür und halte in der Diele inne. Hier herrscht strikte Ordnung. Jacken und Mäntel hängen ordentlich an ihren Haken, auf dem Fußboden liegt nichts. Ich ziehe meine Schuhe aus, die Weste lasse ich aber an. Gleich links neben dem Eingang liegt die Küche. Ich begnüge mich mit einem raschen Blick durch die Tür. Alles dort drinnen ist weiß, aber das habe ich schon gewusst. Keine schlampig sortierten Poststapel, keine Magneten oder Zettel am Kühlschrank.

Als ich mich umdrehe, fällt mein Blick auf das kleine Kunststoffkästchen, das neben der Haustür an der Wand befestigt ist. Natürlich haben die Storms eine Alarmanlage, das hätte ich mir denken können. Gerade will ich wieder ins Freie schlüpfen, als mir klar wird, dass das Kästchen weder blinkt noch piept, obwohl ich mich schon seit einer Weile im Haus aufhalte. Die Alarmanlage ist anscheinend gar nicht aktiviert. Davon abgesehen gehe ich sowieso bald wieder. Bald.

Das Erdgeschoss ist zum Teil eine spiegelverkehrte Version des Reihenhauses, das ich bewohne, nur großzügiger und mit einem weiteren Zimmer. Das Wohnzimmer ist sparsam möbliert. Auf dem großen Ecksofa sind in angemessenem Abstand perfekt aufgeschüttelte Kissen drapiert. Es gibt ein Arbeitszimmer mit einem Zeitungsständer, Briefablagen und Regalreihen von juristischen Fachbüchern und etwas, das wie ein Gästezimmer aussieht. Darin befinden sich ein Bett mit gehäkelter Tagesdecke und ein kleiner Schreibtisch mit einem Computer. Ferner stehen dort eine Staffelei und eine Kommode. Die Staffelei ist leer, aber als ich die oberste Kommodenschublade öffne, finde ich mehrere Skizzen darin. Sie sind in dunklen matten Farbtönen gehalten und haben alle das gleiche Motiv. Eine Frau, die einem Mann den Kopf abreißt.

Gerade als ich die Schubladen darunter aufmachen will, höre ich ein Geräusch und erstarre. Irgendwo im Haus klingelt ein Telefon. Ich rühre mich nicht vom Fleck, horche und warte, bis die Klingeltöne verhallen. Bis nur noch meine Atemzüge zu hören sind. Keine Minute später bin ich wieder in der Diele, steuere auf die Schuhe zu, die ich auf dem Fußabstreifer habe stehen lassen. Doch dann legt sich meine Hand auf das Geländer der Treppe, die in den ersten Stock hinaufführt. Dort oben müssen sich die Schlafzimmer befinden, das Herz des Hauses. Und ich erinnere mich an das, was Leo gesagt hat. *Übrigens liegt das Handbuch übers Schreiben, das ich mir geliehen habe, in meinem Zimmer neben dem Rechner. Falls du es brauchen solltest.* Ich spüre eine gewisse Erleichterung. Ich habe einen Grund, hier zu sein. Es ist tatsächlich so, dass der Text, an dem ich schreibe, an einem Punkt angelangt ist, da ich Fachliteratur zurate ziehen muss, um Inspiration für die Fortsetzung zu finden. Ich werde das Buch holen, das ich Leo geliehen habe, dann gehe ich wieder.

Die Treppenstufen knarren leise unter mir, als ich langsam in den ersten Stock steige. Die Badezimmertür steht offen, und ich erhasche einen Blick auf Flusskieselfliesen, auf das Mosaik an den Wänden und auf flauschige Handtücher. Rechts und links vom Bad befinden sich zwei Zimmer, deren Türen geschlossen sind. Ich drücke die eine Klinke herunter, öffne die Tür und werfe einen Blick ins Zimmer.

Während das übrige Haus minimalistisch möbliert und nahezu klinisch sauber ist, herrscht hier das Chaos. Es gibt nicht eine freie Fläche, weder auf dem Fußboden noch auf den Möbeln. T-Shirts und Jeans liegen auf dem zerwühlten Bett, und über den Fußboden sind aufgeschlagene Bücher verstreut, die davon zeugen, dass jemand mitten in der Lektüre aufgestanden ist, und der Schreibtisch ist mit Blöcken und Blättern übersät. Zuoberst auf einem Stapel liegt mein Handbuch. Ich gehe ein paar Schritte darauf zu und nehme es mir. *So. Geh jetzt. Beeil dich, ehe jemand kommt.*

Ich gehe rückwärts aus Leos Zimmer und mache die Tür zu. Will alles so lassen, wie es ist, will keine Spuren hinterlassen. Dann blicke ich auf das Buch in meiner Hand. Wenn ich es mitnehme, wird Leo merken, dass ich hier gewesen bin. Er hat gemeint, es sei in Ordnung, wenn ich das Buch hole, er hat mich regelrecht dazu ermutigt. Trotzdem ist es eine merkwürdige Vorstellung, ihm erklären zu müssen, dass ich … warum ich … Hastig öffne ich die Tür und lege das Buch wieder auf den Stapel zurück.

Dann gehe ich die Treppe hinunter. Nein, das stimmt nicht, ich *denke*, dass ich die Treppe hinuntergehe. Was ich tatsächlich tue, ist, dass ich die Tür gegenüber von Leos Zimmer einen Spalt aufschiebe. Dort steht ein Doppelbett mit einem schweren, edlen Überwurf und geschwungenem Kopfteil. Ich schlüpfe ins Zimmer, umrunde das Bett, trete an das Fenster mit den dichten Vorhängen. Sie sind immer noch zugezogen. Auf dem Nachttisch am Fenster stapeln sich Modezeitschriften, aber es steht auch eine kleine Schachtel da. Ich versuche, sie zu öffnen, aber sie ist verschlossen. Also lege ich die Zeitschriften zur Seite und taste an der Platte des Nachttisches entlang, aber finde keinen Schlüssel. Mein Herz pocht. Was mag Veronica in der Schachtel aufbewahren? Was ist so geheim, dass sie es einschließen und den Schlüssel verstecken muss?

Ich lege den Zeitschriftenstapel zurück, bin aber so zittrig, dass ich einige fallen lasse. Als ich mich bücke, um sie aufzuheben, sehe ich etwas unter dem Bett funkeln. Ein länglicher metallischer Gegenstand. *Ein Messer.* Ein Stoß durchfährt meinen Körper, und ich will gerade die Hand danach ausstrecken, als ich höre, wie die Haustür geht. Jemand betritt die Diele.

Es folgen ein paar Sekunden Stille. Ich kauere hinter dem Bett, in der Bewegung erstarrt. Die Anwesenheit eines anderen Menschen im Haus jagt mir einen Schauer über den Rücken. Ob ich die Möglichkeit habe, unbemerkt hinauszukommen? Mich unter dem Bett verstecken, aus dem Fenster klettern – eine wilde Idee nach der anderen schießt mir durch den Kopf. Von unten erklingen leise Schritte auf dem Parkett und bleiben vor der Treppe stehen. Ich halte den Atem an. Dann ein fragender Ruf von unten, und ich stehe auf. Es gibt nur eine Möglichkeit. Sich von Angesicht zu Angesicht gegenüberzutreten.

Ich gehe aus dem Schlafzimmer bis zum Treppenabsatz. Zeige mich.

»Hallo«, sage ich. »Ich wollte mir nur das Buch holen, das du dir geliehen hast.«

»Hallo«, sagt Leo. »Dann ist ja gut.«

Aber er sieht mich nicht an. Er hat seinen Blick auf meine Hände geheftet. Meine leeren Hände.

DER EHEMANN

27

Ich bin in der Kanzlei, aber ich kann nicht arbeiten. Ich bin bei den Sitzungen anwesend, aber ich höre kaum zu. Ich kann nur an meine Frau denken und daran, was heute früh passiert ist. Am Nachmittag verschanze ich mich in meinem Büro und gebe Bescheid, dass ich nicht gestört werden will. Dann stehe ich lange am Fenster und schaue auf die Straße hinunter.

Am Morgen habe ich am Fußende unseres Bettes gestanden und das Bündel unter der Decke angestarrt. Die Beine sind angezogen, der Rücken gekrümmt. Die gleiche Position. Trotzdem war irgendwas anders, es hatte etwas mit der Energie im Zimmer zu tun. Plötzlich hatte ich das Gefühl, dass sie im Begriff war, sich aufzurichten. Dass sie das vielleicht schon getan hatte. Ich konnte mich nicht entscheiden, ob ich Erleichterung oder Sorge empfinden sollte. Mit schief gelegtem Kopf betrachtete ich den reglosen Körper meiner Frau und suchte nach einem Zeichen. Hat es damals auch so angefangen? Ist sie so dagelegen, bevor …? Eine schwere, drückende Last hat sich auf meine Brust gelegt.

Schließlich bin ich zu ihr gegangen und habe mich neben sie auf die Bettkante gesetzt.

»Es ist nicht dasselbe wie damals«, habe ich gesagt. »Wirklich nicht.«

Ihre Jugendliebe hat sie betrogen und für eine andere verlassen – ich hingegen habe sie nicht verlassen. Ich schwanke, das stimmt, und mir ist klar, dass es unglaublich schmerzhaft sein muss, so etwas zu erfahren. Dass ich nicht nur mit einer anderen Frau zusammen war, sondern auch nicht sicher bin, ob oder wie es für uns zusammen weitergeht. Aber noch bin ich hier. Ich bin weder aus unserem gemeinsamen Schlafzimmer ausgezogen, noch habe ich die Scheidung vorgeschlagen. Und mit Anna habe ich mich auch nicht getroffen, seit ich meiner Frau von ihr erzählt habe.

Aus einem spontanen Impuls heraus nahm ich ihre Hand in meine.

»Das verstehst du doch, oder? Früher war früher, und jetzt ist jetzt.«

Ihre Finger waren eiskalt, und plötzlich wusste ich nicht mehr, ob ich mich selbst oder sie überzeugen wollte.

Ich streichelte vorsichtig ihre Hand und dachte an die Demütigung, die sie damals ertragen musste. Wie er, ihre erste Liebe, sie mit seinen Lügen und seinem falschen Spiel, aber auch mit seiner herablassenden Art zugrunde richtete. Und ich dachte daran, was das in ihr auslöste. Weil sie über den Verlust nicht hinwegkam, log sie verletzt und verzweifelt eine Geschichte über eine Schwangerschaft zusammen, in der Hoffnung, er würde zurückkommen. Als der

Bursche ihre Geschichte nicht nur hinterfragte, sondern sie außerdem weiterverbreitete und sich über sie lustig machte, war das Maß voll. Da hatte sie zum Küchenmesser gegriffen.

Ich drehe mich um, gehe zum Schreibtisch und rufe zu Hause an. Es klingelt ins Leere, niemand hebt ab. Entweder sie schläft. Oder sie ist nicht da. Aber warum sollte meine Frau das tun? Warum sollte sie mir gegenüber den Eindruck erwecken, dass sie erschöpft zu Hause im Bett liegt, und dann weggehen, während ich außer Haus bin? Meine Gedanken kehren zu dem zurück, was heute Morgen im Schlafzimmer passiert ist, und ich erschaudere leicht.

Ich will nicht, dass du dir wieder wehtust. Diese Worte lagen mir heute Morgen auf der Zunge, aber weiter kamen sie nicht. Denn genau in dem Moment bewegte sie sich. Sie zog ihre Hand zurück, und als ich mich ihr zuwandte, sah sie mir zum ersten Mal seit dem Abendessen, als ich die Karten auf den Tisch gelegt hatte, in die Augen. Ihr Blick war finster und trübe. Am liebsten wäre ich von der Bettkante aufgestanden, aber ich beherrschte mich.

Langsam drehte sie sich von der Seite in die Rückenlage und schlug die Decke zurück. Dann schob sie das Nachthemd nach oben, über die Schenkel. Zuerst habe ich ihre Absicht falsch gedeutet, das muss ich zugeben. Aber bald wurde mir klar, dass sie etwas ganz anderes im Sinn hatte als Verführung. Sie rollte das Nachthemd hoch und entblößte ihren Bauch. Ihre Finger fuhren über ihre Haut, und noch ehe sie ihr Ziel erreicht hatten, begriff ich, dass sie auf dem Weg *dorthin* waren. Zu der Stelle am Körper, wo sie sich ein Messer ins Fleisch gestoßen und sich eine Stichverletzung zugefügt hatte. Die sie anschließend selbst wieder zugenäht hatte.

Ihm, der ihr nicht geglaubt, sie betrogen und verhöhnt hatte, ihm sollte es heimgezahlt werden. *Eine Abtreibung*, sagte sie, als sie ihm den Stich in den Unterleib gezeigt hatte. *Glaubst du mir jetzt?* Doch er hatte ihr nicht geglaubt. So werde keine Abtreibung gemacht, hatte er erklärt und hinzugefügt: Was für ein Monster bist du eigentlich?

Als sie mir erzählte, dass der Stacheldraht eine Lüge gewesen sei, als sie mir schließlich die ganze Wahrheit erzählt hatte … da wurde mir schwarz vor Augen. Wenn ich nicht schon gesessen hätte, wäre ich umgefallen. Es ging mir einfach nicht in den Kopf, wie so etwas möglich war. Ich konnte mir kaum eine Vorstellung davon machen, wie man sich derartige Verletzungen selbst zufügen konnte. Ich wollte nicht daran denken, dass es hier nicht um einen Fremden, einen Verrückten aus den Nachrichten ging. Ich konnte nicht begreifen, dass es meine eigene Frau gewesen war, die sich leichtsinnig ein Messer in den Bauch gestoßen, Haut, Fett und Muskeln durchtrennt hatte. Und sich anschließend selbst die Wunde zugenäht hatte.

Wie hypnotisiert starrte ich die entblößte Narbe oberhalb des Saumes ihrer Unterhose an. Die sie sonst stets bedeckte. Doch diesmal tat sie es nicht. Diesmal versuchte sie nicht, die Narbe zu verbergen, sondern legte die geballte Faust darüber. Dann streckte sie langsam den Zeigefinger aus, bis er ganz gerade war und die Hand vor Entschlossenheit unmerklich zitterte. Sie zeigte auf die Narbe, und als ich ihren Blick erwiderte, waren ihre Augen klarer als eben noch.

Das Trübe war verschwunden. Nur das Finstere war geblieben.

ELENA

28

Mit einem Ruck lasse ich die Jalousie herunter und stelle die Lamellen so, dass man weder herein- noch hinausschauen kann. Dadurch wirkt die Küche kleiner als vorher, beengt und drückend, aber ich will es so. Ich will das Haus gegenüber nicht sehen, will nicht an Leos Gesichtsausdruck denken, als ich die Treppe hinuntergestürmt und an ihm vorbei durch die Haustür gerauscht bin.

Zuerst habe ich gedacht, ich könnte mit der Situation umgehen. Ich habe gespürt, wie die Worte in meinem Mund Form annahmen, beschwichtigende, erwachsene, klärende Worte. Doch dann hat Leo den Blick gehoben und mich angesehen, und ich war verloren. Habe keinen Laut herausgebracht, außer ein Gestammel, dass ich gehen müsse, weil ich arbeiten müsse. Zumindest dieser Teil stimmt. Der Text wartet, der Text, den ich zu Ende bringen muss, ehe ich mir erlauben kann, über meine Zukunft nachzudenken. Über meine und Peters Zukunft.

In der Küche steht der Rechner, dunkel und im Schlummermodus. Mein Aufbruch vorhin war so überstürzt, dass ich mir nicht die Zeit genommen habe, ihn herunterzufahren. Als ich eine Taste drücke, surrt er wieder, und der Bildschirm wird hell. Eine ganze Weile fixiere ich die letzten Zeilen, die ich geschrieben habe, dann hebe ich den Blick. Plötzlich beschleicht mich das Gefühl, dass ich etwas Wichtiges vergessen habe. Dass ich etwas übersehen habe, dass ich wirklich … Ich halte inne in meinem Gedanken. *Hör auf jetzt. Schieb nicht länger auf, was du erledigen musst.*

Ich hole einen Stapel Fachliteratur aus dem Wohnzimmer, die ich über die Jahre zusammengetragen habe und die mir mal mehr, mal weniger nützlich gewesen ist. Mehrere davon haben mir bei meinen bisherigen Buchprojekten als Hilfsmittel und Inspirationsquelle gedient. Ich setze mich an den Küchentisch, den Rücken demonstrativ dem Fenster zugewandt, und nehme mir ein Buch nach dem anderen vor. Wenn mir etwas ins Auge sticht, blättere ich vor und lese hier und da einen Abschnitt. Am Anfang sind meine Hände noch zittrig, aber während die Lektüre meine Aufmerksamkeit bündelt, gelingt es mir, mich von dem Gedanken an das, was sich eben abgespielt hat, zu distanzieren. Der Stapel enthält Bücher über psychische Diagnosen und Störungen, über Entwicklungspsychologie und destruktive Beziehungsmuster. Es sind auch Bücher über Trauer, Verlust und Tod darunter. Ich spüre einen Stich im Innern. *Mutter.*

Titel um Titel wird auf die Seite gelegt, der Stapel schrumpft, und allmählich kommen die Umschläge der Bücher weiter unten zum Vorschein, bis ich *So kommt man mit Mord davon* in Händen halte. Es erschien vor einigen Jahren, verfasst von einem auch vorher skandalumwobenen

Rechtsanwalt, publiziert in einem nicht so wählerischen Verlag. Der Ton des Buches ist dozierend und beratend, fast so, als würde es sich an einen potenziellen Täter richten, und bei seinem Erscheinen kam es zu zahlreichen Diskussionen und Debatten.

Ich verziehe das Gesicht, schlage das Buch auf und lese die ersten Zeilen. *Jedes Jahr kommt es zu mehreren Todesfällen, die durch Gewalteinwirkung einer anderen Person verursacht wurden, ohne dass sie jedoch durch unser Rechtssystem aufgedeckt werden.* Ich blättere zwischen den Berichten über reale Mordfälle hin und her. Es geht um abgefeuerte Schüsse, Äxte und Brände. Schlägereien, die aus dem Ruder laufen, Drogengeschäfte und fingierte Selbstmorde. Eingestreute Kommentare des Anwalts und Analysen. Vor allem interessiert ihn das, was die Lösung der Fälle kompliziert gemacht hat, Details, die genauso gut dazu hätten führen können, dass die Täter davonkamen. Auch wenn es keine direkten Hinweise gibt, ist die implizite Bedeutung des Titels im Text ständig präsent.

Ich blättere immer langsamer. Meine Finger sind steif und unfolgsam geworden. Mir fällt es immer schwerer, die Gedanken an das zu verdrängen, was vorhin passiert ist. *Ich war in ihrem Haus. Unter ihrem Bett lag ein Messer.* Das gedämpfte Klingeln meines Mobiltelefons scheucht mich auf. Woher kommt das Geräusch? Dann fällt mir wieder ein, dass es in meiner Westentasche steckt, und ich haste in die Diele. *Peter*, denke ich. *Wenn es Peter ist, dann ist mir alles andere egal, dann bitte ich ihn, herzukommen und mich nie wieder allein zu lassen.* Aber es ist nicht Peter, es ist meine

Schwester, und mir fällt siedend heiß ein: Heute ist ja Freitag, das hatte ich vollkommen vergessen. Ich schlüpfe in meine Schuhe und nehme das Gespräch an.

»Ich wollte gerade aus dem Haus, um die letzten Sachen einzukaufen.«

»Aha, ja, hallo überhaupt«, sagt meine Schwester am anderen Ende.

Ich werfe mir die Weste über und schaue auf die Uhr. Ein paar Stunden nur noch, dann sehen wir uns schon.

»Was ist denn? Ich meine, weil du …«

»Ja«, erwidert sie, »ich wollte eigentlich …«

Aber dann unterbricht sie sich.

»Ist alles in Ordnung? Du klingst so … ich weiß nicht.«

Ich halte in der Bewegung inne und lehne mich mit dem Rücken an die Wand. Sie fühlt sich hart und abweisend an. Wenn sie könnte, würde sie mich wegschubsen, kein Zweifel. Oder mich eher noch fallen lassen, so wie ich mich schon jetzt im freien Fall befinde. Schnell und unausweichlich.

»Die Nachbarn«, höre ich mich sagen. »Ich war bei denen im Haus.«

»Ach, wirklich? Nicht zu fassen. Seit wann bist du so sozial?«

Ich schüttele den Kopf.

»Nein, nicht so. Also ich … sie waren nicht …«

Ich will es ihr erklären, aber die Wörter finden nicht die richtige Reihenfolge, sie stolpern übereinander, verlieren ihren Zusammenhang. Die Lücken zwischen den Sätzen werden größer, bis ich ganz verstumme.

»Wie auch immer«, sagt meine Schwester schließlich. »Ich rufe an, um dir zu sagen, dass ich gerade mit Vater gesprochen habe. Er hat sich gemeldet, kannst du dir das vorstellen? Um sich für die Geburtstagskarte zu bedanken.«

Ich fahre mir mit der Hand übers Gesicht.

»Irgendwas stimmt da nicht bei denen«, murmele ich. »Sie tut so, als ob sie nicht aus dem Bett kann, obwohl sie fit ist und voller Energie steckt.«

»Wer?«

»Veronica. Die Frau von gegenüber.«

Meine Schwester stöhnt auf.

»Okay, aber hast du gehört, was ich gesagt habe? Dass Vater angerufen hat? Er hat sich über die Karte gefreut, sehr sogar. Und weißt du was? Du wirst es nicht glauben, halt dich fest. Er hat gesagt, dass sie überlegen, im Sommer hierherzukommen. Ich habe ihn nicht eingeladen oder so, aber wenn sie in der Stadt in einem Hotel wohnen, dann können wir uns vielleicht treffen und Kaffee trinken gehen oder so. Natürlich nur, wenn du willst.«

»Ich habe kein gutes Gefühl. Sie plant irgendwas, da bin ich mir sicher. Aber ich weiß nicht, wann, und ich weiß nicht …«

»Elena, hör auf damit!«

Die Stimme meiner Schwester ist so laut und schrill, dass ich zusammenzucke. Ein paar schweigsame Sekunden verstreichen, dann fährt sie fort.

»Tut mir leid. Aber ich habe den Eindruck, als wäre diese … diese Besessenheit von deinen Nachbarn nicht wirklich gesund. Mir kommt es so vor, als würdest du dich auf sie konzentrieren, anstatt deine eigenen Probleme anzugehen.«

Ein lauter Seufzer ist am anderen Ende zu hören.

»Wir müssen wirklich reden, du und ich. Ernsthaft.«

Ich umklammere das Telefon.

»Gut«, antworte ich. »Dann könnten wir damit anfangen, dass du mir erzählst, was mit Valter los ist. Mit euch beiden.«

Ich warte ihre Antwort gar nicht erst ab, füge nur noch hinzu, dass wir uns nachher ja sehen, und drücke das Gespräch weg. Dann mache ich die Tür auf, um einkaufen zu gehen. Doch es kommt anders, als ich dachte.

Es steht jemand davor. Jemand, der mir ein Handbuch übers Schreiben entgegenhält.

»Das hast du vergessen«, sagt Leo.

29

Ich zögere kurz, dann beuge ich mich vor und nehme das Buch in Empfang, das ich in Leos Zimmer auf dem Stapel zurückgelassen hatte. Er bedankt sich fürs Verleihen und will gerade gehen, da rufe ich ihm hinterher und krame in meiner Hosentasche.

»Und du hast den hier vergessen.«

Ich halte seinen Hausschlüssel hoch, und er kommt langsam auf mich zu, nimmt ihn mir aus der Hand und steckt ihn sich in die Tasche.

»Das war keine gute Lösung.« Ich sollte noch mehr sagen, aber die Worte stecken in meiner Kehle fest.

Leo hebt die Schultern. »Aber besser, als ihn zu verlieren.« Es entsteht eine kurze Pause, und Leo sieht mich verstohlen an.

»Immerhin habe ich einen von meinen Schuhen wieder.«

Wir tauschen Blicke, und wenn ich mich nicht so sehr schämen würde für das, was ich getan habe, würde ich nachfragen. Aber wie die Dinge jetzt liegen, kann ich mich nicht dazu durchringen. Vielleicht spürt er das, vielleicht erzählt er deshalb von sich aus, unaufgefordert. Zuerst stockend, dann immer detaillierter. Wie alles angefangen hat, mit Zetteln, die ihm in Bücher oder Jackentaschen geschoben wurden, Kommentare in sozialen Netzwerken. *Spast. Pickel-Mongo. Nerd. Schwuchtel.* Dass es mit Schubsern, Gelächter und Geschmiere am Schulspind weitergegangen ist. Noch mehr Beleidigungen. *Eklig. Zurückgeblieben.* Letzte Woche ist dann alles aus dem Ruder gelaufen.

Leo wirft mir einen verlegenen Blick zu.

»Ich versuche mir einzureden, dass das vorbeigeht, dass sie irgendwann die Lust verlieren. Ich meide sie, so gut es geht, aber ich bin alles, was sie verachten. Ich lese gerne, habe keine Muskeln und keine … keine Mädels.«

Eine tiefe Röte steigt seinen schlanken Hals hinauf.

In mir beginnt etwas zu pochen, ich spüre, wie die Kränkungen, die Leo widerfahren sind, und die Wut deswegen bei mir überhandnehmen und alle anderen Gefühle in den Hintergrund drängen.

»Wie lange geht das schon so? Seit wann sind die so zu dir?«

»Nicht sonderlich lange. Ich hatte einen Schulfreund, und wir waren immer zu zweit unterwegs, aber er ist letzte Weihnachten weggezogen, und nach den Weihnachtsferien …«

»Wir müssen etwas unternehmen. Das kann so nicht weitergehen. Ich will dir helfen.«

Plötzlich wird mir klar, dass ich mit geballten Fäusten dastehe. Krampfhaft geballt. Leo scheint es auch zu bemerken, und ich strecke die Finger rasch wieder aus.

»Du kannst da nichts machen«, sagt er kopfschüttelnd.

Darauf weiß ich keine Antwort und wende ihm den Rücken zu, um die Haustür abzuschließen.

»Meine Mutter ist eben nach Hause gekommen«, höre ich seine Stimme hinter mir sagen, während ich den Schlüssel umdrehe. »Sie hat nichts gesagt, sondern ist gleich ins Schlafzimmer gegangen. Jetzt liegt sie im Bett, als wäre nichts gewesen.«

Langsam wende ich mich wieder zu ihm und stecke den Schlüssel ein. Leo macht eine ratlose Geste.

»Wo ist sie nur gewesen?«, platzt er heraus und verschränkt die Arme. »Ich will nicht ... ich halte es zu Hause nicht aus.«

Ich bleibe stehen. Ich muss wirklich noch einkaufen gehen, bevor meine Schwester kommt. Aber wie kann ich mich jetzt von ihm abwenden, nach dem, was ich gemacht habe, nach dem, was er erzählt hat? Wie kann ich jetzt gehen und ihn in dieser Situation zurücklassen?

»Komm«, sage ich und nehme den Schlüssel wieder zur Hand. »Dann komm kurz mit rein.«

Ich fahre den Rechner herunter, ziehe die Jalousie hoch und ordne die Fachbücher zu einem Stapel.

»Ich bleibe nicht lange«, meint Leo. »Aber ich kapier es einfach nicht.«

Er steht mitten im Raum, die Hände in die Gesäßtaschen der Jeans geschoben.

»Sie war heute draußen, in der Stadt oder sonst wo. Wie passt das zu ihrer Bettlägerigkeit? Und meinem Vater erzählt sie, dass sie krank ist.«

Er sieht mich an und schüttelt den Kopf.

»Ich kapier es nicht«, wiederholt er.

Mit einer Geste gebe ich ihm zu verstehen, er möge sich setzen, und er nimmt auf dem Stuhl Platz, auf dem ich eben noch saß. Ich lasse mich auf dem anderen nieder. Meine Beine fühlen sich eingerostet an, als ich sie übereinanderschlage. Verstohlen schaue ich über den Tisch hinweg zu Leo. Hat er überhaupt vor, die Tatsache zu kommentieren, dass ich in seinem Haus gewesen bin? Als er unten in der Diele stand, muss er doch gehört haben, dass ich aus dem Elternschlafzimmer gekommen bin, muss begriffen haben, dass ich dort war, wo ich nichts zu suchen hatte.

Aber Leo sagt nichts, lässt sich nicht anmerken, dass er das, was vorhin passiert ist, gegen mich verwenden könnte. Oder dass ihm dies überhaupt bewusst ist. Es ist so, als hätte es den Moment, als wir dastanden, ich oben und er am Fuß der Treppe, und uns angestarrt haben, nie gegeben.

Leo dreht sich zum Fenster um und steckt den Finger in einen der Blumentöpfe, sagt, dass er die Feuchtigkeit kontrollieren müsse. Bestimmt sei ich eine von denen, die so ins Schreiben versinken, dass sie alle anderen Alltagsverrichtungen vergessen. Ich nicke und meine, dass an der Behauptung durchaus was dran sein könnte.

»Denn du arbeitest doch an einem Projekt, oder? Du schreibst was Neues, stimmt's?«

Ich nicke wieder, und Leos Augen beginnen zu leuchten. Er bittet mich, mehr zu erzählen.

»Du brauchst ja nicht den ganzen Plot zu verraten. Aber was passiert in dem Kapitel, an dem du gerade sitzt?«

Ich weiß nicht, was in mich fährt. Normalerweise rede ich nicht über die Geschichte, an der ich gerade schreibe. Nicht, bevor das Manuskript abgeschlossen ist. Vielleicht liegt es an seiner plötzlichen Begeisterung. Oder am Gefühl, ihm etwas schuldig zu sein.

»Es geht um eine Frau«, gebe ich zurück. »Sie verhält sich merkwürdig. Verheimlicht alles Mögliche.«

»Was denn zum Beispiel?«

Ich schlage die Augen nieder und stütze das Kinn in die Hand.

»Sie betreibt beispielsweise eine Menge Recherchen im Internet. Sie besucht gewisse Foren, wo … wo normale Menschen nichts zu suchen haben. In denen es um Gewalt geht.«

»Ist es schwierig, diese Passage zu schreiben?«

»Hmmm.«

Ich schnippe imaginäre Krümel vom Tisch.

»Das Schwierige daran ist, dass es authentisch wirken soll, echt.«

Leo beugt sich über die Tischplatte.

»Du meinst … damit es wie eine richtige Recherche wirkt, von einer echten Frau?«

Ich blicke auf und sehe ihm ins Gesicht. Es ist Zeit, die Unterhaltung in eine andere Richtung zu steuern.

»Ungefähr so, ja. Wie ist es denn eigentlich mit deinem Aufsatz gelaufen? Hast du ihn schon abgegeben?«

Leo schüttelt den Kopf und sagt, er müsse ihn nochmal durcharbeiten, bevor er zufrieden ist. Während er redet, lenkt der Fachbücherstapel Leos Aufmerksamkeit auf sich, und mit einer gedankenlosen Bewegung lässt er seine Hand über die Buchrücken gleiten. Dann bleibt sein Blick an einem Buch hängen, und in seinen Augen blitzt etwas auf.

»Das hat meine Mutter auch.«

Er nimmt das Buch und hält es mir unter die Nase. *So kommt man mit Mord davon.* Obwohl ich es erst kürzlich in der Hand hatte, sieht es nun anders aus. In Leos Händen wirkt der Umschlag düsterer, unheilvoller. Der Titel schreit seine Botschaft förmlich heraus.

»Wie lange hat sie das schon?«

»Was?«

»Wann hat sie sich das Buch gekauft?«

Leo runzelt die Stirn, als versuchte er, sich zu erinnern.

»Ich weiß nicht. Vielleicht … es könnte sein, also ich bin mir nicht sicher, aber …«

Er überlegt, gerät ins Stocken. Die Küchenuhr tickt im Hintergrund. Immer lauter tickt sie, mit jedem Satz, den Leo nicht zu Ende bringt, mit jeder Vermutung, die er nicht ausspricht.

»Wann hat sie das Buch gekauft, Leo? Wann? Vor Kurzem erst?«

Erst als ich Leos nach oben gewandtes Gesicht bemerke, wird mir bewusst, dass ich aufgestanden bin und mich vor ihm aufgebaut habe. Seine Miene verrät etwas, meine Frage beunruhigt ihn, das ist eindeutig. Feine Schweißperlen stehen auf seiner Oberlippe.

Er hebt die Schultern. Er wünschte, er wüsste es, aber leider … Dann legt er das Buch auf den Stapel und erhebt sich ebenfalls.

Die Stimmung ist umgeschlagen, oder kommt mir das nur so vor? Ich folge Leo in die Diele und frage, ob sein Vater auch zu Hause ist, einfach um irgendwas zu sagen. Er schüttelt den Kopf und erzählt, sein Vater habe heute Abend einen wichtigen Termin. Obwohl Freitag ist.

»Aber er kommt nach Hause, ganz bestimmt, auch wenn's spät wird. Denn morgen fährt er mit meiner Mutter zusammen weg, zu zweit.«

»Aha? Wohin denn?«

Leo zwängt die Füße in seine Schuhe.

»Weiß nicht. Meine Mutter hat bald Geburtstag, und Papa hat etwas organisiert, nur für sie beide. Es soll eine Überraschung werden, aber ich glaube, ich weiß, was sie machen.«

Er unterbricht sich und fährt dann fort, ohne dass ich ihn darum bitte.

»Es gibt ein paar Berge nicht weit von hier. Mein Vater hat oft davon gesprochen, dass er mit meiner Mutter dahin will, zum Wandern. Die Aussicht von dort oben ist fantastisch.«

Im letzten Satz imitiert er eine andere Stimme, ich vermute, er macht seinen Vater nach, aber das registriere ich kaum. Ich denke fieberhaft nach, aber was er erzählt, ergibt für mich keinen Sinn.

»Aber deine Mutter, wie sollte sie denn überhaupt dazu in der Lage sein? Sie war doch krankgeschrieben und nicht …«

»Das wäre ja nur tagsüber. Und offensichtlich ist sie fitter, als man denkt.«

Leo hat seine eigene Stimme wieder, aber sie hat einen

schärferen Unterton als sonst. Er macht die Tür auf und lässt die Hand auf der Klinke ruhen.

»Aber du hast recht. Wenn sie wirklich losfahren, dann wäre das so was wie ein Wunder. Es läuft nicht so gut zwischen ihnen in letzter Zeit. Wahrscheinlich denken sie, ich merke nichts, aber …«

Der Satz bleibt in der Luft hängen, und Leo wirft mir einen verstohlenen Blick zu. Ich ahne, dass er an mich und Peter denkt.

»Es ist nicht immer leicht, verheiratet zu sein, was?«

Ich schüttele den Kopf. Nein, in der Tat nicht.

Leo verabschiedet sich und wünscht mir viel Glück beim Schreiben, dann überquert er den Innenhof und geht auf sein Haus zu. Aber er ist nicht weit gekommen, als er innehält und sich nochmal umdreht. Im letzten Tageslicht wechseln wir einen Blick.

»Im Gästezimmer steht ein Rechner, den benutzt nur sie. Ich kann ihren Suchverlauf nachsehen, wenn du willst.«

Ehe ich antworten, geschweige denn ganz begreifen kann, was er gesagt hat, hat er mir wieder den Rücken zugekehrt. Diesmal läuft er.

Ich bleibe in der Tür stehen und sehe ihm hinterher. Kann mich nicht rühren, kann kaum atmen. Was meint er damit? Hat er mir angeboten, Veronicas Suchverlauf zu überprüfen? Wozu? Er glaubt ja wohl nicht, dass …? Im Hinterkopf pocht etwas, eine Sache, über die wir eben gesprochen haben.

Er öffnet die Haustür gegenüber, macht sie hinter sich zu, und ich stehe noch immer da. Die Dämmerung bricht herein, eine kühle Windböe kommt angefegt und rüttelt mich wach. Ich gehe ins Haus, um meine Steppweste zu holen, und ziehe sie über, ehe ich die Tür abschließe und eilig losgehe.

Auf der Straße rufe ich meine Schwester an. Ich will sie fragen, was sie gerne essen würde. Ich denke, ich werde ihr sagen, dass ich mich auf ihren Besuch freue, doch als sie sich meldet, kommen ganz andere Worte aus meinem Mund.

»Es tut mir leid«, sage ich. »Aber ich muss das Essen heute Abend absagen.«

30

Einen anderen Menschen umbringen. Wie stellte man das an? Sie wusste nichts darüber. Bei ihrer Suche im Netz zitterten ihre Finger.

Eigentlich hatte sie nicht erwartet, dass der gewaltsame Tod, der einem anderen Menschen das Leben raubte, nur einen Tastendruck entfernt sein würde. Aber so war es. Herrgott, genau so war es.

Sie landete in irgendwelchen obskuren Foren, arbeitete sich durch Threads, in denen alle möglichen Fragen erörtert wurden. Welche Vorgehensweise war die beste? Welche Waffe am sichersten und effizientesten? Wie vermied man Spuren? Was machte man hinterher mit der Leiche? Die Antworten ließen nicht auf sich warten. Hinter anonymen Aliasnamen und manipulierten Profilbildern verbargen sich diejenigen, die Vorschläge machten und bis ins Detail beschrieben, wie sie selbst die Sache angehen würden. Oder angegangen waren.

Mach es nicht selbst, beauftrage jemanden aus der Unterwelt. Mach es selbst, das ist am sichersten.

Irgendwo draußen, das ist der beste Ort. Im Wald. Am Wasser. An einem Abgrund.

Überrasche dein Opfer, tauche aus dem Nichts auf. Wiege dein Opfer in Sicherheit.

Schlagwaffen. Stichwaffen. Schusswaffen mit Schalldämpfer.

Erschießen. Erdrosseln. Vergiften.

Lass es wie einen Unfall aussehen.

Lass die Leiche am Tatort liegen, denn wenn du sie berührst, könnten Haare, Fingerabdrücke, Fasern darauf zurückbleiben. Lass die Leiche nie am Tatort zurück.

Verwende Müllsäcke. Trage Handschuhe, und verbrenne hinterher Schuhe und Kleider.

Vergraben. Verbrennen. Im Meer versenken.

Schließlich begannen die Buchstaben ineinander zu verschwimmen. Sie fühlte sich benebelt und matt, fuhr den Rechner herunter und kehrte zum Bett zurück. Kurz bevor der Schlaf sie übermannte, blitzte etwas auf ihrer Netzhaut auf. Etwas, das sie eben gelesen hatte. Ein Satz, der sich von dem ganzen übrigen Gerede abhob. Ein Ratschlag, der einzig nützliche.

Lass es wie einen Unfall aussehen.

ELENA 31

Das Gebäude, in dem Filip Storm arbeitet, ist hoch. Von meinem Standort vor dem Eingang aus zähle ich elf Stockwerke, in denen sich Büroräume mehrerer Firmen befinden. Männer und Frauen in akkurater Kleidung und strengen Frisuren passieren die Eingangstüren. Ich lehne mich an einen Pfeiler und mustere sie, suche nach dunklen, zurückgekämmten Haaren und einem ebenmäßigen Profil. Nur wenige Minuten sind seit meinem Eintreffen verstrichen, und trotzdem meine ich, ihn zwei Mal zu Gesicht bekommen zu haben. Beide Male war ich kurz davor, das Gebäude zu betreten, hielt aber inne, als ich meinen Irrtum bemerkte.

Was soll ich sagen, wenn er tatsächlich auftaucht? Wie soll ich erklären, wer ich bin und warum er meine Warnungen ernst nehmen soll? Und wovor genau will ich ihn warnen?

Ich sollte einen Plan haben, mir überlegen, was ich hier eigentlich mache, das ist mir schon klar, aber das Pochen in meinem Kopf hat überhandgenommen. Das Gefühl, dass Eile geboten ist, dass etwas in der Luft liegt, etwas, das ich aufhalten muss und das es mir nicht gerade leicht macht, einen Gedanken zu Ende zu führen.

Schließlich kann ich nicht länger warten. Ich gehe den Menschen entgegen, die aus den Türen strömen, betrete das Gebäude und nähere mich dem Empfangstresen bei den Fahrstühlen. Mit einer etwas zu schrillen Stimme nenne ich seinen Namen. Die Empfangsdame, sie trägt einen strammen Dutt, tippt etwas in den Computer vor sich ein und richtet ihren Blick wieder auf mich.

»Filip Storm hat die Kanzlei vor einer Stunde verlassen.«

Ich starre sie an und erinnere mich an das, was Leo gesagt hat, dass sein Vater einen wichtigen Termin hat und spät nach Hause kommt.

»Das ist unmöglich«, entgegne ich. »Können Sie bitte nochmal nachsehen?«

Das tut sie, und auf meine Bitte hin probiert sie sogar, ihn anzurufen.

»Leider«, sagt sie dann und schüttelt den Kopf. »Er hat das Telefon umgestellt.«

»Aber es ist wichtig, ich muss ihn dringend erreichen.«

Meine Stimme überschlägt sich, ich presse die Handflächen auf den Tresen und beuge mich vor. Die Dame mit dem Dutt sieht pikiert aus.

»Beruhigen Sie sich bitte. Filip Storm wird Montagmorgen wieder in der Kanzlei sein, und Sie können gerne …«

»Wenn er weder hier noch zu Hause ist, wo ist er dann? Was? Können Sie mir das sagen?«

Dann geht mir auf, dass die Antwort offensichtlich ist. Ich lasse den Empfangstresen los und wende mich ab. Mit ruckartigen Schritten steuere ich auf den Ausgang zu. Draußen gehe ich im Laufschritt den Bürgersteig entlang. Natürlich. Ich weiß, wo er ist. Mit wem er zusammen ist.

Ich laufe an denselben Restaurants und Geschäften vorbei wie vor ein paar Tagen. Wieder auf Filip Storms Spuren. Diesmal sind mehr Passanten unterwegs, Paare, Familien, Grüppchen von Freunden. Eine Familie kommt mir entgegen, sie gehen nebeneinanderher, und ich stoße beinahe mit der Mutter zusammen. Ohne den Kinderwagen loszulassen, schnappt sie sich ihre kleine Tochter und zieht das Kind beschützend an sich. Unsere Blicke treffen sich, und für einen Sekundenbruchteil sehe ich in ihrem Blick etwas aufleuchten. Etwas, das mir durch und durch geht. *Nein*, will ich rufen. *Ich bin nicht so. Nicht wirklich.*

Ich stolpere und verliere fast das Gleichgewicht, höre jemanden laut fluchen und schlage die Hände vor die Ohren. Ich hechte weiter, aber irgendwas ist nicht mehr wie vorher. In meinen Ohren pfeift es. Was tue ich hier? Was treibe ich hier? Ich sehe mich von außen, wie kopflos ich agiere, wie ich nicht weiter als bis zum nächsten Schritt denke. Und noch immer spüre ich den Blick der jungen Mutter.

Meine Beine werden langsamer. Dann erreiche ich die Straße und den Eingang des Hauses, wo ich Filip Storm mit der rothaarigen Frau gesehen habe. Was soll ich tun, wenn ich davorstehe? Ich habe keinen Türcode, und selbst wenn ich irgendwie ins Treppenhaus gelange, kann ich nicht wahllos an alle Wohnungstüren klopfen. Oder doch?

Meine Schritte werden noch langsamer, und ich sehe mich um, präge mir die Umgebung ein. Autos und Verkehrsschilder, Schaufenster und Restaurants und vor allem: Menschen. Überall Menschen, die reden und lachen und sich in den Arm nehmen. Es liegt etwas in der Luft, etwas Fröhliches und Verheißungsvolles. Das Wochenende steht vor der Tür, die Leute sind unterwegs nach Hause oder nach draußen, um zu entspannen oder sich zu treffen. Ich mustere mein Spiegelbild in einem Restaurantfenster und nehme die Umrisse einer einsamen, düsteren Gestalt wahr. Dann ändert mein Auge den Fokus und wechselt von der Reflexion in der Fensterscheibe zu dem, was im Restaurant passiert. Ein Lokal gefüllt mit gut gelaunten Menschen, die an rustikalen Tischen zusammensitzen. Paare, Freunde, Arbeitskollegen. Dann kehrt mein Auge zurück zum Spiegelbild und der einsamen Gestalt, neben der niemand mehr steht und die niemanden mehr hat, mit dem sie Händchen halten, mit dem sie essen, den sie umarmen kann.

Denke an dich. Hoffe, dir geht es gut.

Was tun wir hier eigentlich? Was haben wir gemacht?

Ohne irgendwelche Verpflichtungen oder Erwartungen, nur ein bisschen reden. Ich vermisse dich so.

Am liebsten würde ich einfach losheulen. Nach Hause fahren, die Jalousien herunterlassen und mich nie wieder draußen blicken lassen.

In dem Augenblick entdecke ich die beiden.

Sie sitzen an einem Tisch weiter hinten im Lokal in der Nähe der Bar. Sie haben jeder ein Bier in der Hand, und die Rothaarige trinkt gerade, als Filip etwas sagt. Offenbar ist es etwas Witziges, denn sie hält abrupt inne, stellt das Glas vor sich auf den Tisch und bricht in schallendes Gelächter aus.

Sie sitzen sich gegenüber an einem Zweiertisch, sie haben keinen Körperkontakt, soweit ich sehen kann, aber mit ihren Blicken können sie nicht voneinander lassen.

Da drinnen sitzt er also, der Mann, der Grund dafür, dass ich mich überhaupt hier befinde. Er muss erfahren, was ich weiß, er muss die Möglichkeit haben … Meine Gedanken drehen sich im Kreis, und ich bekomme einen trockenen Mund. Wo soll ich anfangen? Wie soll ich mich ausdrücken? Und nicht zuletzt, wie wird er reagieren? Die Trainerin im Fitnessstudio, die Dame am Empfang, die junge Mutter mit Kinderwagen, die ich beinahe umgerannt hätte. Ihre Gesichter ziehen an mir vorbei. Wenn Filip Storm mich mit der gleichen Miene ansieht wie sie? Wenn er das, was ich sage, gegen mich verwendet und mich für eine Wahnsinnige hält oder Schlimmeres … Ich spüre mein Herz schneller schlagen, aber denke: *Eins nach dem anderen.* Diese Worte haben etwas Beruhigendes, deshalb murmele ich sie noch ein paarmal leise vor mich hin. *Eins nach dem anderen.* Die Unschlüssigkeit schwindet. Ich gehe ein paar Schritte weiter, öffne die Tür und betrete das Restaurant.

Ein verhärmter Mann in Schwarz nimmt mich in Empfang, und als ich sage, dass ich nichts essen, sondern nur etwas trinken möchte, verweist er mich an die Bar. Einige Barhocker sind noch frei, und ich wähle den, der dem Tisch von Filip und seiner Begleitung am nächsten steht. Dann bestelle ich ein Glas Weißwein. Sobald ich es in der Hand halte, drehe ich mich um und lasse meinen Blick durch das Lokal schweifen. Ich muss Filip und die Rothaarige zusammen sehen, muss hören, worüber sie sich unterhalten. Danach werde ich über meinen nächsten Schritt nachdenken. *Eins nach dem anderen.*

Sie sitzen nur wenige Meter von mir entfernt, aber schenken mir natürlich keinerlei Beachtung. Ich bin eine Fremde, ein namenloses Gesicht in der Menge. Der Tisch steht so, dass sie mir ihr Profil zuwenden. Die Rothaarige stützt ihr Kinn in die Hand und lächelt Filip an. Er lehnt sich über die Tischplatte, und ich höre seine Stimme, aber das ständige Gemurmel im Raum macht es mir unmöglich, einzelne Wörter zu verstehen. Ich trinke ein paar Schluck Wein und sehe mich um, versuche nicht aufzufallen und überlege, wie ich ihnen näher kommen kann, um zu verstehen, worüber sie reden. Die Minuten verstreichen, ohne dass ich eine zündende Idee habe oder sich eine günstige Gelegenheit auftut.

Schließlich erhebe ich mich und gehe langsam, mit dem Weinglas in der Hand, auf ihren Tisch zu. Ich tue so, als hätte ich Blickkontakt mit jemandem weiter hinten im Raum, und versuche so zu wirken, als wäre ich auf dem Weg dorthin. Als ich hinter Filips Rücken vorbeigehe, spitze ich die Ohren und horche.

»… jeder mit seinem Auto … du wartest auf mich … und wir sehen uns dort, damit sie nicht …«

»… ja nicht mehr lange … ich freue mich schon. Das Sommerhaus … wirklich wunderbar.«

Die Worte klingen in meinen Ohren nach. Dann stehe ich mitten im Lokal und weiß nicht, wohin. Was tue ich jetzt? Ich halte inne und werfe einen Blick auf die Uhr, sehe mich um, als würde ich jemanden suchen. Dann gehe ich zurück an die Bar. Die rothaarige Frau schaut auf und begegnet meinem Blick. Es ist nur ein hastiger Blick, trotzdem mache ich eine scharfe Kurve und umrunde einen anderen Tisch.

Der Barhocker, auf dem ich eben noch saß, ist besetzt, also lehne ich mich an den Tresen, leere mein Glas und bestelle noch einen Wein, den ich mit wenigen Schlucken halb austrinke. Dann mache ich kehrt und drehe mit dem Glas in der Hand eine weitere Runde durch das Restaurant. Als ich mich wieder ihrem Tisch nähere, schaut die Rothaarige erneut auf und lässt ihren Blick ein paar Sekunden auf mir ruhen. Ich wende mich ab, aber als ich wieder hinsehe, schaut sie mich noch immer an. Erst nach einer gefühlten Ewigkeit wendet sie sich wieder Filip zu. Ich bekomme Ohrensausen, und als ich an ihnen vorbeigehe, bin ich so unkonzentriert, dass ich nicht höre, was sie zueinander sagen. Ich muss irgendwie Kontakt aufnehmen. Ich muss mit ihm reden!

Wieder stehe ich mitten im Restaurant, ohne Begleitung und ohne dass ich mit jemandem verabredet wäre, und weiß nicht, wohin. Wie von selbst vollführt mein Körper eine Drehbewegung, mein Blick sucht Filips dunkelhaarigen Nacken und fixiert ihn. So sehr ich mich auch bemühe, meinen Blick von ihm zu lösen, es will mir nicht gelingen. Zwischen all den sitzenden Gästen stehe ich mitten im Restaurant und starre ihn an.

Sie unterhalten sich, lehnen sich über den Tisch, bis sich ihre Gesichter beinahe berühren. *Wenn er sie hier küsst, was tue ich dann?* In mir schnürt sich etwas zusammen, immer fester, und dann hebt die rothaarige Frau wieder den Blick. Diesmal bleibt er an mir hängen. Ich weiß, dass ich wegschauen und aufhören sollte, ihn anzustarren, aber das geht nicht. Eine Ewigkeit verstreicht, vielleicht ist es auch nur eine Sekunde. Dann passieren mehrere Dinge in schneller Folge.

Ich bewege mich weiter vorwärts, während Filip aufsteht und auf den Bereich neben der Bar zugeht, wo sich die Toiletten befinden. Mit wenigen raschen Schritten bin ich an ihrem Tisch. *Du bist in Gefahr.* Meine Lippen formen die Worte, aber er hat mir den Rücken zugewandt, scheint mich nicht zu bemerken. Das tut dafür jemand anders. Eine Hand schießt nach vorn, fremde Finger umfassen mein Handgelenk.

»Brauchst du Hilfe?«

Filip verschwindet um die Ecke, und ich richte meinen Blick auf die Frau neben mir. Ihre Augen sind blaugrün, die Wangen rosig. Rote Locken fallen aus der nachlässig hochgesteckten Frisur. Das ist so weit von einem strammen, glatt gebürsteten Pferdeschwanz entfernt, wie es nur geht. Vielleicht fühlt sich Filip deshalb von ihr angezogen, wegen des Kontrastes, den sie darstellt.

Einen Moment lang mustern wir uns, dann lasse ich meinen Blick zu ihren Fingern an meinem Handgelenk wandern. Sie hält mich fest. *Lass mich.* Die Worte nehmen Form an, steigen in mir auf, aber finden nicht nach draußen. Sie bleiben in meinen Gedanken und stecken in meiner Kehle fest. Ich mobilisiere alle meine Kräfte und ziehe meinen Arm zurück. Es zeigt sich, dass ihr Griff gar nicht so fest war, denn mein Handgelenk löst sich mühelos daraus. Ich schwanke zur Seite, verliere das Gleichgewicht, mein Weinglas fällt mir aus der Hand und zerspringt.

Ich blicke zu Boden, überall Glasscherben und Wein. Irgendwo schreit jemand auf. Mir wird die Heiserkeit in meinem Rachen bewusst, und da erst begreife ich, dass der Schrei von dort kommt. Um mich herum wird es still, oder vielleicht sind meine Ohren plötzlich taub. Die rothaarige Frau sieht mich nun mit einem anderen Blick an. Mit aufgerissenen Augen, die Hände erhoben, den Körper gegen die Stuhllehne gepresst. Ich schaue zum Nebentisch, dann weiter zum nächsten, durch den ganzen Raum, und wohin ich auch sehe, entdecke ich die gleichen gehobenen Brauen, gerunzelte Stirnen und tadelnde Blicke. Eine Verrückte, dafür halten sie mich.

Von Weitem sehe ich den hageren, schwarz gekleideten Mann, wie er sich zwischen den Tischen einen Weg bahnt und auf mich zukommt. Ich werfe der Rothaarigen einen letzten Blick zu. Ihr Mund bewegt sich, aber ich verstehe kein Wort. Vielleicht sage ich etwas zu ihr, vielleicht auch nicht. Dann wende ich mich ab und durchquere das Lokal, so schnell ich kann. Durch die Tür stürme ich ins Freie, die Straße hinunter. Stürme weiter, ohne mich vorzusehen, über Kreuzungen, um Hausecken. Stürme durch Licht und Dunkel. Stürme auf das Nichts zu.

Zurück zu den Trümmern dessen, was einmal mein Leben war.

DER EHEMANN

32

Heute war ich mit Anna verabredet. Ausnahmsweise hatten wir entschieden, uns auswärts zu treffen, im Restaurant. Ich weiß nicht, ob das so eine gute Idee war. Am Anfang war es fast so wie immer, wir haben geredet, sie hat gelacht, aber dann kam es mir so vor, als wäre ihre Stimmung umgeschlagen und als bedrückte sie etwas. Wir sind recht bald aufgebrochen, zu ihr gegangen und haben in ihrem zerwühlten Bett miteinander geschlafen. Aber auch das war nicht wie sonst. Es kam mir so vor, als wären wir mit unseren Gedanken eigentlich woanders.

Es war das erste Mal, dass wir uns getroffen haben, seit ich meiner Frau von uns erzählt habe. Anna wollte wissen, wie sie reagiert hat. So kam eins zum anderen, und auf einmal habe ich ihr die Geschichte meiner Frau erzählt, dass sie früher schon einmal betrogen worden war, in jungen Jahren, und was sie sich deswegen angetan hatte.

Rückblickend ist mir natürlich klar, dass ich mich hätte beherrschen sollen. Dass ich ihr niemals davon hätte erzählen dürfen. Es war das dunkelste Geheimnis meiner Frau, und ich habe mir angemaßt, es ans Licht zu bringen. Ein weiteres Vertrauen, das ich missbraucht habe. Wie furchtbar ihre Tat damals auch gewesen sein mag, so hatte ich doch kein Recht, mit jemand anderem darüber zu sprechen.

Daran denke ich gerade, jetzt, da ich zu Hause bin und Seite an Seite mit meiner Frau auf der ehelichen Matratze liege. Das Schweigen bildet eine dicke Wand zwischen unseren Körpern. Warum habe ich Anna von der Narbe erzählt und wie sie zustande gekommen ist? Wie konnte ich meine Frau so brutal bloßstellen?

Dabei habe ich in dem Moment gar nicht daran gedacht, denn ich habe mich völlig auf Anna konzentriert. Ich habe gemerkt, wie sie verstummte und sich zurückzog. Aber erst als ich mich umdrehte und sah, wie bleich sie geworden und dass die Farbe aus ihren Wangen gewichen war, wurde mir klar, wie sehr sie diese Geschichte mitgenommen hat. Und ich habe mich an meine Reaktion erinnert, als ich es von meiner Frau erfuhr. Ich weiß noch, wie ich über der Toilettenschüssel gekauert und gedacht habe, ich würde meine Innereien Stück für Stück erbrechen. Und ich erinnere mich genau an den Gedanken, ob ich meiner Frau wohl jemals wieder in die Augen würde sehen können.

Anna ist meinem Blick ausgewichen und hat ihre Finger in den Bettbezug gekrallt.

»Ein Küchenmesser«, hat sie geflüstert. »Meinst du wirklich ein ganz einfaches Küchenmesser? Mit dem sie sich … selbst verletzt hat? Und was für einen Faden? Hatte sie kein steriles Nahtmaterial zur Verfügung? Man nimmt doch wohl kaum eine Rolle Nähgarn für so was.«

Ihre Stimme versagte, und ich wusste nicht, was ich sagen sollte. Solch konkrete Fragen, wie Anna sie mir stellte, habe ich mir nie gestellt, geschweige denn gedacht. Die Einzelheiten haben für mich keine Rolle gespielt, sondern das Unfassbare, dass sich jemand so etwas überhaupt antun kann. Dass so etwas überhaupt möglich ist. Ich habe Anna darauf hingewiesen und selbst gemerkt, dass ich etwas ungehalten und zurechtweisend klang. Aber sie hat davon offenbar nichts bemerkt.

»Die ist doch nicht normal, deine Frau.«

»Wie meinst du das?«

Da hat sie es gespürt, da hat sie einen anderen Klang in meiner Stimme gehört. Sie hat mir die Hand auf die Brust gelegt und mich ernst angesehen.

»Sie ist zu allem fähig.«

»Das ist doch ewig her. Sie war damals nicht mal richtig erwachsen.«

»Einundzwanzig«, hat Anna entgegnet. »Für mich ist das erwachsen.«

Ich konnte sie nicht länger ansehen. Am liebsten wollte ich glauben, dass das, was meine Frau getan hatte, nichts mit der Frau zu tun hatte, die sie jetzt war. Ich wollte glauben, dass man das unter jugendlichem Leichtsinn verbuchen konnte. Ich wollte es glauben, aber es gelang mir nicht. Und das war der Grund dafür, dass wir überhaupt hier waren, Anna und ich.

Wir lagen eine Weile schweigend nebeneinander. Anna hatte sich an mich geschmiegt, und ihre Haut klebte an meiner.

»Muss ich Angst haben?«, fragte sie plötzlich.

Ich sah sie an und runzelte die Stirn.

»Angst, wieso?«

»Dass sie plötzlich bei mir vor der Tür steht.«

»Sie kennt dich doch gar nicht.«

Anna drehte sich auf den Rücken und nahm die Hand von meiner Brust. Das war offenbar die falsche Antwort. Ich stützte den Ellbogen auf die Matratze und das Kinn in die Handfläche. Die Zweifel standen ihr ins Gesicht geschrieben.

»Sie will dir nichts tun.«

Anna biss sich auf die Unterlippe.

»Und mir auch nicht«, fügte ich hinzu.

Da drehte sie sich wieder zu mir. Wir haben uns lange angesehen. Dann hat sie sich an mich gekuschelt und den Arm um mich gelegt.

»Halt mich fest«, hat sie geflüstert.

Doch als ich das tat, habe ich gespürt, wie sie gezittert hat.

Ich kann nicht schlafen. Heute Nacht ist irgendwas nicht so wie sonst. Meine Frau liegt wie immer reglos in der Embryonalstellung und kehrt mir den Rücken zu. Ich vermag nicht zu sagen, ob sie ebenfalls wach ist.

Das geht so nicht weiter, denke ich. Wir müssen diesen Stillstand überwinden, uns aus dieser Situation befreien. Ich weiß nicht, was ich will, kann nichts garantieren, aber so kann es jedenfalls nicht weitergehen. Wir müssen mal raus hier, brauchen eine neutrale Umgebung, wo wir uns gegenübertreten und unvoreingenommen miteinander reden können. Zu Hause geht das nicht.

Ich schließe die Augen und merke, dass der Schlaf nicht mehr lange auf sich warten lässt. *Das klärt sich alles*, geht es mir durch den Kopf, *wir werden eine Lösung finden*. Aber wer sind wir? Meine Frau und ich oder Anna und ich? Ehe ich die Antwort darauf finde, bin ich eingeschlafen.

ELENA

33

In die Stadt fahren, vor Filip Storms Kanzlei warten und dann am Empfang nach ihm fragen. Ins Restaurant gehen, wo er zusammen mit der Rothaarigen saß, und um ihren Tisch herumschleichen. Warum habe ich das getan? Kaum aus dem Grund, den ich mir auf dem Weg dorthin eingeredet habe. Ich habe das ganz bestimmt nicht für Filip Storm getan. Nein, ich habe es für mich getan.

Der Puls hat sich endlich wieder beruhigt, aber das hat eine ganze Weile gedauert. Ich bin wieder zu Hause in meiner Küche und sitze an meinem angestammten Platz. Der Rechner steht vor mir auf dem Tisch, und mein Blick wandert zwischen Bildschirm und Innenhof hin und her. Mein Herz schlägt wieder einigermaßen regelmäßig, trotzdem fühle ich mich zittrig und durcheinander. Es kam gar nicht soweit, dass ich zu ihm gegangen wäre und ihm meine bösen Vorahnungen mitgeteilt hätte. Ich habe ihn nicht davor gewarnt, allein mit seiner Frau zum Wandern zu fahren. Vielleicht hatte ich nie die Absicht, vielleicht wollte ich im Grunde genommen etwas ganz anderes. Vielleicht wollte ich ihn nur nochmal mit der Rothaarigen zusammen sehen, wollte eine Bestätigung, dass ich mit meiner Intuition richtiglag. Der Wortwechsel zwischen ihnen, den ich aufgeschnappt habe, klingt mir immer noch in den Ohren.

»... jeder mit seinem Auto ... du wartest auf mich ... und wir sehen uns dort, damit sie nicht ...«

»... ja nicht mehr lange ... ich freue mich schon. Das Sommerhaus ... wirklich wunderbar.«

Ich richte meinen Blick auf den Text, an dem ich seit letzter Woche immer wieder arbeite. Es ist die Geschichte von einem scheinbar glücklichen Paar, das von außen betrachtet alles hat. Ich schreibe über die Liebe zwischen den beiden, die für sie selbstverständlich ist und die er durch sein Verhältnis mit einer anderen Frau verrät. Ich schreibe über die Finsternis, über das, was in ihr haust und allmählich überhandnimmt. Aber ist es nur mein Text, sind es nur meine Buchstaben und Sätze, die hier in meinem Rechner existieren, oder ist da noch mehr? Berührt er auf irgendeine Weise andere Menschen, beeinflusst er ihre Handlungen und ihr Schicksal? Nein, das ist unmöglich, das ist ein abwegiger Gedanke. Aber was ist dann die Erklärung für die immer deutlichere Verbindung zwischen dem, was ich schreibe, und der Familie gegenüber?

Ich hebe den Blick und richte ihn auf die Küche jenseits des Innenhofs. Sie liegt im Dunkeln. Der Vorfall mit den Rosen war der Startschuss. Veronicas Berserkergang mit der Schere, die Art, wie sie den Strauß zerhackt und zerstört hat, genau das hat mich wieder zum Schreiben zurückgebracht. *Auf einmal hielt sie die Schere in der Hand. Im nächsten Moment lagen die Blumen misshandelt und zerfleddert auf dem Boden verstreut.*

Seit jenem Abend arbeite ich an dem Text. Zunächst nur an einzelnen Fragmenten, aber in den letzten Tagen immer fokussierter mit dem Ziel, die Einzelteile zu einem vollständigen Ganzen zusammenzufügen. Es wird düsterer als alle meine früheren Manuskripte. Nachdem die Frau im Text bei einem Abendessen unvermittelt von der Untreue ihres Mannes erfährt, ist sie zuerst wie gelähmt. Dann beschließt sie, sich zu rächen.

Plötzlich wusste sie mit einer Gewissheit, die alles andere übertraf, dass sie ihn, egal, was von nun an passierte, unter keinen Umständen weiterleben lassen konnte, als wäre nichts gewesen. Nein, sie konnte ihn überhaupt nicht am Leben lassen.

Trotz heftiger Gefühlsturbulenzen beschließt die Frau, weder irrational noch impulsiv vorzugehen. Sie beginnt zu trainieren, um ihre Muskeln aufzubauen, und sucht in Büchern und im Netz nach Informationen darüber, wie man vorgeht, wenn man jemanden umbringen will. Sie plant bis ins Detail, will nichts dem Zufall überlassen. Will auf gar keinen Fall erwischt werden.

Lass es wie einen Unfall aussehen.

Veronicas Tränen beim Abendessen mit Filip, der zugezogene Vorhang im ersten Stock, Leos Feststellung, dass seine Mutter wieder unterwegs in die Dunkelheit ist. Ihr heimliches Muskeltraining im Fitnessstudio und das Buch *So kommt man mit Mord davon*. Alles hat seine Entsprechung in meinem Text. Die erschreckenden Parallelen, die ich anfangs als Zufälle abgetan habe, lassen sich immer weniger wegdiskutieren. Hier stimmt etwas nicht, oder hier passt vielmehr etwas viel zu gut zusammen.

Am meisten beunruhigt mich die Verschiebung des Verhältnisses zwischen Ursache und Wirkung. Mit den Rosen war es ganz einfach: Ich habe etwas gesehen und anschließend darüber geschrieben. Doch dann ist etwas passiert. Es kommt mir so vor, als hätte das, was ich schreibe, Auswirkungen auf das, was sich im Haus gegenüber abspielt. Als wüsste ich, was passiert, ehe es tatsächlich passiert. Als würde ich … als würde ich den Gang der Dinge beeinflussen. *Beeinflussen oder lenken?*

Ich sehe Filip und die rothaarige Frau vor mir, sie haben ihre Gesichter einander zugewandt. Ich sehe vor mir, wie sie aus ihrem Schuh schlüpft und unter dem Tisch mit dem Fuß die Innenseite seines Schenkels massiert. Die Bilder verschwimmen und gleiten wieder auseinander, Realität vermengt sich mit Fantasie. Was habe ich gesehen? Eigentlich? Ich schiebe den Rechner von mir, drehe den Bildschirm in eine andere Richtung und fahre mir mit den Händen übers Gesicht. Ich halte das nicht länger aus. Aber was genau halte ich nicht länger aus? Den Gedanken daran, was mein Schreiben mit Familie Storm anstellt, oder meine zunehmende Verwirrtheit?

Ich gehe von der Küche ins Badezimmer. Die Neonröhre über dem Waschbecken sirrt, und aus dem Abfluss in der Dusche steigt ein sumpfiger Geruch auf. Vielleicht bin auch ich es, die riecht. Lange starre ich in dem grellen Licht mein Spiegelbild an. *Hör jetzt auf damit. Du musst aufhören, das zu verdrehen, was du siehst, und nach Erklärungen und Zusammen-*

hängen zu suchen, wo es gar keine gibt. Ich führe meine Hand zu dem geschlossenen Badezimmerschränkchen, und vor meinen Augen blitzt es auf. Ich stelle mir vor, wie ich es aufmache und innen an der Tür einen kleinen Zettel vorfinde. Ein Zettel, der verkündet, dass er an mich denkt, wie viel ich ihm bedeute, dass ich geliebt werde.

Wie ein Puzzle aus zwei Teilen.

Der Gedanke an Peter sticht in alles andere hinein, gleitet durch mich hindurch wie eine scharfe Klinge. Ich mache den Schrank auf und greife nach dem Deo. Es klebt kein Zettel an der Innenseite. Ebenso wenig wie ein Zettel auf dem Küchentisch lag, als ich nach Hause gekommen bin, ebenso wenig wie unter dem Kissen ein Zettel zum Vorschein kommt, wenn ich zu Bett gehe.

Ich trage unter den Achseln Deo auf und schließe das Badezimmerschränkchen wieder. Eine Weile bleibe ich vor dem Spiegel stehen. Ich denke daran, was Peter über das kleine Mädchen im Park geschrieben hat, das er gesehen hat und das ihn so angerührt hat. Das mir so ähnlich war und unsere Tochter hätte sein können. Dann denke ich an das, was er zu Beginn der Mail geschrieben hat. Dass etwas passiert sei. Hatte er sich nicht so ausgedrückt? Genau so?

Ich fixiere mein Spiegelbild. Meine Wangen und meine Stirn sind blass, meine Haut sieht aus wie faltiges Papier. Den geröteten Augen könnte ich vermutlich mit einem Kosmetikprodukt beikommen, ein Tropfen in jedes, dann würden die Spuren von Schlafmangel und Verwirrtheit verschwinden. Aber was meinen Blick betrifft, da ist es schon schwieriger, da kann kein Produkt der Welt helfen.

Irgendwas ist mit meinen Pupillen anders, sie sind dunkler und größer als sonst. Ich sehe wie ein Hai aus, denke ich, ein lichtscheues Monster ohne Lider, das in der Tiefe sein Unwesen treibt auf der Jagd nach ahnungsloser Beute. Ich trete einen Schritt zurück, aber kann mich nicht von meinem Blick lösen.

Es gibt keinen Zusammenhang zwischen der Familie Storm und dem, was ich schreibe. Meine Geschichte ist meine Geschichte, mehr nicht. Filip und Veronica steuern, was zwischen ihnen passiert – nicht meine Finger auf der Tastatur.

Und wenn Filip morgen auf der Wanderung etwas zustößt, wenn er sich für einen Moment umdreht und am Abgrund einen Schubs kassiert, bist du dann frei? Frei von Verantwortung, frei von Schuld?

Es gibt nichts, was ich tun könnte. Nicht das Geringste.

Das ist nicht wahr. Du kannst etwas tun. Oder besser gesagt, du kannst etwas bleiben lassen.

Ich trete noch einen Schritt zurück, halte inne und denke diesen Gedanken ein zweites Mal, prüfe ihn auf Herz und Nieren. Dann nicke ich langsam. Gut, es ist beschlossene Sache. Ich werde keine einzige Zeile mehr schreiben, bis das Ehepaar Storm wohlbehalten von seinem morgigen Ausflug zurückgekehrt sein wird.

Ich werde kein Wort schreiben. Das Einzige, was ich tun kann, ist warten. Warten, bis die beiden wieder nach Hause kommen.

Oder auch nicht.

DER EHEMANN

34

So soll es also enden?

An der Kante gerate ich ins Straucheln, drehe mich um und begegne ihrem Blick. Es sind dieselben Augen, die mich damals ansahen, vorne am Altar in dieser kleinen malerischen Dorfkirche. An jenem Tag standen Tränen der Rührung in ihren Augen, nun sind sie schwarz vor Hass. Ihr Blick sagt mir, dass so die Rache aussieht. Und ich sehe eine Entschlossenheit in ihrem Gesicht, eine lange nicht mehr da gewesene Zielstrebigkeit. Erst jetzt dämmert es mir, dass das, was gerade passiert, was gleich passieren wird, kein Zufall ist. Meine Frau hat auf diese Gelegenheit gewartet. Sie will mich tot sehen.

Die ganze Zeit habe ich mir Sorgen um sie gemacht … Und plötzlich wird mir klar, dass ich besser auf mich selbst hätte aufpassen sollen.

Es gibt so vieles, woran ich denken könnte, so viele Bilder, die vorbeiflimmern könnten, aber das Einzige, was ich vor mir sehe, ist die Kirche, in der wir geheiratet haben.

Wie konnte es soweit kommen? Was ist aus uns geworden?

Es geht alles so schnell, und dennoch dehnt sich der Augenblick zu einer Ewigkeit. Sie kommt näher, ist ganz dicht neben mir. Hebt erst eine Hand, dann die andere. Gleich falle ich, gleich werde ich zerschmettert. Gleich ist es vorbei.

Drei, zwei, eins.

Jetzt.

Aber Moment mal … anstatt mir den kleinen Schubs zu geben, den es braucht, damit ich in den Abgrund stürze, streckt meine Frau mir die Hand entgegen. Ich nehme sie, habe keine andere Wahl, als sie zu packen, und ihre Handfläche fühlt sich warm an in meiner, als sie mich zu sich zieht, weg vom Abgrund, der sich eben vor meinen Füßen auftat. Ich werde nicht fallen, ich bin in Sicherheit. Mein paralysierter Zustand lässt allmählich nach, und ich sinke keuchend neben ihr auf die Erde.

Da erst bemerke ich ihre Hand auf meiner Schulter und schaue sie an. Ihr Blick ist wieder wie sonst. Wo ist der finstere Hass geblieben? War er überhaupt da, oder war das nur Einbildung? Hat vielleicht der Schreck meine Eindrücke getrübt?

»Steh auf«, sagt sie leise.

Meine Beine zittern, aber ich komme auf die Füße, wieder mithilfe ihrer Hand und ihrer Stütze. Dann stehe ich neben ihr, weiß nicht, ob ich sie in den Arm nehmen oder zurückweichen soll.

»Was damals passiert ist«, sagt sie. »Was ich getan habe. Du weißt, die Narbe auf meinem Bauch.«

Ich nicke und schlucke.

»Das war nicht alles.«
Ich starre sie an.
»Nicht alles? Wie … wie meinst du das?«
Sie sieht mich unverwandt an.
»Da ist noch eine Sache, die ich dir nicht erzählt habe.«
Dann fängt sie an zu reden.
Sie redet und redet.
Und als sie verstummt, ist alles anders. Schon wieder.

ELENA 35

Sie sind zu Hause.

Ich sehe sie kommen, stehe am Küchenfenster und spähe hinüber, als sie den Innenhof überqueren. Veronica geht voran und Filip ein paar Meter hinter ihr. Mein Blick wandert von einem zum andern, über ihre elegante Kleidung und ihre akkuraten Frisuren. Keine Regenjacken und Rucksäcke, kein robustes Schuhwerk. Filips Überraschung war wohl letztlich doch keine gemeinsame Wanderung. Sie sehen einander nicht sonderlich zugetan aus, aber sie sind am Leben, alle beide. Wo immer sie gewesen sind, wie immer sie den Tag verbracht haben, der eine hat den anderen nicht umgebracht. Natürlich nicht. Die sind nicht so. *Sie* ist nicht so. Das habe ich im Stillen ja auch gewusst.

Mit dem Mobiltelefon in der Hand gehe ich ins Wohnzimmer. Ich habe mir geschworen, nicht mehr zu schreiben, bis die Storms wieder zu Hause sein würden. Jetzt gibt es keinen Hinderungsgrund mehr, mit dem Text weiterzumachen. Aber da ist noch eine Sache. Ich muss vorher etwas erledigen, daran führt kein Weg vorbei. Ich stelle mich vor die Bücher und halte mich an der Kante des Regals fest, als könnte es mir Kraft geben. Wehmut regt sich wie ein großer Klotz in mir. Aber da ist noch etwas anderes, ein Gefühl mit schärferen Ecken.

Ich gebe die Nummer ein und warte auf das Klingelzeichen. Peter nimmt das Gespräch nach dem zweiten Klingeln an.

»Elena«, sagt er. Ich dachte, ich wäre darauf vorbereitet, aber seine Stimme zu hören, wie sie meinen Namen sagt, überwältigt mich.

Mir treten Tränen in die Augen. Nicht, dass ich die Sehnsucht und Leere in mir nicht gespürt hätte, aber beides war wie hinter einem durchsichtigen Schleier verborgen. Nun, da Peters Stimme in mein Ohr dringt, wird dieser Schleier aufgezogen und alles liegt ungeschützt, entblößt und offen da.

Vielleicht begreift er, dass ich einen Moment brauche, um mich zu erholen, denn er stellt ein paar allgemeine Fragen, erkundigt sich, wie es mir geht, ob ich zurechtkomme. Ich könnte ebenso allgemein antworten: Es geht schon, ich komme schon klar. Ich könnte ihn fragen, wie es in der Arbeit läuft, wie es seinen Eltern geht oder ob er seitdem einige von denen getroffen hat, die mal unsere gemeinsamen Freunde waren. Aber ich kann mich nicht zu diesem Geplänkel durchringen. Nicht jetzt. Nicht mit ihm.

»Es gibt da etwas … etwas, das ich dich fragen möchte. Etwas Wichtiges.«

Peters Stimme klingt hoffnungsvoll. Er entgegnet, dass er mich verstehe, dass auch er reden wolle, dass er deshalb ein

Treffen vorgeschlagen habe. Er könne im Prinzip jederzeit, ich dürfe wählen, wann es mir passt. Er könnte zu Hause für mich kochen, oder wir könnten uns in der Stadt treffen, wenn mir das lieber sei. *Zu Hause.* Das Wort hebt sich ab von den anderen, richtet sich auf und kommt auf mich zu. Wieder nach Hause kommen.

Aber nein, ich weiß ja, dass das nicht geht. Dafür ist es noch viel zu früh.

»So habe ich das nicht gemeint«, murmele ich. »Ich kann mich nicht mit dir treffen, noch nicht. Ich bin mitten in … mittendrin in einer Sache.«

Er räuspert sich. Genau, das habe ich ja auch in der Mail erklärt, dass ich noch etwas erledigen muss, bevor wir uns sehen können. Er sagt, er gehe davon aus, dass ich schreibe, aber er wisse auch, dass ich nicht über meine Manuskripte sprechen möchte, ehe sie abgeschlossen sind, also frage er nicht nach.

Dann verstummt er plötzlich. Meine Hand umklammert das Telefon.

»Du hast geschrieben, dass etwas passiert ist. Und du hast von dem kleinen Mädchen erzählt, das du im Park gesehen hast.«

Peter gibt einen zustimmenden Laut von sich, und es klingt, als würde er bei der Erinnerung daran lächeln.

»Genau.«

»Als du geschrieben hast, dass etwas passiert ist, hast du das damit gemeint? Dass du im Park ein Kind gesehen hast, ein Mädchen auf der Schaukel, das mir ähnlich sah? Hast du dich deswegen gemeldet?«

Nur deswegen?, will ich hinzufügen, aber ich beherrsche mich.

Peter zögert mit der Antwort. Ein Scharren ist zu hören, als zöge er einen Stuhl vor, um sich zu setzen. Mit schlotternden Knien gehe ich in die Küche und folge seinem Beispiel, setze mich auf denselben Platz, auf dem ich in den letzten Tagen und Wochen so oft gesessen habe.

»Es ist viel passiert, Elena. Darüber sollten wir uns unterhalten, von Angesicht zu Angesicht. Wir sollten wirklich ...«

Seine Worte verklingen.

Mein Blick schweift ab, durch das Fenster, über den Hof. In der Küche gegenüber brennt kein Licht, von den Eheleuten Storm ist nichts zu sehen.

»Es ist schön, deine Stimme zu hören. Ich ... ich habe mich danach gesehnt. Ich sehne mich danach.«

Peters Stimme ist ganz nah, als würde er das Telefon an seine Wange pressen. Ich schließe die Augen und denke daran, wie er mich immer in den Arm genommen hat, wenn ich erschöpft oder niedergeschlagen war, wie meine Wange ihren perfekten Platz in der Mulde über seinem Schlüsselbein hatte. Wenn ich seine Arme um mich gespürt habe, war es, als könnte kein Böses mir etwas anhaben. Ich mache die Augen wieder auf.

»Und mit ihr?«, frage ich. »Wie läuft es mit ihr?«

Diesmal bleibt es lange still. Peter zögert.

»Ich ... Nicht so toll.«

Durch meinen Körper geht ein Stoß.

»Was soll das heißen?«

Ich höre, wie er am anderen Ende nach Worten sucht, wie er sich unterbricht und nochmal ansetzt.

»Mir ist klar, dass du danach fragst, Elena, aber es ist nicht so einfach, am Telefon darüber zu reden. Mir wäre es am liebsten, wenn wir uns sehen und uns in aller Ruhe unterhalten.«

Ich halte das Telefon fest umklammert, meine Finger sind rutschig vor Schweiß. Ich nehme den Hörer in die andere Hand, versuche, meinen Puls zu beruhigen. Mir schnürt sich die Kehle zu, und ich muss die Worte richtiggehend herauspressen.

»Du musst erzählen, was passiert ist. Du musst.«

Vielleicht ist es mein Tonfall, der ihn überzeugt.

»Okay«, sagt er. »Dann sage ich es dir.«

Seine Atemzüge im Hörer. Ich weiß, wie sie sich auf meiner Haut anfühlen. Und ich erinnere mich an die Wärme und die Nähe.

»Sie ist tot, Elena. Sie ist tot. Das ist passiert.«

Etwas Kaltes strömt durch meinen Körper, und ich drücke mir mit der freien Hand den Mund zu. Peter redet weiter, erzählt Dinge, von denen ich nichts behalte. Das Zimmer dreht sich vor meinen Augen. Ich bringe kein Wort heraus. In einer Parallelwelt stelle ich Fragen und höre ihm zu, wenn er antwortet, wie und wann und wo es passiert ist. In einer Parallelwelt gebe ich mich interessiert, bestürzt, nehme Anteil.

Sie ist tot. Das ist passiert.

Ich ziehe die Strickjacke enger um mich. Aber das hilft nicht, die Kälte kommt von innen. Gedankenfetzen rasen ohne jeden Zusammenhang durch meinen Kopf. Plötzlich nehme ich Peters Stimme wieder wahr, zuerst aus weiter Ferne, dann immer klarer und deutlicher.

»Es war ein Unfall, einfach nur ein Unfall, und du sollst wissen, dass ich nicht …«

Mein Körper reagiert ganz von selbst. Es geht so schnell, dass ich selbst kaum begreife, was passiert. Erst als ich das Gespräch weggedrückt und das Telefon weggeschleudert habe. Der Schüttelfrost frisst sich langsam, Schicht um Schicht, in meinen Körper, bis er überhandnimmt, bis ich mit den Zähnen klappere. Warum habe ich angerufen? Warum, warum, warum? Ich hätte wissen müssen, dass es so kommen würde. Jenseits der Fragen gibt es weder Ruhe noch Klarheit. Dort gibt es nur noch mehr Dunkelheit.

Ein Beben erschüttert meinen Körper. Ich denke an das, was hätte sein können, und das, was nie sein wird. An das, woran ich geglaubt und was ich erhofft habe. Nichts davon ist jetzt noch von Bedeutung. Ich spüre es ganz deutlich, dass es egal ist. Alles ist egal. Dann schwindet das Bewusstsein, und die Gedanken lichten sich. Ich stehe auf und lasse die Jalousie herunter, schließe das Fenster vor alledem da draußen. Den Rechner unter dem Arm, verlasse ich die Küche.

Ich werde jetzt schreiben, und diesmal höre ich erst wieder damit auf, wenn ich fertig bin. Ich werde den Rest der Geschichte schreiben, bis zum letzten Satz. Und dann … dann werde ich …

Ich schlurfe in die Diele und die Treppe hinauf. Ein Schritt nach dem anderen. Eine Sache nach der anderen.

36

Sie hatte ihre Chance. Am Ende hat sie sich ihr tatsächlich geboten. Es war, als hätte das Schicksal eine helfende Hand ausgestreckt. Das Schicksal oder bedeutend düstere Kräfte. Solche, die durch ihre Fantasien zum Leben erweckt worden und die in Bewegung gekommen waren – in all den Stunden und Tagen, die sie damit zugebracht hatte, sich tief in menschliche Abgründe und menschlichen Verfall hineinzuarbeiten.

Hass und Rachlust. Primitive Kräfte.

Wie auch immer das zusammenhing und worin die Ursache gelegen haben mochte, schließlich offenbarte sie sich.

Die Gelegenheit.

Er befand sich zwischen ihr und dem Abgrund, verletzlich, ausgeliefert. Es ging alles so schnell, und dennoch war es für sie, als sei die Zeit ins Stocken geraten, als würde jeder Augenblick bis zum Äußersten in die Länge gezogen.

Doch als sie ihn so nah am Abgrund, so nah an der Ewigkeit stehen sah, passierte etwas vollkommen anderes als das, womit sie gerechnet hatte. Ganz andere Gefühle stürmten auf sie ein und ergriffen von ihr Besitz. Es war, als würde sie mit Abstand von oben auf sich selbst hinabschauen. Oder – so dachte sie später – vielleicht hatte sie sich mit den Augen eines anderen gesehen.

Es währte nur einen Augenblick, aber das genügte.

Das hier willst du nicht. Das hier bist nicht du.

ELENA

37

Die Türklingel unterbricht die Stille. Meine Hände halten inne. Ich blicke auf und horche. Jemand will zu mir. Ich weiß, wer es ist, ahne das Anliegen. Wieder ertönt die Türklingel, und ich werfe einen Blick auf die offene Schlafzimmertür. Von meinem Platz aus kann ich die ersten Treppenstufen sehen, die in die Diele hinunterführen. Ich sehe mich, wie ich den Rechner zur Seite stelle, mich aus dem Bett erhebe, die Treppe hinabgehe und die Haustür aufmache. Ich sehe, wie es geschieht, stelle mir vor, wie es sein würde, rühre mich aber nicht vom Fleck. Das Klingeln verstummt, und ich wende mich wieder der Tastatur zu.

Stunden vergehen, und ich verliere jegliches Zeitgefühl. Rücken und Nacken beginnen zu schmerzen, meine Handgelenke werden taub, doch ich schreibe weiter. Es dämmert im Zimmer, dann wird es wieder hell. Ich schreibe noch immer. Habe ich überhaupt geschlafen? Hier und da eine Stunde, höchstens zwei oder drei am Stück. Aber es kommt mir so vor, als bräuchte ich keinen Schlaf mehr, als hätte ich so lange mit der Schlaflosigkeit gerungen, dass ich mich irgendwie darüber hinweggesetzt habe. Mich befreit habe von einem der grundlegendsten menschlichen Bedürfnisse. Solange ich schreiben kann, brauche ich keinen Schlaf. Ich verlasse das Schlafzimmer ausschließlich, um ins Bad zu gehen oder wenn mein Magen nach Essen schreit. Einige Bedürfnisse sind trotz allem noch vorhanden.

In der Küche halte ich mich nur so lange auf, wie es dauert, ein Brot zu schmieren, ein Ei oder Tee zu kochen. Die Jalousie ist noch immer geschlossen, und ich lasse sie so, aber mache es mir zur Gewohnheit, dem Fenster den Rücken zuzukehren. Ich bemühe mich, das, was ich erledigen muss, so rasch wie möglich zu tun, ohne unnötig zu trödeln. Ich setze mich nie an den Tisch, weder zum Essen noch zum Schreiben. Nehme meinen Teller oder Becher in die Hand und kehre ins Schlafzimmer zurück. Schreibe beim Essen und Trinken.

Ich schreibe über die Frau und den Mann, über den unausweichlichen Kollaps, über die Zeit danach. Und während ich schreibe, wird es dunkel und wieder hell. Vielleicht ein Mal. Vielleicht mehrere Male. Ja, ziemlich sicher mehrere Male.

Hin und wieder schallt die Türklingel durch das Haus. Ich weiß nicht, wie oft, bin mir nicht sicher, ob ich es immer höre. Gelegentlich habe ich Ohrensausen, manchmal wird das Rauschen lauter und geht in ein Pfeifen über. Meist verschwindet es wieder, wenn ich den Rechner aus der Hand lege und ein Nickerchen mache. Auch der Klang der Türklingel verebbt. Ich ignoriere sie einfach, dann werden sie früher oder später ganz von selbst aufhören. Das Handy habe ich längst ausgeschaltet. Es gibt nur noch mich und den Text, den Text und mich.

Das Licht wird matter, und zusammen lassen wir uns in die Dunkelheit treiben.

38

Ich wache auf. Mein Blick fällt auf die Uhr. Es ist kurz nach fünf. Ich bleibe auf dem Rücken liegen, blicke an die Decke und versuche auszumachen, ob es Morgen oder Abend ist. Ich komme nicht drauf, aber es ist auch nicht wichtig. Ein dumpfer Klingelton durchschneidet die Stille. Irgendwie kommt er mir bekannt vor, denke ich und drehe den Kopf von der einen Seite zur anderen. Die Nacken- und Schultermuskulatur ist zum Bersten gespannt. Dann höre ich das Geräusch wieder, und mir wird klar, dass es die Türklingel war.

Diesmal lässt der Besucher nicht locker. Mehrere Klingelsignale, kurze und lange im Wechsel, gehen ineinander über. Ich drehe mich auf die Seite und spüre, wie die Matratze unter mir nachgibt. Das Laken ist gräulich und speckig, und als ich nach unten blicke, entdecke ich einen rostroten Fleck auf dem Laken, groß wie eine Münze. Angetrocknetes Blut an meiner Wade über dem rechten Knöchel zeugt davon, dass ich mir dort die Haut aufgekratzt habe.

Endlich schweigt die Türklingel. Ich hebe den Kopf und lausche. Ein Speichelfaden hängt zwischen Kinn und Laken. Dann klopft es. Wobei klopfen nicht das richtige Wort ist. Es ist eher ein Hämmern, eine Abfolge beharrlicher Schläge gegen die Tür. Und dann, nach einer Weile, wieder die Klingel. Ich stöhne auf und halte mir die Ohren zu, aber ohne Erfolg. Ich wälze mich aus dem Bett und schwanke aus dem Schlafzimmer, die Treppe hinunter bis zur Tür.

»Ja, ja, ich komme ja schon.«

Erst als ich die Tür schon sperrangelweit aufgerissen habe und in Leos aufgesperrte Augen starre, wird mir klar, dass ich auf dem Weg zur Tür besser einen Blick in den Spiegel hätte werfen sollen.

»Oh, Shit«, keucht er. Und dann:

»Wie geht's dir überhaupt?«

Ich fahre mit der Zunge über meine Zähne und spüre Reste von Belägen. Meine Kopfhaut juckt, und ich weiß nicht mehr, wann ich mir zuletzt die Haare gewaschen habe. Als ich hastig an mir hinunterblicke, entdecke ich weiße angetrocknete Flecken auf meinem T-Shirt. Ich muss irgendwann Joghurt oder Eis gegessen haben. Ich sollte mich schämen, im Pyjama an die Haustür zu gehen, aber angesichts der aktuellen Situation muss ich dankbar sein, dass ich überhaupt eine Hose anhabe.

Ich führe die Hand zum Gesicht und kratze mich an der Nasenwurzel. *Jetzt sag was! Du siehst doch, wie er dich anschaut, also sag endlich was.*

»Ich war … ich war ein bisschen krank.«

Leo schneidet eine skeptische Grimasse.

»Ein bisschen? Ich habe dich seit Tagen nicht mehr gesehen, seit letzter Woche nicht. Du hast die Jalousien unten, machst nicht auf, egal, wie oft man läutet. Ich dachte schon, du würdest tot im Hause liegen oder so was.«

Leo mustert mich eine Weile, als würde er auf eine Entschuldigung oder Erklärung warten, doch als beides ausbleibt, ändert er seine Strategie. Offenbar beschließt er, so zu tun, als wäre alles wie immer. Er streicht sich die Haare aus der Stirn und sieht mich mit flackerndem Blick an.

»Dieser Aufsatz, du weißt schon, für die Schule. Den du gelesen hast. Da gibt es etwas, das ich gerne …«

»Leo«, sage ich mit belegter Stimme. »Ich sehe aus wie ein Wrack. Und mir geht es wirklich nicht gut. Wenn du mich jetzt entschuldigen würdest …«

Ich greife nach der Klinke, aber er hält die Tür fest, sodass ich sie nicht zuziehen kann.

»Okay, lassen wir das. Deswegen bin ich nicht hier.«

Wir wechseln einen Blick. Ich warte.

»Es geht um meine Mutter.«

Ich kann nicht mehr, will nicht mehr. Obwohl er vor mir steht, kommt es mir so vor, als ob Leo immer weiter von mir wegdriftet. Dabei ist er nicht derjenige, der sich bewegt, sondern ich bin es. Ich falle in mich selbst zusammen.

»Geh nach Hause, Leo. Geh nach Hause zu deiner Mutter und deinem Vater. Für dich ist es das Beste, wenn du einen großen Bogen um mich machst.«

Ehe er reagieren kann, schiebe ich seine Hand zur Seite und ziehe die Tür rasch zu. Zur Sicherheit schließe ich sofort ab. Aber er bleibt draußen stehen und ruft durch die Tür.

»Sie packt irgendwelche Sachen in verschiedene Taschen. Im Geheimen. Als hätte sie vor abzuhauen. Uns zu verlassen.«

Ich gehe auf die Treppe zu.

Er klopft wieder an die Tür, aber ich drehe mich nicht um. Rüttelt er auch an der Klinke, oder bilde ich mir das nur ein? Das Dröhnen in meinem Kopf ist so laut, dass ich das nicht sagen kann.

»Geh nach Hause, Leo«, murmele ich, obwohl ich weiß, dass er mich nicht hören kann.

Und dann bin ich wieder im Schlafzimmer. Im Bett wartet mein Rechner auf mich, leise und erschreckend unwiderstehlich. Ich setze mich zurecht, atme ein paarmal tief durch und lege die Finger auf die Tastatur. Und dann schreibe ich. Schreibe das, von dem ich die ganze Zeit gewusst habe, dass es passieren würde, schreibe den Schluss der Geschichte.

39

Viel zu lange hatte sie nichts unternommen. Aber schließlich kam doch der Tag, an dem sie begriff, dass es soweit war.

Nach allem, was geschehen war – was sie erduldet hatte, was außerhalb ihrer Kontrolle lag –, war die Stunde gekommen, das Schicksal selbst in die Hand zu nehmen.

Es gab da einen Platz, an den sie fahren musste.

Es gab da jemanden, den sie besuchen musste.

Danach würde alles vorbei sein. Die Ordnung wiederhergestellt sein, das Schmutzige ausradiert sein. Ein für alle Mal.

Bald, sehr bald würde es geschehen.

ELENA

40

Licht und Dunkelheit, Dunkelheit und Licht. Ich schalte die Lampe an, wenn es nötig ist, und mache sie wieder aus, um ein paar Stunden Schlaf zu bekommen. Dann wache ich wieder auf und mache weiter. Den Rücken an die Wand gelehnt, durch Kissen gestützt. Den Nacken gekrümmt, die Finger auf der Tastatur.

Dafür werde ich büßen, denkt mein benebeltes Hirn irgendwann zwischendurch, für diese Zeit werde ich mit Nacken- und Rückenproblemen büßen. Doch weder Schmerzen noch Selbstfürsorge können mich aufhalten. Nichts kann mich aufhalten. Ich muss den Text zu Ende bringen, ich muss beide verstehen, die Frau und den Mann, die ein Teil der Geschichte sind. Und wenn es das Letzte ist, was ich tue … ehe ich die andere Angelegenheit in Angriff nehme. Meine Finger werden langsamer bei dem Gedanken – *nein, es gibt keinen anderen Weg nach vorn, das weiß ich jetzt* –, und dann fliegen sie wieder über die kleinen schwarzen Tasten.

Am Ende kommt der Moment, da ich den letzten Punkt setze.

Mit trockenen Augen starre ich auf den Bildschirm. Es fällt mir schwer, den Blick zu fokussieren. Ich bin wie zerschlagen, völlig erledigt. Aber ich bin fertig. Durch. Am Ende. Ich lasse meine tauben Schultern kreisen und dehne meine Handgelenke. Werfe einen Blick auf den überladenen Nachttisch und stelle den Rechner auf den Fußboden. Mir kommt der Gedanke, dass ich die ganzen Teller und Tassen nach unten tragen muss, aber vorher werde ich mich mit geschlossenen Augen zurücklehnen, nur eine halbe Minute.

Das nächste Mal erwache ich vom Prasseln des Regens an der Scheibe. Das Rollo ist heruntergezogen, und zuerst ist alles unscharf und zusammenhanglos, aber dann fällt es mir wieder ein, und ich richte mich auf. *Mein Text. Er ist fertig. Ich hab's getan, ich hab's geschafft.*

Mein Blick fällt auf den Rechner am Boden, ich beuge mich hinunter und hebe ihn hoch. Scrolle die gesamte Datei durch und versuche, einer beliebigen Gefühlsregung nachzuspüren, aber ich empfinde nichts als eine große Leere. Als hätte eine enorme Entladung stattgefunden, ein Beben mit dem Epizentrum in meiner Brust.

Der Akku des Handys ist leer, und ich schließe es ans Ladekabel an. Sofort erklingen mehrere Tonsignale. Drei Textnachrichten von meiner Schwester, ebenso viele Nachrichten auf der Mailbox. Ihr Ton reicht von verständnisvoll über beunruhigt bis verärgert. Ob ich krank sei? Oder wütend? Wie lange ich vorhätte, ihr auszuweichen? Und was mit Freitag sei, ob ich überhaupt die Absicht hätte, diesmal aufzutauchen? Oder solle das Essen bei mir zu Hause stattfinden? Es wäre schön, wenn ich mir wenigstens die Mühe machen könnte, ihr mitzuteilen, was ich mir gedacht habe.

Ich kratze den Schorf von der Wade ab und recke mich. Welcher Tag ist heute eigentlich?

Von Peter habe ich auch eine Nachricht.

Er klingt ein wenig verwirrt, als ob er eigentlich schon hätte auflegen wollen, als die Mailbox ansprang, und sich in letzter Sekunde doch noch umentschieden hätte.

»Es ist neulich so schiefgelaufen … Es war keine Absicht, ich wollte dir das nicht einfach so an den Kopf werfen … das von ihr. Ich verstehe, dass du dir jetzt Gedanken machst. Ich würde dir noch viel mehr erzählen wollen, aber weil du nicht abnimmst, spreche ich dir eben auf die Mailbox …«

Ich nestele am Handy herum.

»Ich sehe jetzt alles ganz klar. Bitte, komm nach Hause. Lass mich dich bekochen. Oder … triff dich wenigstens mit mir auf einen Kaffee.«

Dann knackt es in der Leitung, und Peters Stimme ändert ihren Klang.

»Elena, was ich dir eigentlich sagen wollte: Ich liebe dich. Ich habe dich immer geliebt und werde dich immer lieben.«

Ich kann ihn vor mir sehen. Das hübsche Gesicht, die leicht schiefe Nase und dieses eigenartige Zucken am Mundwinkel, wenn er etwas Wichtiges sagen will. Dann ist er weg, die Nachricht zu Ende. Ich presse das Telefon ans Ohr.

»Ich liebe dich auch«, murmele ich.

Eine Stunde später habe ich in einem der Umzugskartons meinen Drucker gefunden und mich geduscht. Ich kehre ins Schlafzimmer zurück, rubbele mir die Haare trocken und ziehe frische Sachen an. Es fühlt sich an, als würde ich mich häuten. In gewisser Weise tue ich das auch, ich streife das Alte ab und lasse das zum Vorschein kommen, was unter der Oberfläche verborgen war.

Es dauert eine Weile, den Drucker anzuschließen, aber schließlich gelingt es mir. Ich öffne meine Textdatei, drücke auf den Knopf und schaue zu, wie die Seiten ausgespuckt werden. Eine nach der anderen landet in der Papierstütze, noch warm, mit der bedruckten Seite nach unten. Während ich warte, höre ich mir nochmal Peters Nachricht an.

Bitte, komm nach Hause.

Ich liebe dich. Ich habe dich immer geliebt und werde dich immer lieben.

Der Drucker ist verstummt, und ich gehe in die Hocke, lege das Telefon aus der Hand und nehme den Papierstapel aus der Stütze. Ich setze mich auf den Fußboden, lehne mich mit dem Rücken ans Bett und beginne zu lesen. Einen Durchgang, einen einzigen, werde ich machen, danach ist es an der Zeit weiterzugehen.

Als ich etwa ein Drittel des Textes durchgearbeitet habe, höre ich ein Geräusch an der Haustür. Ein Klopfen? Vielleicht. Ich ignoriere es und lese weiter. Kurz darauf knarzt die Treppe. Ich reagiere auch jetzt nicht. Erst als ich eindeutig Schritte höre, halte ich inne. Die Schritte kommen näher. Sie kommen durch die geöffnete Tür, gehen über den Fußboden, bis ans Bett, an das ich mich anlehne. Die Schritte sind weder rasch noch gemächlich. Sie haben ein Ziel, aber keine Eile. Es könnte mich in Schrecken versetzen, dass jemand auf mich zukommt, aber so ist es nicht. Denn ich weiß ja, wer da kommt.

Ich hebe den Blick. Und wir sehen uns in die Augen, ein weiteres Mal. Meine Schwester und ich.

41

»Hallo.«

Meine Schwester trägt einen Mittelscheitel, und als sie sich zu mir herunterbeugt, ist ihr grauer Haaransatz deutlich zu sehen. Die Linien in ihrem Gesicht sind markanter als sonst. Sie wirkt müde und alt. Es ist das erste Mal, dass ich so über sie denke.

»Hallo. Was machst du hier? Wie bist du reingekommen?«

Es ist nicht meine Absicht, unfreundlich oder abweisend zu klingen. So fühle ich mich nicht, ganz und gar nicht. Jetzt, da meine Schwester vor mir steht, wird mir klar, dass ich schon eine Ahnung hatte, dass sie früher oder später auftauchen würde. Es war unvermeidlich, ja notwendig, dass sie das tat. Und mir wird noch etwas anderes klar. Dass ich sie vermisst habe. Dass ich sie die letzten zwanzig Jahre vermisst habe. Ich wünschte, ich könnte ihr das sagen.

Sie hält mir einen kleinen Gegenstand aus Metall vor die Nase.

»Reserveschlüssel«, verkündet sie.

Ich nicke. Vermutlich hat sie ihn vor einer anderen Reise von ihrer Freundin bekommen.

»Ich habe mir Sorgen gemacht. Ich habe es so oft bei dir probiert diese Woche, aber es war immer gleich die Mailbox dran. Ich habe Nachrichten hinterlassen und dich gebeten, mich zurückzurufen. Ich weiß ja, wie du drauf sein kannst, aber ich …«

Der Blick meiner Schwester gleitet zum Handy auf dem Fußboden und wieder zu mir zurück. Ich erkläre, dass es ausgestellt war.

»Wie gesagt«, wiederholt sie. »Ich habe mir Sorgen gemacht.«

Unsere Blicke treffen sich erneut, eine, zwei Sekunden. Dann schüttelt sie den Kopf und sieht sich im Zimmer um.

»Herrgott, das ist ja die reinste Gruft hier.«

Sie trägt einen Mantel mit kleinen dunklen Punkten auf der Schulter- und Brustpartie. Es ist also kalt und regnerisch draußen, davon hatte ich keine Ahnung. Kein Wunder, schließlich habe ich keinen Fuß mehr vor die Tür gesetzt seit …

»Welcher Tag ist heute?«

»Herrgott«, sagt meine Schwester wieder. »Was ist hier eigentlich los? Du redest ständig über diese Nachbarn, du sagst unser Abendessen ab, kurzfristig und ohne Erklärung. Dann verbarrikadierst du dich hier drinnen, nur um zu …«

Sie schnalzt mit der Zunge und macht eine ausladende Geste. Dann deutet sie resigniert auf das Fenster.

»Ich meine, nimm zum Beispiel dieses Rollo. Wann war

es zuletzt oben? Was? Und hast du eine Ahnung, wie es hier drinnen riecht?«

Meine Schwester legt ihren Mantel ab und faltet ihn zusammen. Sie sieht sich nach einem Platz um, wo sie ihn hinlegen kann, und entscheidet sich für den Sessel. Dann tritt sie entschlossen ans Fenster, zieht das Rollo hoch und öffnet das Fenster einen Spalt. Als sie mir den Rücken zuwendet, drehe ich den Ausdruck auf meinem Schoß um, damit die Schriftseite verdeckt ist.

»Es ist Freitag«, informiert sie mich. »Freitagnachmittag. Unser Tag. Ich konnte dich ja nicht erreichen, um etwas zu verabreden, ich sollte eigentlich gar nicht …«

Sie streicht ihren Rock über dem Gesäß glatt und macht Anstalten, sich aufs Bett zu setzen. Dann geht sie vor zur Wand und lehnt sich dagegen.

»Aber unter diesen Umständen«, fährt sie fort, »musste ich einfach herkommen. Ich habe gespürt, dass …«

»Weil du dir Sorgen gemacht hast. Ich hab's kapiert.«

Ich denke, es ist ein glücklicher Zufall, dass ich geduscht und mich umgezogen habe, bevor sie gekommen ist. Vermutlich sehe ich erschöpft und verquollen aus, meine Haut ist seit Tagen nicht mehr mit frischer Luft in Berührung gekommen, und ich habe seit Ewigkeiten keine Nacht mehr durchgeschlafen, aber ich muss ein Lichtblick sein verglichen mit meinem Aussehen vor nur wenigen Stunden.

Ich rechne damit, dass meine Schwester etwas Barsches und Forderndes sagt, aber sie schweigt lange. Als ich mich zu ihr drehe, begutachtet sie ihre Nagelhaut. Sie sieht traurig aus.

»Es tut mir leid«, sage ich. »Ich hätte nicht einfach so absagen sollen. Und ich hätte mich melden sollen. Es ist nur so, dass diese Woche … diese Woche war sehr …«

Mit dem Rücken an der Wand rutscht meine Schwester auf den Fußboden hinunter.

»Es ist doch nicht nur diese Woche. Es sind die letzten Monate, das letzte Jahr.«

»Ich … Was meinst du damit?«

Sie setzt sich zurecht und zieht die Beine an, bis ihre Knie Richtung Decke zeigen.

»Zum Beispiel das Thema Essen. Du siehst aus, als würdest du nichts essen. Ich meine, du fällst fast vom Fleisch. Du warst ohnehin schon schlank, aber jetzt … du hast sicher an die zehn Kilo abgenommen.«

Sieben, denke ich im Stillen.

»Mir macht es auch keinen Spaß, so in deinem Leben herumzutrampeln und … alles Mögliche infrage zu stellen. Dass du dich kontrolliert fühlst, ist das Letzte, was ich will. Aber ich hoffe auch, dass du angesichts deiner Vorgeschichte verstehst … dass jemand etwas sagen muss. Das ist meine Pflicht. Wer würde das sonst machen?«

Der Blick meiner Schwester streift meinen, und ich spüre ein Kribbeln unter meiner Haut. Vom Fenster dringt ein Surren herüber. Ich schätze, dass es von einer Fliege kommt, die sich hereinverirrt hat.

»Ich weiß, was du meinst«, entgegne ich. »Und ich weiß es zu schätzen, dass du dich kümmerst, wirklich. Aber ich habe keine Essstörung, ehrlich.«

Sie sieht mich ungläubig an, und ich breite die Arme aus.

»Hast du noch nie davon gehört, dass einem in einer schwierigen Lebensphase der Appetit vergehen kann? Dass das sogar ziemlich häufig vorkommt?«

Ich erwidere den Blick meiner Schwester.

»Das ist es ja gerade«, sagt sie nach einer Pause. »Ich verstehe ja, dass die Trennung von Peter dir schwer zugesetzt hat. Und dass es nicht leicht für euch gewesen sein muss, diese Entscheidung zu fällen, nicht mehr zusammenzuwohnen. Und trotzdem haben wir kaum darüber geredet. Warum ist das so? Ist es meine Schuld, habe ich dich im Stich gelassen, habe ich die falschen Fragen gestellt?«

Ich senke den Blick und fixiere den Papierstapel auf meinem Schoß. Normalerweise sprechen wir nicht so miteinander, das stimmt. Ich fühle mich unvorbereitet, obwohl ich im Stillen wusste, dass es früher oder später so kommen musste. Ich denke an das, was meine Schwester mir vor einer Woche gesagt hat, ehe ich das Handy ausgeschaltet habe. *Wir müssen wirklich reden, du und ich. Ernsthaft.* Und dann denke ich an meine Antwort. Wie ich angedeutet habe, dass zwischen ihr und Valter nicht alles so ist, wie es sein sollte. Meine Wangen und mein Hals glühen.

»Ich weiß doch, wie gerne du Kinder wolltest«, fährt meine Schwester fort. »Mir ist klar, dass es eine Belastung für dich war, dass es so lange gedauert hat und dass es letztlich nicht geklappt hat, obwohl ihr es euch so sehr gewünscht habt. Aber ich habe nie geahnt, dass das der Grund dafür sein würde, dass ihr getrennter Wege geht.«

Ich rutsche unruhig hin und her. Eine Bewegung, die meine Schwester sonst veranlasst hätte, das Thema zu wechseln. Aber jetzt nicht. Dieses Mal hat sie sich festgebissen und sich allem Anschein nach entschlossen, nicht aufzugeben.

»Ich weiß, dass ich dich irgendwann angerufen und nachgefragt habe. Es war offensichtlich, dass irgendwas nicht gestimmt hat, aber du hast die vertraute Ebene gleich beiseite gewischt und angefangen, von der Renovierung eures Treppenhauses oder von einem Abgabetermin oder sonst einer Belanglosigkeit zu reden. Kurz danach hast du plötzlich erzählt, dass ihr euch trennt. Einfach so.«

Meine Schwester sieht nachdenklich aus.

»Du hältst mich auf Abstand, Elena. Und ich lasse das zu. Oder habe das zugelassen. Ich dachte, wenn ich nur geduldig warte, wirst du dich früher oder später mir gegenüber öffnen. Ich habe darauf gewartet, dass …«

Ihre Stimme überschlägt sich.

»Ich habe darauf gewartet, dass ich für dich wichtig werde.«

Ihre Worte schwappen mir entgegen wie eine warme Welle. Ich wünschte, ich könnte ihr in die Augen sehen, ihr das Gleiche sagen, aber das geht nicht. Hinter uns prallt die Fliege fortwährend gegen das Fenster. Jemand sollte aufstehen und sie rauslassen, aber keiner von uns rührt sich.

Plötzlich schlägt meine Schwester die Hände vors Gesicht.

»Es fühlt sich so an, als hätte ich sie enttäuscht.«

Ihre Worte klingen leise und gedämpft durch ihre Hände.

»Wie meinst du das? Wen hast du enttäuscht?«

Sie nimmt die Hände wieder vom Gesicht.

»Es war kurz bevor sie … bevor es zu Ende ging. Mutter hat mich gebeten, dass ich mich um dich kümmere.«

Die Haut meiner Wangen beginnt zu spannen.

»Was sagst du da?«

Meine Schwester begutachtet ihre Hände. Ihre Stimme ist ein angespanntes Flüstern. Kurz vor ihrem Tod hat Mutter sie ausdrücklich um Hilfe gebeten. *Elena wird dich brauchen*, hat sie gesagt. *Versprich mir, dass du dich um sie kümmerst.*

Ich schüttele den Kopf, kann nicht fassen, was ich da höre. Sollte Mutter meiner Schwester ein solches Versprechen abgerungen haben? Von ihr verlangt haben, dass sie die Verantwortung für mein zukünftiges Wohlergehen übernimmt? Nach allem, was passiert war? Als ich sage, dass mir das unfair vorkommt und Mutter gar nicht ähnlich sieht, hebt meine Schwester die Schultern.

»Du warst doch immer ihr Liebling.«

Ich widerspreche, aber sie macht eine abwehrende Geste.

»Alles gut«, sagt sie. »Ich habe mich damit abgefunden. Schon lange. Sie und ich, wir waren eigentlich ziemlich verschieden. Ihr beide hattet immer die Bücher und das Lesen als Gemeinsamkeit. Aber da war noch etwas. Mir kam es so vor, als gäbe es ein unsichtbares Band zwischen euch, als würdet ihr etwas wissen, das sonst keiner wusste.«

Am Fenster ist es jetzt still, die Fliege muss müde geworden sein. Ich wiege meinen Oberkörper vor und zurück. Schließlich erhebe ich mich. Meine Glieder sind steif.

»Eines sollst du wissen«, sage ich und strecke erst das eine, dann das andere Bein aus. »Egal, worum Mutter dich gebeten hat, du bist nicht diejenige, die versagt hat.«

Meine Schwester betrachtet mich schweigend.

»Ich wollte nicht umsorgt werden«, fahre ich fort. »Du hast selbst gesagt, dass ich dich auf Abstand gehalten habe. Wie hilft man jemandem, der gar keine Hilfe will?«

Ohne die Antwort abzuwarten, trete ich ans Fenster. Ein schwarzer Umriss ist über dem Fensterbrett zu sehen. Es ist die Fliege, die langsam auf der Fensterscheibe herumkriecht.

»Was ist das?«

Ich drehe mich um und folge dem Blick meiner Schwester bis zu dem Stapel mit den Ausdrucken in meiner Hand.

»Nichts. Oder vielleicht …«

»Hast du geschrieben? Das hast du die ganze Zeit gemacht seit unserem letzten Treffen?«

Ich lasse ein paar Sekunden verstreichen, dann nicke ich. Die Miene meiner Schwester erhellt sich.

»Dann bist du wieder dabei? Wie schön. Ich glaube, das ist genau das, was du brauchst.«

»Ich … das ist nicht so wie bei meinen anderen …«

»Ich lese es gern«, unterbricht meine Schwester mich ungeduldig. »Ich gebe dir Feedback und Ratschläge. So wie früher. Du hast immer gesagt, dass ich ein Händchen für Dramaturgie habe.«

Während sie weiterredet, lege ich den Papierstapel auf den Sessel, über den Mantel meiner Schwester, stoße das Fenster auf und verhelfe der Fliege in die Freiheit.

Der Himmel ist hellgrau, und die Straße noch immer nass. Der Regen hat weggespült und reingewaschen. Die Luft ist kühl und frisch, und ich fülle meine Lunge damit.

Ich drehe mich um und sehe meine Schwester an. Bin ich bereit? Ich muss bereit sein. Und gleichzeitig: *Nur einen Augenblick noch, einen Augenblick mit ihr.*

»Willst du … willst du was zu essen?«

Meine Schwester schickt mir ihr unverkennbares schiefes Grinsen.

»Herrgott«, sagt sie. »Ich dachte schon, du fragst nie.«

42

»Alkohol, wir brauchen Alkohol. Was hast du im Haus?«

Meine Schwester zieht die Jalousie in der Küche hoch, dreht sich um und blickt mich erwartungsvoll an. Ich schüttele den Kopf, sage, wie es ist, dass ich leider nichts dergleichen dahabe.

»Ach, es muss ja nichts Hochprozentiges sein. Wein geht auch. Oder Bier. Irgendeine angefangene Flasche? Der letzte Rest von einem alten Likör, irgendwas, egal.«

Ich lache.

»Leider. Nichts in der Art.«

Meine Schwester schnalzt ungläubig mit der Zunge.

»Herrgott, Freitagabend und kein Alkohol im Haus. Was ist das nur für ein Leben?«

Sie sucht in den Küchenschränken, findet eine Packung Kaffee, und ihr entfährt ein erleichterter Ausruf. Nachdem sie sich das Pulver in den Kaffeefilter der Maschine gelöffelt hat, setzt sie Teewasser für mich auf.

Es ist schön, dass sie da ist, schön zu sehen, mit welcher Selbstverständlichkeit sie sich zwischen den Schränken und

Haushaltsgeräten hin und her bewegt, obwohl es nicht ihre eigene Küche ist. Wir unterhalten uns wie jedes beliebige Geschwisterpaar, und ich kann mir beinahe vormachen, dass alles in Ordnung ist. Dann bringe ich meine Schwester zum Lachen, und sie lacht, bis sie keine Luft mehr kriegt und sich den Bauch hält. Ihr Brustkorb hebt sich unter der geblümten Bluse, und mein Blick bleibt auf ihrer Hand ruhen. *Diese Bluse und diese Hand.* Die Zeit bleibt stehen, die Gefühle erstarren.

»Du bist ihr so ähnlich«, platzt es aus mir heraus. »Ihr kleidet euch genau gleich und habt die gleichen kurzen Finger. Ich meine … sie hat immer … so hat sie ausgesehen, ehe sie …«

Ich muss meine gesamte Selbstbeherrschung aufbringen, um die Tränen zurückzuhalten, aber den Schmerz in meiner Brust kann ich nicht zurückhalten. Als ich denke, mein Brustkorb zerspringt oder ich sacke gleich in mich zusammen, spüre ich die Arme meiner Schwester um meinen Körper. Sie führt mich zum Küchentisch, drückt mich auf einen Stuhl, streicht mir eine Haarsträhne hinters Ohr. Genau wie Mutter es immer getan hat.

Rasch schenkt sie uns die warmen Getränke ein und legt die letzten Haferkekse – Leos Kekse, wie ich sie nenne – auf einen kleinen Teller.

»Das ist zwar kein Drei-Gänge-Menü, aber wir können froh sein, dass es in diesem Haus überhaupt etwas Essbares gibt. Und etwas zu trinken.«

Als sie merkt, dass ich ihr Lächeln nicht erwidere, wird meine Schwester wieder ernst, lässt sich auf den Stuhl mir gegenüber sinken und fragt, ob es mir gut geht. Sie nimmt einen Keks, und ich blicke aus dem Fenster.

»Denkst du nie an sie?«

»Klar tue ich das.«

Meine Schwester führt die Tasse zum Mund und nippt am Kaffee.

»In zehn Jahren bin ich genauso alt wie Mutter, als sie krank wurde«, fügt sie hinzu.

So kommt es, dass wir zum ersten Mal seit Langem richtig über unsere Eltern sprechen. Über Mutters Krankheit. Über Vaters Zugeständnisse. Und über die Leere, die die beiden hinterlassen haben, als sie aus unseren Leben verschwanden, jeder auf seine Weise. Meine Schwester erzählt wieder von ihrem Telefonat mit Vater, und diesmal höre ich ihr zu. Als sie mich fragt, wie ich darüber denke, ob ich ihn treffen will, wenn er im Sommer in die Stadt kommt, zucke ich mit den Schultern.

»Mir geht es genauso«, sagt sie. »Wir müssen das ja nicht jetzt entscheiden. Wir können uns das noch überlegen.«

Ihre Art, das ganz selbstverständlich als gemeinsame Entscheidung zu sehen, berührt mich. Hinter meinen Augenlidern brennt es. Meine Schwester feuchtet eine Fingerkuppe an und drückt sie auf die Tischplatte, um Kekskrümel aufzunehmen.

»Als Vater seine Wie-heißt-sie-nochmal kennengelernt hat und weggezogen ist, das war kein halbes Jahr nach Mutters Tod, oder? Total verrückt eigentlich. Ich weiß noch, dass ich so etwas nie wieder erleben wollte. Ich glaube, zu dem Zeitpunkt habe ich beschlossen, nie Kinder zu wollen.«

»Bei mir war das auch so. Nur umgekehrt. Von da an habe ich mich nach einer eigenen Familie gesehnt.«

Meine Schwester nickt.

»Deshalb war es so ein harter Schlag für dich, dass du nicht schwanger geworden bist. Wie lange habt ihr es denn probiert, du und Peter, bevor ...«

»Lange.«

Mein Blick wird vom Fenster angezogen. Von Leos gelber Gießkanne.

»Ich wäre so gerne Mutter geworden.«

Sie beugt sich vor und tätschelt meine Hand.

»Ich weiß«, sagt sie. »Ich weiß.«

Eine Bewegung hinter einem Busch im Innenhof irritiert mich, und ich sehe Veronica vorbeigehen. Sie trägt zwei Taschen, eine größere aus braunem Leder und eine kleinere aus schwarzem Stoff. Sie scheinen prall gefüllt zu sein. Veronicas Bewegungen wirken abgehackt, ihre Schritte sind bestimmt. Ein grauer SUV steht am Straßenrand, das Heck zeigt in meine Richtung, und sie macht den Kofferraum auf, um beide Taschen einzuladen.

»Also, dass du wieder arbeitest, das ist wirklich großartig! Aber kannst du mir nicht sagen, woran du schreibst?«

Veronica schließt die Kofferraumklappe und geht zum Haus zurück. Ich atme die Luft aus, die in meinem Brustkorb stecken geblieben zu sein scheint, und werfe meiner Schwester einen Blick zu. Ihre Miene ist aufmunternd, und ich weiß, dass ihre Worte ein Versuch sind, meine Gedanken von allem abzulenken, was Trauer, Verlust und Enttäuschung heißt. Ich sehe ihr in die Augen, und allmählich wächst etwas in mir, das hin und her wogt. *Ich kann nichts sagen. Ich muss aber was sagen. Sag was, irgendwas.*

»Ich bin sogar schon fertig.«

Meine Schwester, die sich noch einen Keks nehmen will, hält inne und starrt mich an.

»Fertig? Du machst Witze, oder?«

Ich lege meine Hände um die Tasse und starre auf die Tischplatte. Nein, ich mache keine Witze.

»Um Gottes willen, Elena. Du hast ein ganzes Manuskript in … wie schnell geschrieben? In zwei Wochen? Ist das überhaupt möglich?«

Ehe ich antworten kann, kommt Veronica zurück. Diesmal eilt sie im Laufschritt über den Innenhof. Ihr Gesicht ist verzerrt. Weint sie? Oder ist sie wütend? In wenigen Sekunden ist sie beim Auto angekommen, wirft sich auf den Fahrersitz und fährt davon. Splitt spritzt unter den Reifen hervor, als der SUV verschwindet. Ich zwinge mich wegzusehen, mich auf das zu konzentrieren, was wichtig und greifbar ist, was ich beeinflussen kann, das, womit ich mich auseinandersetzen muss.

Ich wende mich vom Fenster ab und meiner Schwester zu. Sie will mehr über das Manuskript erfahren, ihre Fragen überschlagen sich. Schließlich kann ich sie bremsen.

»Ich muss dir was sagen.«

»Was denn?«

Ich fahre mit dem Finger am Rand der halb vollen Teetasse entlang.

»Ich … Peter hat sich gemeldet.«

»Was? Wann?«

»Sogar mehrmals.«

»Ich dachte, ihr hättet entschieden, erst nach drei Monaten wieder Kontakt miteinander aufzunehmen.«

»Ja, schon.«

»Was wollte er denn?«

Ich spüre ihre neugierigen Blicke und spiele am Henkel meiner Tasse herum. Ich weiß nicht, warum ich damit angefangen habe und wie ich jetzt weitermachen will.

Als ich den Mund öffne, ist meine Stimme belegt.

»Er … es war ein Unfall. Das hat er gesagt.«

»Ein Unfall? Wovon redest du, Elena? Was ist denn …?«

Meine Schwester verstummt abrupt, und ich blicke auf. Sie schaut durchs Fenster nach draußen.

»Wer ist denn das?«

Ich sitze mit dem Rücken zum Fenster, aber drehe mich um und folge dem Blick meiner Schwester. Ich weiß es, bevor ich ihn sehe. Es ist Leo. Er klopft forsch an die Haustür. In dem Moment treffen sich unsere Blicke, und ich zucke zusammen. *Das ist jetzt real.*

Ich springe auf und laufe in die Diele. Das Schloss klemmt, und ich rüttele an der Klinke, es kommt mir wie eine Ewigkeit vor, bis es endlich nachgibt. Leo fängt schon an zu reden, als die Tür noch gar nicht richtig offen ist. Er schreit vielmehr.

»Meine Mutter ist weg. Sie ist weggefahren! Ich hab's ja gesagt. Ich hab's gewusst!«

Er ist bleich und hat Schatten unter den Augen. Es fällt mir schwer, einen Jungen in seinem Alter mit einem Wort wie *mitgenommen* zu beschreiben, trotzdem fällt mir nichts anderes ein. Mitgenommen und hysterisch. Ich könnte mich ohne Weiteres in sein Gefühlschaos hineinziehen lassen, ich stehe selbst am Abgrund, und es brauchte nur einen kleinen Stoß, dann würde ich fallen.

»Bitte, Elena. Du musst mir helfen. Ich weiß nicht, was ich machen soll. Es gibt sonst keinen, ich habe keinen …«

Er verschränkt die Hände fest vor seinem Bauch. Und plötzlich wird etwas in mir ganz ruhig, ruhig und still.

»Leo«, sage ich. »Es ist doch klar, dass ich dir helfe. Versuch dich zu beruhigen. Und erzähl mir, was passiert ist.«

Er habe die letzten Nächte wach gelegen und gelauscht, erklärt er hektisch, und den Eindruck gewonnen, dass seine Mutter sich aus dem Haus schleichen und sich davonmachen wollte, als alle schliefen. Er hat wirklich versucht, ein Auge auf sie zu haben. Aber als es tatsächlich soweit war, kam es völlig überraschend für ihn. Er war gerade nach Hause gekommen und hat auf dem Küchentisch einen Zettel vorgefunden.

Er reicht mir ein zerknülltes Stück Papier, und ich lese es.

Ich liebe dich, Leo. Vergiss das nie. Mama.

Leo tritt von einem Bein auf das andere.

»Ich weiß nicht, wo sie hin ist«, klagt er lauthals. »Ich weiß nicht, wo sie ist!«

»Hast du versucht, sie anzurufen?«

»Ihr Handy ist ausgeschaltet.«

Ich würde gerne etwas Beruhigendes sagen, sagen, dass Veronica bestimmt nur weggefahren ist, um etwas zu erledigen, und gleich wieder zurückkommt. Aber ich habe selbst gesehen, wie sie die Taschen ins Auto gestellt hat, habe ihre gehetzten Schritte und ihr verzerrtes Gesicht gesehen.

»Dein Vater«, sage ich stattdessen. »Hast du mit ihm gesprochen? Er weiß es vielleicht.«

Leo wirft einen Seitenblick durchs Küchenfenster. Wahrscheinlich hat er meine Schwester schon gesehen und kann sich denken, dass sie uns hört, aber er ist zu aufgewühlt, um sich davon beirren zu lassen.

»Das bringt nichts. Er ist nicht zu Hause. Sie haben gestern Abend ganz schlimm gestritten. Ich habe was mitgekriegt wegen des Sommerhauses. Es klang so, als wollte Papa am Wochenende hinfahren. Aber Mama ist wütend geworden und hat ihn angeschrien. Ich habe nicht verstanden, worum es genau ging, weil ich mir die Ohren zugehalten habe. Und jetzt … wahrscheinlich ist er trotzdem losgefahren.«

In meinem Gedächtnis rührt sich etwas. Filips Treffen mit der Rothaarigen und ihre Unterhaltung im Restaurant.

»… jeder mit seinem Auto … du wartest auf mich … und wir sehen uns dort, damit sie nicht …«

»… ja nicht mehr lange … ich freue mich schon. Das Sommerhaus … wirklich wunderbar.«

Ich spüre, wie mein Gesicht aschfahl wird. Vielleicht ist es wirklich so, denn Leo macht einen besorgten Schritt auf mich zu.

»Meiner Mutter geht es nicht gut, das weiß ich. Aber sie will doch wohl nicht …?«

Als ich nicht sofort etwas entgegne, geht er noch einen Schritt auf mich zu und zupft mich am Ärmel.

»Oder? Sag mir, dass sie nicht vorhat …!«

Unter Aufbietung meiner letzten Kräfte reiße ich mich zusammen.

»Nein, Leo«, sage ich so ruhig wie möglich. »Deine Mutter will sich nicht umbringen. Dafür hätte sie keine Taschen gebraucht, oder? Ich habe sie wegfahren sehen und festgestellt, dass sie mehrere Taschen dabeihatte.«

Als hätte sie vorgehabt zu verschwinden, kommt mir in den Sinn. Erledigen, was noch zu erledigen war, und dann fliehen, alles hinter sich lassen.

Leo will aufgeregt wissen, was genau ich gesehen habe und wie seine Mutter auf mich gewirkt hat. Aber ich nehme das, was er sagt, gar nicht auf.

Auf einmal ist mir klar, was ich tun muss. Was von mir verlangt wird. Mir wird plötzlich heiß und eiskalt zugleich.

»Euer Sommerhaus«, höre ich mich sagen. »Wo liegt das?«

Leo verliert den Faden und schaut mich fragend an.

»Willst du, dass ich dir helfe? Dann musst du mir auch vertrauen. Ich brauche die Adresse von eurem Sommerhaus. Jetzt.«

Leo fischt sein Telefon aus der Tasche und gibt die Route ein. Ich bitte ihn, mir den Link zu schicken, und wende mich ab, um meine Schwester zu rufen. Aber sie steht schon hinter mir und sieht fragend und verkniffen zugleich aus.

»Was ist hier los, Elena? Was geht hier vor?«

»Wie bist du hergekommen? Mit dem Auto oder mit dem Bus?«

Meine Schwester entgegnet, dass sie selbst gefahren ist.

Ihr Auto hat sie gleich um die Ecke geparkt. Warum ich das wissen will?

»Gibst du mir bitte die Schlüssel?«

»Kommt drauf an. Was hast du denn vor?«

Ich werfe mir die Weste über und strecke fordernd die Hand aus.

»Bitte. Ich erklär's dir später. Vertrau mir.«

Noch jemand, dem ich vollständiges Vertrauen abverlange, ohne dass ich es verdient hätte. Ich versuche, nicht an meine Schuld und meine Unzulänglichkeiten zu denken, und versuche mich davon zu überzeugen, dass ich das Richtige tue. Ein einziges Mal. Endlich.

Die Gesichtszüge meiner Schwester entspannen sich. Ohne Einwände geht sie zu ihrer Handtasche, nimmt Autoschlüssel und Mobiltelefon und drückt mir beides in die Hand. Ich stecke das Telefon in meine Westentasche, schließe meine Hand um den Schlüssel und halte ihn fest.

»Danke.«

Unsere Blicke treffen sich. *Da ist noch so viel, was in Angriff genommen werden muss.* Mir wird ganz heiß hinter den Augen.

»Kannst du nicht hier warten?«, bitte ich sie. »Warten, bis ich wieder zurück bin?«

Meine Schwester gibt mir mit ihrem schiefen Grinsen zu verstehen, dass sie auf keinen Fall wegfährt, ehe ich nicht ihr Auto zurückgebracht habe. Dann wird sie wieder ernst. Streicht mir flüchtig über die Wange.

»Sei vorsichtig«, murmelt sie. »Ich habe nur eine Schwester.«

Leo hat mir einen Link mit der Adresse und Wegbeschreibung geschickt, und ich klicke ihn an. Aber als ich an ihm vorbeigehe, stellt er sich mir in den Weg.

»Ich komme mit«, sagt er.

Ich bemerke seinen besorgten Blick und denke an das gewaltsame Ende meiner Geschichte, die ich eben abgeschlossen habe. Ich sehe vor mir, wie Veronica ins Sommerhaus stürmt, rasend vor Rachlust, und wie die Welt sich rot färbt von Blut. Szenen, die kein Kind mit ansehen sollte.

»Es ist besser, wenn du hierbleibst«, sage ich und versuche, besonnen zu klingen.

»Aber ich …«

»Stell dir vor, sie kommt in der Zwischenzeit zurück? Man weiß nie.«

Leo starrt mich an. Ich halte den Atem an und versuche so auszusehen, als könnte das, was ich gerade gesagt habe, tatsächlich eintreffen.

»Okay«, sagt er schließlich widerstrebend.

»Ich melde mich«, sage ich. »So schnell ich kann.«

Leo antwortet mit Schweigen. Seine Augen in seinem blassen Gesicht sind wie zwei unergründliche Brunnen. Es versetzt mir einen Stich. Vielleicht habe ich später keine Gelegenheit mehr, denke ich. Ich muss ihm sagen, was mir auf der Seele liegt.

»Du, was neulich passiert ist, tut mir leid. Als du rübergekommen bist und ich dir die Tür vor der Nase zugemacht habe. Das hatte nichts mit dir zu tun, du hast nichts falsch gemacht. Ich bin einfach …«

»Schon gut.«

Ich schüttele den Kopf.

»Nein, das war nicht in Ordnung von mir. Ich will, dass du das weißt. Dass das alles andere als okay war. Ich bin froh, dass du nochmal vorbeigekommen bist bei mir.«

Ich gehe mit großen, kontrollierten Schritten davon. Ich drehe mich nicht um, weiß nicht, ob sie stehen bleiben und mir hinterhersehen. Sicherheitshalber warte ich, bis ich außer Sichtweite bin, dann beginne ich zu rennen. Ich entdecke das Auto meiner Schwester und laufe noch schneller. Erst jetzt lasse ich locker, lasse meiner Angst freien Lauf.

Veronica. Was hast du vor?

Ich lasse mich auf den Fahrersitz fallen und drehe den Schlüssel.

Dann gebe ich Gas, hefte mich an Veronicas Fersen. Auf den Untergang zu.

43

Schnell, beinahe leichtsinnig. So fahre ich. Aber es ist Freitag und später Nachmittag, und es braucht Zeit, die Stadt hinter sich zu lassen. Bisweilen ist der Verkehr so zäh und langsam, dass ich laut aufschreie. Einmal muss ich mich zusammenreißen, um nicht aus dem Auto zu hechten und zu Fuß weiterzulaufen. Das Adrenalin pulsiert durch meinen Körper. Wie groß ist Veronicas Vorsprung? Eine Viertelstunde? Mehr? Sie müsste doch genauso im Stau stehen wie ich? Ich klammere mich an diesen Gedanken, muss glauben, dass es so ist, denn dann kann ich sie hoffentlich einholen, sowie wir die Stadt hinter uns gelassen haben.

Als die Häuser an der Straße flacher werden, die Ampeln seltener und der Verkehr lichter, passiert, was nicht passieren darf. Ich verfahre mich. Bei der Erkenntnis, dass ich zu früh links abgebogen bin, fluche ich laut und schlage mit der Faust aufs Lenkrad. Ich bremse ab und mache einen U-Turn, überfahre eine durchgezogene Linie und kümmere mich nicht um das wütende Hupen der anderen Verkehrsteilnehmer. Das Einzige, woran ich denken kann, ist, dass ich wertvolle Minuten verliere. Mein Kopf pocht. Mist, Mist, Mist. Dann bin ich wieder auf dem richtigen Weg, schalte hoch und trete das Gaspedal durch. Ich überhole ein Auto, dann noch eins. Die Sonne nähert sich dem Horizont. Bis jetzt ist kein SUV in Sicht.

Ich sehe Filip vor mir, sehe, wie er die Tür zum Sommerhaus aufschließt. Das Sommerhaus, in dem er, Veronica und Leo so oft gewesen sind, so viele Wochenenden verbracht und Feste gefeiert, gelacht und sich entspannt haben und zusammen waren, und zwar zu dritt. Jetzt lässt er eine Fremde die Schwelle übertreten, mitten in das Allerheiligste hineinstiefeln. Und darauf herumtrampeln. Er überschreitet die Grenze des Anstands, gedankenlos und ahnungslos. Und er unterschätzt seine Frau. Unterschätzt die Wucht ihres Zorns, die zügellose Kraft ihrer Rachlust. Was wird Veronica tun, wenn sie am Sommerhaus eintrifft? Wie sieht ihr Plan aus? Textzeilen tauchen wie Schlaglichter auf, Sätze, die ich letzte Woche geschrieben habe.

Diese Intensität in der Luft zwischen ihnen – und im nächsten Moment nur noch Schweigen und Stille. Tödliche Stille.

Mein Griff um das Lenkrad wird fester.

Der Großstadtlärm nimmt ab, die Autobahn vor der Windschutzscheibe ist monoton, mit wenigen Ausfahrten. Je länger ich fahre, desto mehr nimmt die Natur überhand. Nach einer Weile taucht auf der rechten Seite eine Tankstelle auf, und als ich näher komme, fährt ein anderes Auto gerade los. Ein grauer SUV. Das unscharfe Profil des Fahrers flimmert vorbei. *Veronica!* Sie muss angehalten haben, um zu tanken, oder etwas einzukaufen.

Ich fahre langsamer und halte ausreichend Abstand zum grauen Wagen vor mir. Veronicas aufgeregte Miene und hektische Bewegungen sind mir noch gegenwärtig, wie auch ihr Kavaliersstart, mit dem sie vom Hof gefahren ist. Doch auf der Straße merkt man ihr die erregte Verfassung nicht an. Der SUV bewegt sich, ohne zu schlingern, ruhig und besonnen auf seiner Fahrbahn. Keine riskanten Überholmanöver, keine Geschwindigkeitsübertretung. Im Gegenteil, Veronica hält sich an die Begrenzungen und scheint es überhaupt nicht eilig zu haben. Vielleicht gibt es ja einen Grund dafür, dass sie sich Zeit lässt. Vielleicht will sie die Dämmerung abwarten.

Wir fahren noch etwa eine Viertelstunde weiter, ehe der SUV blinkt und eine Ausfahrt nimmt, die auf einen Kreisel und weiter auf eine schmale Landstraße führt. Zwischen uns fährt ein anderer Wagen. Eine kleine Brücke überquert einen Wasserlauf, dann kommen wir an einem Bauernhof mit braun gescheckten Kühen auf der Weide vorbei. Der Wald wird immer dichter. Eine ganze Weile gibt es zu beiden Seiten der Straße nichts als Nadelwald. Die untergehende Sonne scheint feuerrot zwischen den Stämmen hindurch.

Dann biegt der Wagen vor mir ab, und nun befinde ich mich direkt hinter den Rücklichtern des SUV. Es sind keine anderen Autos zu sehen, weder weiter vorne noch hinter mir. Der Wald wird immer undurchdringlicher. Schließlich blinkt der SUV und fährt auf einen Waldweg, der so schmal ist, dass ich ihn sonst vermutlich übersehen hätte.

Der Weg ist uneben, das Auto ruckelt, und ich fahre noch

langsamer. Die Sonne ist untergegangen, und zwischen den Baumstämmen ist es dämmrig. Weiter vorne leuchten die Scheinwerfer des SUV. Am Weg liegen vereinzelt Sommerhäuser, die wir hinter uns lassen, während wir immer tiefer in den Wald hineinfahren. Das Herz pocht wild in meiner Brust. Wir müssen bald da sein. Und was passiert dann?

Der SUV ist nun keine fünfzig Meter vor mir, biegt links ab und hält auf eine Weggabelung zu. Kurz darauf tue ich es ihm nach. Wir kommen an weiteren Sommerhäusern in unterschiedlicher Größe vorbei, dann wird der Wald etwas lichter. Weiter vorne glänzt etwas. Vermutlich ist es der See, von dem Leo erzählt hat. In dem er als Kind gebadet und geangelt hat. In dem Moment bremst der graue Wagen ab und bleibt stehen, und seltsamerweise entdecke ich es erst jetzt. Das Sommerhaus der Familie Storm. Es liegt direkt am Waldrand und sieht genauso aus, wie ich es mir anhand von Leos Beschreibung vorgestellt habe. Die Giebelseite zeigt zum Waldweg, es gibt eine Veranda und einen Balkon. Der Eingang ist von hier aus nicht zu sehen, er muss sich auf der anderen Seite befinden.

Hastig lasse ich den Blick schweifen – von der Veranda mit dem abgedeckten Grill und den gestapelten Gartenmöbeln zu dem Balkon im ersten Stock mit den leeren Blumenkästen. Im Haus brennt kein Licht. In mir beginnt ein falscher Ton zu klingen. *So sollte das eigentlich nicht sein.* Wie in Trance mache ich die Autotür auf und steige aus. Die Scheinwerfer des SUV sind erloschen, und es ist zu dunkel, um zu erkennen, ob Veronica noch im Wagen sitzt. Ich meine, Schritte zu hören, die über den Kies eilen und dann vom Rasen geschluckt werden.

»Hallo?«, rufe ich in die Dunkelheit.

Keine Antwort.

Irgendwas stimmt hier nicht. Stimmt hinten und vorne nicht. *Setz dich wieder ins Auto und verschwinde*, flüstert mir eine innere Stimme zu. Stattdessen drücke ich die Autotür so leise wie möglich zu und schleiche Richtung Sommerhaus. *Es* ist *vorbei*, flüstert die Stimme, *verstehst du das nicht? Es ist vorbei. Fahr!* Aber ich kann nicht. Ich muss das zu Ende bringen, was ich angefangen habe. Für Leo, für mich.

Langsam und vorsichtig, um nicht über eine Wurzel oder einen Baumstumpf zu stolpern, bewege ich mich vorwärts. Das Haus und der graue Wagen sind die einzigen Gegenstände, die klar zu erkennen sind, alles andere sind undeutliche Schemen. Wie konnte es so rasch dunkel werden? Ich gehe noch ein paar Schritte, hebe dann den Blick und richte ihn auf das Haus. Zwei Fenster zeigen zu mir, sie liegen im Dunkeln, soweit ich sehen kann. Die Scheiben starren zu mir zurück wie zwei leere Augenhöhlen.

Von irgendwoher ist ein trockenes Knacken zu hören, ein Zweig bricht. Ich verharre sekundenlang und horche in den Wald hinein. Dann pirsche ich mich weiter an. Der SUV steht noch immer vor dem Haus. Aber ist er leer, oder sitzt noch jemand darin? Mir kommt es so vor, aber ich bin mir nicht sicher, denn vielleicht sehen Sitz und Kopfstütze einfach nur so aus, als säße jemand zurückgelehnt im Auto. Zurückgelehnt oder leblos.

Weiches Gras unter meinen Füßen. Eine milde Abendbrise streichelt mein Gesicht. Gleich habe ich den Wagen erreicht. Noch wenige Schritte, dann kann ich direkt durchs Fenster auf den Fahrersitz sehen. Intuitiv balle ich die Hände zu Fäusten. Und spähe durch die Scheibe. Da sitzt niemand. Das Auto ist leer.

Als ich mich umdrehe, kommt sie aus der anderen Richtung auf das Haus zugelaufen. Trotz der Dunkelheit ist es eindeutig Veronica, die über die Wiese rennt. Der Pferdeschwanz wippt hin und her, und sie hält etwas in der Hand. Was, kann ich nicht erkennen, aber plötzlich weiß ich es. *Das Messer.* Das unter ihrem Bett lag! Ich zähle eins und eins zusammen, und für den Bruchteil einer Sekunde weiß ich genau, was passieren wird.

Filip und die Rothaarige müssen hinter dem Haus geparkt haben, näher am Eingang. Sie hatten sicher schwere Tragetaschen mit Lebensmitteln dabei, fürs gemeinsame Kochen. Aber dann sind sie zur Tür hereingekommen, und die Lust hat sie gepackt. Vielleicht sind sie gleich ins Bett gestolpert, ohne Licht zu machen, vielleicht sind sie gerade mitten im Akt. In wenigen Augenblicken wird Veronica die Tür aufstoßen und sie in flagranti erwischen.

Noch eine Textzeile blitzt vor meinem inneren Auge auf, und ich erstarre zur Salzsäule.

Wusste sie bereits bei ihrer Herfahrt, wie es enden würde? Dass die Geliebte, die andere Frau, die Begegnung nicht überleben würde?

Ich laufe, so schnell ich kann, ich muss Veronica einholen, bevor sie das Haus erreicht, bevor sie die Tür aufreißt und hineinstürmt. Muss verhindern, dass sie Blut und

Chaos verbreitet, die eigene Existenz zerstört und die der Menschen, die sie liebt. Sie dreht den Kopf und sieht mich kommen. Noch hat sie Vorsprung, aber ich bin ihr auf den Fersen. Als sie schneller wird, bleibe ich dran. Meine Wahrnehmung ist auf wenige Sinneseindrücke beschränkt, ich habe einen metallischen Geschmack im Mund. Das Geräusch unserer Schritte, die vom Rasen auf den Kies wechseln. Die Veranda mit dem breiten Holzgeländer führt um das Haus herum. Nur noch wenige Schritte, dann habe ich sie eingeholt.

Eine einzelne runde Lampe erleuchtet die Veranda und wirft ihren kalten Schein auf Veronica, die jetzt die Tür erreicht hat. Sie nestelt an etwas herum, es fällt ihr aus der Hand, und sie dreht sich um. Ihr Gesicht ist bleich und verzerrt. Ein Schrei entringt sich ihrer Kehle, ein nahezu tierischer Laut, und ich werde langsamer, bleibe direkt vor ihr stehen.

»Veronica«, keuche ich. »Du darfst nicht …«

Weiter komme ich nicht, denn sie stürzt sich auf mich. Im nächsten Augenblick spüre ich einen Stoß vor die Brust und verliere das Gleichgewicht, taumele zur Seite und pralle gegen das Geländer. Ein lautes Krachen über oder hinter meinen Augen, dann wird alles still, ganz still. Ich falle und bleibe liegen. Etwas Warmes, Klebriges läuft mir über das Gesicht und am Hals hinunter, und als ich aufblicke, steht Veronica über mir.

Dann sehe ich nichts mehr, denn das Rote, Warme ist jetzt überall, macht mich blind.

Doch dann ist es nicht mehr rot, sondern schwarz.

Und nach dem Schwarz … nach dem Schwarz sehe ich nur noch Weiß. Ich stürze in die Tiefe, steige empor.

Mama. Bist du da?

44

Ich habe ihr ein paar Kissen als Stütze in den Rücken gesteckt, damit sie sich in ihrem Krankenbett aufsetzen kann. Ihr tut alles weh. Die Medikamente, die sie bekommt, sind gar keine richtigen Medikamente mehr. Diese Phase ist vorbei, jetzt nimmt sie nur noch Tabletten, die die schlimmsten Schmerzen lindern. Keiner von uns weiß, inwiefern das überhaupt noch hilft. Vater ist in sich gekehrt, sagt fast gar nichts mehr. Manchmal wirkt er, als wäre er ganz weit weg, obwohl ich ihn in der Küche rumoren höre. Meine Schwester ist aus London gekommen, nachdem der Arzt uns geraten hat, die Familie zusammenzurufen. Mutter klagt nie, aber gelegentlich bemerke ich, wie sie ihr Gesicht verzieht, wenn sie nicht mehr anders kann. Das versetzt mir jedes Mal einen Stich. Wir reden nicht darüber, aber wir wissen es beide. Vater und meine Schwester wissen natürlich auch davon. Sie hat nicht mehr viel Zeit.

Mutter streckt ihre Hand nach mir aus, will mich in ihrer Nähe haben. Ihr Körper ist ausgezehrt, ihr Gesicht gleicht einer straffen Maske. Vorsichtig setze ich mich neben sie und achte darauf, sie nicht zu fest zu umarmen. Bald kann ich sie nicht mehr in den Arm nehmen. Obwohl ich dagegen ankämpfe, kommen mir die Tränen. Mutter tätschelt mir die Hand.

»Du vermisst mich jetzt schon?«

Ich will nicht weinen, will es ihr nicht noch schwerer machen. Aber es ist zu spät. Mir laufen die Tränen über die Wangen, und ich kann nur noch nicken.

»Du weißt doch, ich bin immer bei dir. Auch dann. Danach.«

Ich weiß, dass Mutter es gut meint, trotzdem widerspreche ich.

»Sag doch nicht so was«, murmele ich. »Sag so was nicht, wenn es nicht stimmt.«

»Aber es ist doch wahr, Elena. Das ist kein Humbug, keine Spinnerei. Es geht nicht um Glaube oder Religion, es geht um uns und alles, was uns verbindet. Ich bin in deinen Gedanken, wann immer du willst und solange du willst. Solange du dich an mich erinnerst, gibt es mich.«

Dieser Traum ist eine der letzten Erinnerungen an meine Mutter, die ich habe, und als ich aufwache, ist mein Gesicht tränennass. Ich will mir die Tränen mit der Hand trocknen, aber verschmiere stattdessen eine rote klebrige Masse. Das sind keine Tränen, mir läuft Blut in die Augen. Dann fällt mein Blick auf Veronica, sie beugt sich über mich, und plötzlich ist alles wieder da. Ich hatte keinen Traum, ich schlafe nicht, ich werde … sie ist …

Nein! Der Schrei nimmt in meinem Inneren Form an. *Nein, ich will nicht!* Ein Bild flackert auf, ein Bild von mir, auf dem ich im Reihenhaus oben an der Treppe stehe, im Dunkeln über das Geländer gebeugt, ich weiß noch, dass ich mich von dort fortgewünscht habe, mir das Ende gewünscht habe. Aber ich bin noch nicht dazu bereit, Mutter Gesellschaft zu leisten. Ich dachte, es wäre zu Ende, die Zukunft wäre zu Ende. Ich dachte, ich hätte das zu Ende gebracht, was ich zu Ende bringen musste, aber das stimmte nicht. Es gibt noch einiges zu tun, es gibt Dinge, die ich anderen Menschen sagen muss, es gibt Dinge, die ich tun muss für sie. Meine Schwester, Peter, Leo … Ich wälze mich hin und her, will mich aufsetzen, aber falle wieder zurück. Ich bin angeschlagen, aber ich will leben, das spüre ich in jeder Faser meines Körpers. Endlich habe ich meine Stimme wieder.

»Bitte«, sage ich, »lass mich am Leben.«

Ich versuche wieder hochzukommen, stütze mich mit der Hand ab, und diesmal kann ich mich aufsetzen. Veronica zuckt zurück. Vielleicht macht sie Anstalten, nochmal zum Angriff überzugehen.

»Bitte«, flehe ich. »Bitte, bitte, tu mir nichts. Ich will nicht …«

Ich ziehe die Schultern bis an die Ohren, um meinen Kopf zu schützen, und halte mir die Hand vor die Stirn. Dahinter pocht etwas, das Blut kommt von dort.

»Was … was sagst du da? Bist du verrückt?«

»Ich bin eine Bekannte«, fahre ich fort. »Ich bin eine Nachbarin. Ich kenne deinen Sohn, Leo. Er hat mich gebeten …«

Ich hebe den Blick, um ihr Mitleid zu erregen. Sie lehnt sich mit dem Rücken an die Tür, eine Hand auf der Klinke, als könnte sie sich nicht entscheiden, draußen zu bleiben oder ins Haus zu gehen. Sie ist aschfahl im Gesicht und sieht … Moment mal, sie sieht ängstlich aus. Es ist weder Wut noch Mordlust, sondern Angst. Sie ist zu Tode erschrocken. Aber vielleicht bilde ich mir das auch nur ein, vielleicht ist es so, dass extreme Gefühle einander ähneln. Vielleicht verzerren sie die Gesichtszüge auf vergleichbare Weise. Veronica drückt die Klinke herunter, und die Tür schwingt auf.

»Warte!«, rufe ich. »Tu's nicht. Tu nichts, was du später bereust.«

Aber sie geht ins Haus und zieht die Tür hinter sich zu. Meine Kräfte verlassen mich. Blutig und schlotternd sacke ich auf den Holzdielen zusammen. Dann rolle ich mich auf die Seite und lausche. Nichts. Kein Laut. Keine Stimmen, kein Gepolter. Es ist vollkommen still. Als wäre Veronica allein im Haus. Als wäre das Sommerhaus leer gewesen, als wir ankamen.

Ich schließe die Augen und mache sie erst wieder auf, als die Tür aufgeht.

»Du hast gesagt, dass du … wer bist du überhaupt?«

Sie zwirbelt das Ende des Pferdeschwanzes zwischen den Fingern, und ihr Blick flackert nervös zwischen mir und den Holzdielen hin und her. Als ich ihrem Blick folge, sehe ich, dass Blut aufs Holz getropft ist und sich dort verteilt hat. Das sieht ziemlich makaber aus.

»Leo hat eine Nachbarin erwähnt, die … Bist du die Schriftstellerin?«

Ich nicke und schneide eine Grimasse. Hinter meiner Stirn hämmert und schmerzt es. Überall Blut.

»Bitte«, nuschele ich wieder. »Tu mir nichts. Lass mich am Leben.«

»Warum sagst du das andauernd? Bist du verrückt?«

Ihr Tonfall ist eine Oktave höher geklettert.

»Ich habe die Polizei gerufen, sie sind schon unterwegs.«

Die Polizei? *Sie* hat die Polizei gerufen?

»Und jetzt will ich, dass du mir sagst, warum du hier bist. Warum verfolgst du mich und bedrängst mich wie eine Irre?«

Gerade hatte sie sich ein bisschen beruhigt, aber jetzt läuft sie wieder auf Hochtouren. Unsteter Blick, unsichere Stimme.

»Leo hat sich Sorgen gemacht«, bringe ich heraus. »Ich will nur helfen. Und ich will nicht, dass du etwas tust, was du später bereust.«

Sie schüttelt den Kopf und sieht aus, als wäre das, was ich gesagt habe, das Komischste, was sie je gehört hat. Ich drücke mir den Pulloverärmel gegen die Stirn, um die Blutung zu stoppen. Obwohl ich am Boden liege, ist mir schwindelig.

»Was ist passiert?«, murmele ich.

»Das fragst du mich? *Du* fragst *mich*, was passiert ist, das ist wirklich unglaublich!«

Sie verschränkt die Arme vor der Brust.

»Ich habe dich erst nach der Abzweigung bemerkt, aber du bist schon viel länger hinter mir hergefahren, stimmt's? Du hast mir einen gehörigen Schrecken eingejagt, ist dir das klar? Vor lauter Angst habe ich mich aus dem Auto geschlichen, um mich im Gebüsch zu verstecken. Aber du bist nicht vorbeigefahren, sondern hast hier geparkt und …«

Ihre Stimme überschlägt sich. Wieder schweift ihr Blick vom Verandaboden zu meinem Gesicht und wieder zurück zu den blutigen Holzdielen. Ich merke, wie ein Augenlid zuschwillt. Wenn ich nicht irre, gerinnt das Blut allmählich.

»Das war nur ein kleiner Schubser«, sagt sie. »Aber er ist wohl etwas zu heftig geraten, bei meinem Adrenalinrausch und allem. Du bist ungut gegen das Geländer gestürzt, und ich denke … ich denke, du hast eine Platzwunde über der Augenbraue.«

Sie hält etwas in der Hand, und ich sehe, wie es glänzt, während sie gestikuliert. Es ist jedoch kein Messer, wie ich zuerst geglaubt habe, sondern ein Schlüssel. Sie muss ihn in dem Gerangel verloren haben. Ich komme irgendwie zum Sitzen, aber traue mich nicht aufzustehen, denn ich fürchte, dass meine Knie noch zu schwach sind. Veronica lässt mich nicht aus den Augen, und ich sehe ihr verzerrtes Gesicht. Ihre Worte von eben holen mich ein, die Angst in ihrem Blick, als sie erzählt, wie sie versucht hat, vor mir wegzulaufen und sich zu verstecken.

Auf einmal ist sie da, die Erkenntnis, dass das alles ein Missverständnis ist. Filip und die Rothaarige sind nicht im Sommerhaus. Der Grund, weshalb es so verlassen und unbewohnt aussieht, der Grund, warum ich nur Veronicas Auto gesehen habe, ist der, dass niemand hier ist. Nur sie und ich. Der Druck auf der Brust ist wieder da, und auch der Schwindel meldet sich zurück.

»Es tut mir leid. Ich habe Leo versprochen, dass ich … aber ich … ich hätte es mir denken können.«

Ich muss mich wieder hinlegen, sonst werde ich bewusstlos, aber ich kann mich nicht rühren. Ich drücke den Pulloverärmel an die Stirn, mit einer Stelle, wo der Stoff noch nicht vollgesogen ist. Ich friere so sehr, dass ich schlottere.

Veronica tritt von einem Bein aufs andere.

»Es gibt … wir haben einen Verbandskasten im Haus. Ich kann ihn holen …«

»Danke, aber das ist nicht nötig«, stammele ich. »Es blutet fast nicht mehr.«

Sie sieht mich aus zusammengekniffenen Augen an.

»Dass Leo sich Sorgen gemacht hat, was meinst du damit? Warum hat er sich Sorgen gemacht?«

»Er wollte wohl einfach nur wissen, ob alles in Ordnung ist. Und wo du hinwolltest.«

Ihre Miene ist abweisend.

»Eigentlich sollte ihm sein Vater sagen, dass wir … dass ich hierherfahre. Aber das hat wohl nicht geklappt. Ich habe ihm auch einen Zettel hingelegt.«

Ich nicke langsam, vermeide heftige und ausladende Bewegungen. Ich spreche so langsam wie möglich, durch meine klappernden Zähne klingt meine Stimme anders als sonst.

»Er wollte nur, dass jemand nach dir schaut. Schaut, ob es dir gut geht.«

Ihre Miene entspannt sich.

»Er hat ein gutes Herz, mein Sohn.«

Die Sekunden verstreichen. Bald wird die Polizei hier sein. Ich hoffe, sie haben eine warme Decke dabei.

»Ihr habt euch ein paarmal getroffen?«

Ich nicke wieder. Und dann, als Begründung oder um unseren Kontakt zu verharmlosen, füge ich hinzu, dass er wohl auch Schriftsteller werden will.

»Ja«, sagt Veronica. »Das habe ich mir schon gedacht. Leo hat eine sehr lebhafte Fantasie. Manchmal lebhafter, als gut für ihn ist.«

Sie zögert. Dann richtet sie sich auf und sieht mir in die Augen.

»Komm kurz mit rein«, sagt sie in einem Ton, der keinen Widerspruch duldet. »Die Wunde muss versorgt werden, keine Widerrede.«

45

Sie steht neben mir, als ich auf die Füße komme, sie stützt mich nicht, aber würde mich auffangen, falls ich wieder umfallen sollte. Ich schlurfe hinter ihr her ins Haus, trete über die Schwelle direkt in die Stube. Auch hier ist es dunkel und ziemlich kalt. Wie es eben ist in einem Sommerhaus, in dem niemand die Heizung angestellt hat, in dem lange Zeit niemand gewesen ist. Wieder fällt es mir wie Schuppen von den Augen. *Es ist niemand hier.*

Veronica macht die Deckenlampe an, die den Raum plötzlich in Licht taucht. Sie zeigt mir den Weg ins Bad, holt den Verbandskasten und ein angebrochenes Päckchen mit Kompressen.

»Hier«, sagt sie und reicht mir eine davon. »Ich glaube nicht, dass das genäht werden muss. Es sieht zumindest nicht danach aus.«

Ich beuge mich über das Waschbecken und spritze mir Wasser ins Gesicht. Veronica lässt mich allein, aber kommt mit einem langärmligen T-Shirt, einem Fleecepulli und einer Plastiktüte für meine schmutzigen Kleider zurück.

»Wir haben in etwa die gleiche Größe«, meint sie, ohne mich anzusehen.

Dann geht sie und macht die Tür hinter sich zu. Vorsichtig reinige ich die Haut um die Platzwunde herum. Die Stirn ist geschwollen und schmerzt, aber ich stelle fest, dass Veronica vermutlich Recht hat. Die Wunde ist zwar recht breit, aber nicht tief. Und das Blut ist schon geronnen. Als ich in ihren Kleidern und mit einem Pflaster auf der Stirn aus dem Badezimmer komme, sitzt sie mit einem Glas Whisky in einem Sessel neben dem Sofatisch.

»Eine Sache verstehe ich allerdings nicht«, sagt sie, während sie das Glas leicht in ihrer Hand schwenkt und die Eiswürfel zum Klirren bringt. Zuerst habe ich mich recht gut gefühlt, doch jetzt merke ich, wie schwach meine Beine sind. Der Schwindel liegt auch noch irgendwo auf der Lauer.

»Du kennst mich doch gar nicht. Überhaupt nicht. Trotzdem hast du dich anstecken lassen von Leos Besorgnis, so sehr, dass du hierhergefahren bist. Kannst du mir erklären, wieso?«

In dem Moment macht das Zimmer einen Salto vor meinen Augen, und mein Blickfeld verschwimmt. Veronicas Stimme dringt wie aus weiter Ferne an mein Ohr. Sie sagt, ich soll mich aufs Sofa legen, und lotst mich dorthin. Ich lasse mich in die Kissen sinken und schließe die Augen, und als ich nach einer Weile wieder aufschaue, steht ein Glas Orangensaft neben mir auf dem Tisch. Irgendwie zwinge ich etwas davon in mich hinein und lasse mich wieder ins Sofa fallen.

Veronica schlägt die Beine übereinander und trinkt einen Schluck Whisky. Sie wirkt überhaupt nicht mehr ängstlich. Vielleicht weil ich so übel zugerichtet bin. Oder weil sie weiß, dass die Polizei bald da sein wird.

»Sag mal, warum warst du auch so beunruhigt?«

Mein erster Gedanke ist, dass ich ihr nicht zu antworten brauche, ihr keine Erklärung schulde. Dann denke ich an die Fahrt hierher und wie ich sie über den Rasen verfolgt habe. An den Schrecken in ihren Augen, als sie sich umgedreht und bemerkt hat, dass ich sie eingeholt hatte. An den Moment, als ich begriffen habe, dass weder Filip noch die rothaarige Frau hier sind.

Ich lehne mich vor und trinke noch etwas Saft.

»Ich habe … ich habe da was gesehen.«

Veronica lässt mich nicht aus den Augen. Aus der Nähe ist sie beinahe unfassbar schön.

»Was gesehen?«

Ich mache den Mund auf und höre mich von jenem Morgen berichten, von dem, was ich auf der anderen Seite des Innenhofs gesehen habe. Vom Blumenstrauß und der Schere. Von den Hieben, dem Gerupfe, dem Berserkergang. Vom zerfledderten Strauß, gefolgt von Schreien und Weinen.

Veronica wird erst blass, dann rotfleckig im Gesicht.

»Ach so«, sagt sie. »Ja, das war … ich verstehe, dass das komisch ausgesehen haben muss. Komisch und ein bisschen … verrückt vielleicht.«

Sie führt das Glas zum Mund, lässt es aber wieder sinken.

»So was sieht mir gar nicht ähnlich. Aber es gibt dafür eine Erklärung, musst du wissen.«

Dann erzählt sie, dass sie eigentlich über das Wochenende wegfahren wollte. Das war seit Langem geplant gewesen, und ihr Mann hatte versprochen, bei Leo zu Hause zu bleiben. Aber am Tag ihrer Abreise hat er verkündet, dass er dringend auf eine Geschäftsreise müsse, zu einem Meeting, das in letzter Sekunde anberaumt worden sei, weil ein wichtiger Kunde ihn brauche.

»Ich habe protestiert und gesagt, dass er doch weiß, wie wichtig mir mein Vorhaben ist. Aber er ist trotzdem gefahren, obwohl das meine Pläne zunichtegemacht hat. Ich bin unglaublich wütend geworden, und ich schätze, ich habe ein bisschen die Kontrolle verloren.«

Sie führt das Glas wieder an die Lippen und trinkt mehrere große Schlucke. Ich fixiere die Mulde in ihrem Hals, die sich jedes Mal bewegt, wenn sie schluckt. Ich habe das Gefühl, als wäre etwas in mir angestoßen worden, etwas, das ich nicht stoppen kann.

»Dann, ein paar Tage später, habe ich noch etwas beobachtet. Ihr habt zu Abend gegessen, du hast angefangen zu weinen und bist aus der Küche gestürmt. Danach bist du nicht mehr …«

Veronica stellt das fast leere Glas mit einem leisen Knall zwischen uns auf den Tisch.

»Ist das eine Angewohnheit von dir? Am Küchentisch zu sitzen und uns zu beobachten? Verstehe ich das richtig?«

Ich versuche, nicht überspannt zu klingen, sondern aufrichtig und einsichtig zugleich.

»Das ist vorgekommen. Hin und wieder.«

»Wieso denn? Hast du kein eigenes Leben?«

Ihr Ton ist harsch.

»Nein, offenbar nicht. Zumindest nicht, seit mein Mann und ich uns getrennt haben.«

Das bringt sie aus dem Konzept.

»Aha«, sagt sie bloß. »Aha.«

Kopfschmerzen liegen auf der Lauer, und ich schließe die Augen. Dann fällt mir meine Schwester ein, die zu Hause auf mich wartet. Ich muss mich bei ihr melden und sagen, dass alles in Ordnung ist. Ich klopfe meine Taschen ab, aber kann mein Handy nicht finden. Dann kommt mir die Tüte mit meinen blutigen Kleidern in den Sinn, in der auch meine Weste mit dem Telefon liegt. Ich setze mich auf und greife nach der Tüte, krame darin, bis ich finde, was ich suche. Schnell schreibe ich meiner Schwester eine SMS und verstaue das Handy wieder. Es geht mir jetzt schon besser, schließlich konnte ich mich ein bisschen ausruhen. Mit einer Schmerztablette könnte ich es auch schaffen, nach Hause zu fahren.

»Ich sollte … ich müsste …«

Dann erinnere ich mich wieder und drehe langsam den Kopf, spähe aus dem Fenster. Der Fahrweg liegt einsam und verlassen im Dunkeln.

»Sollte die Polizei nicht schon längst hier sein?«

Aber Veronica hört mir gar nicht zu. Sie ist damit beschäftigt, ihr Whiskyglas aufzufüllen.

»Darf man fragen, warum?«, sagt sie und verschließt die Flasche wieder.

»Warum was?«

»Warum ihr geschieden seid.«

Ich druckse herum.

»Wir sind nicht geschieden, wir haben eine Auszeit.«

»Eine Auszeit? Was heißt das?«

»Wir wohnen drei Monate getrennt und wollen dann entscheiden, wie wir weitermachen. Ob wir weitermachen.«

Veronica klopft vorsichtig mit ihrem Ehering gegen das Glas in ihrer Hand.

»Und?«

»Wie bitte?«

»Was glaubst du, wie es ausgehen wird? Könnt ihr eure Ehe wieder kitten, oder lasst ihr euch scheiden?«

Ich zucke innerlich zusammen.

Bitte, komm nach Hause. Ich liebe dich. Ich habe dich immer geliebt und werde dich immer lieben.

Ich senke den Blick.

»Das weiß ich nicht.«

In der Tüte auf dem Fußboden piept es, das muss die Antwort meiner Schwester auf meine Nachricht von eben sein. Meine Schläfen pochen. Ich weiß nicht, was ich machen soll, was von mir erwartet wird. Ich bin total verunsichert.

Wieder höre ich Veronicas Stimme, sie schreckt mich aus meinen Gedanken.

»… geht es darum, dass ich mein Studium beenden will. Deswegen haben wir uns gestritten, Filip und ich. Er kapiert einfach nicht, wie wichtig das für mich ist. Dass ich das ernst meine.«

Sie legt den Kopf schief.

»Weißt du, was ich meine?«

Ich lehne mich ins Sofa zurück, dann wieder vor.

»Ja … ich … ich denke schon.«

Veronica nimmt noch einen Schluck Whisky.

»Weißt du«, fährt sie fort, »ich habe mein Studium geschmissen, ein Jahr vor dem Examen.«

Sie war mit Leo schwanger gewesen und wollte nach der Elternzeit die letzten Seminare machen. Aber die Zeit verging, und es ergab sich nie eine passende Gelegenheit. Nie war der richtige Zeitpunkt, entweder war Leo noch zu klein, oder – wie so oft – Filips Karriere hatte Vorrang. Sie übernahm verschiedene Teilzeitjobs und wartete darauf, dass ihre Chance kommen würde. Filip hatte immer gesagt, dass sie auf jeden Fall zum Zug kommen würde.

»Du bist auch noch dran, Schatz, ganz bestimmt, hat er gesagt. Das ist ein richtiges Mantra geworden. Ich weiß gar nicht genau, wann er damit aufgehört hat, vielleicht als Leo fünf, sechs Jahre alt war. Da hat sich irgendwas verändert. Ich denke, Filip hat sich daran gewöhnt, dass ich zu Hause war, und fand das ganz schön. Mir ist es eine Zeit lang richtig schlecht gegangen, ich hatte gar keine Energie mehr und war … ja, ich war auch keine gute Mutter mehr. Zum Glück war Leo da noch klein, er kann sich bestimmt kaum noch an diese Zeit erinnern.«

Ich frage nach einer Schmerztablette, und Veronica bringt sie mir zusammen mit einem Glas Wasser. Sie selbst arbeitet sich gerade an ihrem zweiten Glas Whisky ab.

Mittlerweile, erzählt sie, ist Filip ganz anders. Er motiviert sie dazu, ihrer Kreativität nachzuspüren, ihre eigene

Ausdrucksweise zu finden. Und sie hat es wirklich versucht. Aquarellmalerei, Bleistiftzeichnung, Goldschmieden – all das hat sie ausprobiert. Aber irgendwas war immer. Die Pinsel sind zerbrochen, und plötzlich war das Skalpell verschwunden, das man für die Schmuckfertigung brauchte.

»Zuerst konnte ich mir keinen Reim darauf machen, dabei war es glasklar! Es sollte einfach nicht sein, dass ich mich damit befasse. Ich muss nicht meine Kreativität ausleben, ich muss meine Ausbildung zu Ende machen. Ich will mich nicht mit irgendwelchen Basteleien aufhalten, ich will arbeiten! Und zwar in meinem richtigen Beruf. Nichts gegen Yoga, aber wenn ich in meiner Arbeitszeit noch ein einziges Ommm hören muss, dann …«

Veronica wirft mir einen flüchtigen Blick zu. Ihr Blick ist glasig, sie lacht auf, ein gelles freudloses Lachen.

»Vielleicht sollte ich besser nicht weiterreden.«

Sie erklärt, dass sie sich für ein Fernstudium angemeldet hat, um wieder in Gang zu kommen. Der Auftakt sollte ein gemeinsames Wochenendseminar mit Anwesenheitspflicht sein. Das fand an dem Wochenende statt, an dem sie dann nicht fahren konnte. Jetzt muss sie vermutlich ein Jahr auf die nächste Gelegenheit warten.

»Das Schlimmste ist, dass Filip nicht versteht, wie wichtig es mir war, an dem Seminar teilzunehmen. Er spürt, dass ich enttäuscht bin, aber er denkt, er kann das kompensieren, indem er mir Geschenke macht. Als würde ich noch mehr Ohrringe brauchen. Oder Wellnesswochenenden. Oder Überraschungspartys.«

Es piept wieder in der Tüte. Ich zögere, aber Veronica ist

so in ihre Ausführungen vertieft, dass es unhöflich wäre, jetzt zum Telefon zu greifen. Mir kommt es so vor, als hätte jemand einen Knopf gedrückt, und jetzt sprudelt alles aus ihr heraus, was sich über Jahre aufgestaut hat. Wenn jemand dieses Gefühl versteht, dann bin ich das.

»Wie dem auch sei, jedenfalls waren wir neulich zusammen in einem Wellnesshotel, und da habe ich ihm gesagt, wie die Dinge liegen. Dass ich keine protzigen Geburtstagsgeschenke mehr von ihm möchte, sondern dass ich etwas ganz anderes von ihm brauche. Ich dachte wirklich, er hätte endlich verstanden, worum es mir geht, aber dann habe ich erfahren, dass er hier im Sommerhaus eine Überraschungsparty für mich plant. Eine von unseren gemeinsamen Bekannten hat sich verplappert. Filip hatte sie offenbar gebeten, ihm bei der Organisation zu helfen.«

Eine von unseren gemeinsamen Bekannten. Ich sehe Filip und die rothaarige Frau vor mir. Sehe sie in einem Hauseingang verschwinden, sehe sie über einem Tisch im Restaurant die Köpfe zusammenstecken. Höre sie über das Sommerhaus reden und Pläne schmieden. *Eine Überraschungsparty?* Wie hatte ich mich dermaßen irren können?

Veronica hat sich von ihrem Stuhl erhoben und geht im Zimmer auf und ab.

»Er wollte nur nett sein, hat er gemeint, als ich ihn zur Rede gestellt habe. Ich verstehe einfach nicht, was er sich dabei gedacht hat. Wenn man bedenkt, wie schlecht es mir in letzter Zeit gegangen ist, wie sehr er mich enttäuscht hat … Wie ist er nur auf die Idee gekommen, dass die Lösung dafür eine Party sein könnte? Erst als ich gesagt habe, dass man eine Feier auch wieder absagen kann, hat er begriffen, dass ich es ernst meine. Ich habe ihm gesagt, dass ich Zeit zum Nachdenken brauche. Und dass ich übers Wochenende allein wegfahren will.«

Ich leere mein Saftglas und ziehe die Ärmel des Fleecepullovers über meine Hände.

»Frierst du? Die Heizung müsste langsam warm sein.«

Ich lehne mich nach vorn und setze mich auf die Sofakante.

»Wenn du mich anzeigen willst …«

»Ach was«, entgegnet sie und spielt an ihrem Ohrring herum.

Ich sehe sie fragend an.

»Ich wusste nicht, ob ich die Polizei oder den Notarzt rufen sollte. Und als mir dann klar war, wer du bist, dass du eine Nachbarin bist, die Leo kennt, da habe ich mir gedacht … na ja, dass wir vielleicht doch keine Polizei brauchen. Mit dem ganzen Blut auf der Veranda und so. Da wären wir … eventuell in Erklärungsnöte gekommen. Und dir geht es jetzt wieder gut, oder?«

Wir wechseln Blicke. Wenn mich nicht alles täuscht, sieht sie sogar ein wenig schuldbewusst aus.

»Dann hast du … gar nicht die Polizei gerufen?«

Sie schüttelt den Kopf.

»Leo mag dich. Ich war in letzter Zeit nicht so oft für ihn da, aber so viel habe ich immerhin mitbekommen.«

Leo. Ich kneife die Augen zusammen. Ich suche nach etwas, nach der Antwort auf eine Frage, die ich nicht recht in Worte fassen kann.

»Wir haben ihn beide ein bisschen vernachlässigt, Filip und ich. Er ist immer so gut allein klargekommen, da vergisst man leicht, dass er …«

Als ich wieder aufblicke, fixiert Veronica einen Punkt in der Ferne. Dann blinzelt sie und stellt ihr Glas ab.

»Ich kümmere mich darum«, sagt sie entschlossen. »Ich rede mit ihm.«

Ich denke an die Reste vom Permanentmarker an Leos Hals, an die geklauten Schuhe und an alles andere. Ich nicke langsam und sage, das klinge gut. Dann stütze ich mich mit den Händen ab und stehe auf. Ein paar Sekunden stehen wir uns unbeholfen gegenüber. Dann streckt Veronica mir ihre Hand hin, und ich ergreife sie. Ihre ist so warm, wie meine kalt ist.

»Du bekommst deine Kleider wieder zurück, sobald ich sie gewaschen habe.«

Sie erwidert, das habe keine Eile und wir würden uns sicher demnächst mal über den Weg laufen.

»Ansonsten weißt du ja, wo ich wohne«, fügt sie hinzu und lächelt schief.

Auf dem Weg zum Auto werfe ich einen Blick aufs Handy. Meine Schwester hat mit zwei Nachrichten auf meine knappen Zeilen geantwortet. *Schön, dass alles in Ordnung ist mit dir*, lautet die erste. *Melde dich, wenn was ist. PS: Antworte mit NEIN, wenn du NICHT willst, dass ich dein Manuskript lese, während du weg bist. Sonst kann ich hier ja nicht viel machen.*

Zuerst halte ich das für einen Scherz, dann erinnere ich mich wieder. An ihre Bemerkung, dass sie früher meine Testleserin war. Dass ich mal gesagt habe, sie hätte ein

Händchen für Dramaturgie. Ich halte den Atem an und öffne die zweite Nachricht.

Kein Protest. Das deute ich als ein Ja. Also lese ich jetzt. Bis bald.

DER EHEMANN

46

Meine Frau redet, und ich höre zu. Ihre Stimme ist ruhig, aber ihrem Gesicht ist anzusehen, wie schwer es ihr fällt, in die Vergangenheit zurückzukehren und von den Geschehnissen nach der vorgetäuschten Abtreibung zu erzählen.

Die Narbe hatte sich entzündet, und sie hatte Fieber bekommen, aber der Entschluss war gefasst. Ihr Ex-Freund sollte mit dem, was er getan hatte, nicht davonkommen. Sie würde Genugtuung einfordern, und wenn es das Letzte war, was sie tat. Sie hatte sich für einen Abend entschieden, an dem ihre Eltern zum Essen eingeladen waren. Das Fieber pochte in ihrem Körper, doch ihre Eltern hatten keine Ahnung, warum, sondern verabschiedeten sich von ihr mit der Ermahnung, sich hinzulegen und viel Wasser zu trinken. Sowie sie zur Tür hinaus waren, schritt sie zur Tat. Sie holte die Sachen aus dem Schrank, die sie vor einiger Zeit zusammengestellt hatte. Ein Seil, eine Augenbinde, Gaffatape, Sturmhaube, Messer und Hammer. Sie verstaute alles in einem kleinen Rucksack und begann, sich anzuziehen, dunkle Kleider von Kopf bis Fuß. Die Hose über die pochende Wunde am Bauch zu ziehen tat so weh, dass ihr schwarz vor Augen wurde. Trotzdem zwang sie sich weiterzumachen.

Es war nicht schwer zu erraten, wo ihr Ex-Freund sich an jenem Abend aufhalten würde. Zu Hause bei seiner neuen Freundin natürlich. Sie war schon mehrmals dort gewesen, war ums Haus geschlichen und hatte in der Nähe des Hauses hinter einem großen Felsen am Waldrand gesessen. Früher oder später stellte er sich hinters Haus neben einen Topf mit alten Kippen, um zu rauchen. Sie roch das Nikotin und sah die Zigarette als glühenden Punkt in der Dunkelheit. Näher kam sie ihm nicht mehr. Er rauchte immer allein, seine neue Freundin war offensichtlich Nichtraucherin und wartete drinnen in der Wärme auf ihn, vor dem Fernseher oder im Bett vielleicht.

Meine Frau erzählt, wie sie den Rucksack schulterte und zur Haustür ging. Ihr war so schwindelig, dass sie sich im Flur an der Wand abstützen musste, um aufrecht zu gehen. An jenem Abend wollte sie nicht nur aus der Ferne zusehen, wie ihr Ex wieder ins Haus ging, und anschließend mit derselben finsteren Verzweiflung nach Hause zurückschleichen, mit der sie gekommen war. Ihr Plan war, vorzutreten und ihn in das Waldstück zu locken. Wenn nötig, würde sie ihn mit dem Messer bedrohen. Im Schutz der Bäume und der Dunkelheit würde sie ihm den Mund zukleben und ihn mit dem Seil fesseln, damit er ihr nicht ins Wort fallen oder weggehen konnte. Dann würde er sich alles anhören müssen, was sie zu sagen hatte, alles, und er würde zuhören, bis er ganz genau begriff, wie betrogen, gedemütigt und verletzt sie sich durch seine Untreue und seinen Spott gefühlt hatte. Er sollte sie um Verzeihung bitten. Und wenn er sich weigerte, hatte sie noch den Hammer.

Der Plan war vollkommen unausgegoren. Er war dilettantisch und provisorisch. Eigentlich hatte sie noch warten und sich detaillierter vorbereiten wollen, aber dann hatte die Infektion zugeschlagen, und ihr war klar, dass es nur noch eine Frage der Zeit war, bis sie zusammenbrechen würde. Ihre Gesundheit war ihr egal, aber dass ihr Plan möglicherweise daran scheitern würde, machte ihr Sorgen. Selbst wenn sie hinterher tot zusammenbrechen würde, war ihr das egal – Hauptsache, sie bekam ihre Genugtuung.

Die Schnürsenkel zu binden dauerte eine Ewigkeit, weil sie sich dafür bücken musste, eine Bewegung, bei der sie laut aufschrie vor Schmerz. Als sie sich endlich wieder aufrichtete, aschfahl im Gesicht und mit einem Flimmern vor den Augen, öffnete sich die Haustür, und ihre Eltern kamen herein. Offenbar hatte es ein Missverständnis gegeben, das Abendessen sollte erst am darauffolgenden Wochenende stattfinden. Sie verdrehten die Augen und lachten über ihre eigene Verwirrtheit, bis ihnen aufging, was sie da vor sich sahen.

Von dem, was dann geschah, sind ihr nur bruchstückhafte Erinnerungen geblieben. Sie weiß noch, dass sie auf die Tür zu hechtete, ihre Mutter sie jedoch festhielt und daran hinderte. Sie erinnert sich, dass jemand laut schrie. Heute ist ihr klar, dass sie es war. Sie weiß noch, dass sie fürchterliche Dinge über ihren Ex-Freund brüllte und darüber, was sie ihm antun wollte. Sie erinnert sich, wie sie um sich schlug und trat, als sie festgehalten wurde, zurückgehalten wurde. Sie weiß, dass sie ihre Eltern dafür hasste, dass sie sie nicht gehen ließen, dass sie sie an der Durchführung ihres Plans hinderten. Und sie erinnert sich, wie ihr Körper schließlich kollabierte, wie sie in den Armen ihrer Mutter zusammensackte und von beschützenden, liebevollen Händen umfangen wurde.

Bis dahin hatte sie den Impuls zu weinen unterdrückt. Als ihr klar war, dass ihr Freund sie mit einer anderen betrog, als er Schluss machte, als er sie demütigte. Als die scharfe Messerklinge in ihr Fleisch drang. Doch in dem Augenblick, als sie in den Armen ihrer Mutter lag und ihren beruhigenden Worten lauschte – *das hast du nicht gewollt, so bist du nicht* –, kamen die Tränen.

Meine Frau unterbricht sich und blickt auf ihre Hände hinab. Ich versuche, ihren unbeschreiblichen Schmerz und ihre Verzweiflung nachzuempfinden, will ihr irgendwie nahe sein. Aber ich kann keine Worte dafür finden und warte deshalb stumm darauf, dass sie fortfährt.

Ihre Eltern müssen die Bauchnaht entdeckt haben, denn sie fuhren sofort mit ihr ins Krankenhaus. Sie kann sich nicht erinnern, ob sie ihnen erzählt hat, was sie sich angetan hat, aber irgendwie haben sie es erfahren. Beide Eltern waren schockiert, aber ihren Vater traf es am schwersten. Er kam nie darüber hinweg. Nach dieser Sache sah er seiner Tochter nie wieder in die Augen und richtete stattdessen den Blick auf einen Punkt direkt über ihrer Schulter.

Auch ihre Mutter war verzweifelt. Wie hatte ihnen, den

Eltern, entgehen können, was im Leben ihrer Tochter passierte? Gewiss, sie hatten geahnt, dass es ihr nicht gut ging, es war ihnen zum Beispiel aufgefallen, wie schmal sie in letzter Zeit geworden war, aber sie hatten irgendwie gehofft, dass es nur eine Phase war, die von selbst vorüberging. Diese Geschehnisse waren ein Weckruf. In den ersten Wochen wich die Mutter keinen Millimeter von der Seite ihrer Tochter. Sie sorgte dafür, dass sie aß, sie schlief neben ihr und kümmerte sich ununterbrochen um sie. Die Zeit verging, und langsam kehrte meine Frau ins Leben zurück. Sie schrieb sich an der Universität ein, knüpfte neue Freundschaften und schöpfte wieder Zuversicht. Aber es sollte dauern, bis sie sich traute, wieder jemanden zu lieben, und keine ihrer Beziehungen war von Dauer. Bis sie mich kennenlernte.

Wir wechseln Blicke.

»Du bist der Erste, bei dem ich mir vorstellen konnte, davon zu erzählen«, sagt meine Frau.

»Trotzdem hast du gewartet. Mehrere Jahre hast du verstreichen lassen, ohne ein Wort darüber zu verlieren. Erst nach der Hochzeit hast du was gesagt. Und die ganze Geschichte hast du mir erst jetzt erzählt.«

Sie nickt nachdenklich.

»Ich wollte dir ja die ganze Wahrheit sagen, aber immer, wenn ich beschlossen hatte, einen Versuch zu wagen, kam die Angst. Ich hatte Angst, du würdest mich danach mit anderen Augen sehen, mich nicht mehr lieben und dich von mir abwenden. Du würdest … dich jemand anderem zuwenden.«

Ich senke den Blick und spüre, wie mir die Röte ins Gesicht steigt.

Was meine Frau befürchtet hat … und was tatsächlich eingetreten ist … Seltsamerweise überreiße ich erst jetzt das komplette Ausmaß meines falschen Spiels. Dass ich meine Frau betrogen habe, obwohl sie das alles durchgemacht hat, obwohl ich wusste, dass die Untreue eines anderen Mannes ihr einmal fast das Genick gebrochen hätte. Wie konnte es soweit kommen?

Bevor mir meine Frau erzählt hat, wie sie zu ihrer Narbe gekommen ist, habe ich keiner einzigen Frau hinterhergeschaut. Die Überzeugung, dass es für immer nur uns zwei geben würde, war fest und unerschütterlich. Doch nun, da die Wahrheit alles auf den Kopf gestellt hat, sehe ich die Frau, von der ich geglaubt habe, sie in- und auswendig zu kennen, in einem anderen Licht. Etwas hat sich zwischen uns gedrängt, und ich habe es zugelassen. Ich habe sie betrogen, hintergangen, belogen. Aber habe ich auch aufgehört, sie zu lieben? Nein, das glaube ich nicht.

Ich bewege mich auf sie zu, will sie in den Arm nehmen. Aber dann sehe ich wieder ihren Blick vor mir, der so finster war, dass ich dachte, sie wollte mich über die Kante stoßen. Ich denke an Annas Besorgnis und Unbehagen, an die Fragen zu meiner Frau, die sie mir bei unserem letzten Telefonat gestellt hat. *Hat sie irgendwie gewaltbereit gewirkt, oder wollte sie sich irgendwie rächen?* Meine Zweifel sind wieder da, und anstatt mich vorwärtszubewegen, lehne ich mich ein wenig zurück.

»Was du dir damals angetan hast, was du deinem Ex-

Freund antun wolltest. Wie soll ich wissen, dass du nicht tief in deinem Innersten noch immer so bist?«

Sie lässt sich mit der Antwort Zeit, und als sie weiterredet, ist ihre Stimme leise, kaum hörbar.

»Es gab Momente, da war ich mir selbst nicht sicher. Jetzt weiß ich ganz bestimmt, dass meine Mutter recht hatte mit dem, was sie gesagt hat: Das hier willst du nicht, das hier bist nicht du. Aber wie *du* dir in dieser Sache sicher sein kannst, das kannst nur du selbst beantworten.«

Aus Sekunden werden Minuten, während wir dasitzen und schweigen. Ich weiß, worauf sie wartet, aber das kann ich ihr nicht geben. Ich kann einfach nicht, nicht jetzt, noch nicht. Schließlich hebe ich den Blick und suche den ihren.

»Ich weiß nicht, was ich will. Ich brauche mehr Zeit.«

Ich hätte vermutet, dass sie nach diesen Worten zusammenbricht und zu weinen anfängt. Oder ins Schlafzimmer zurückgeht und in Untätigkeit verfällt. Aber nichts dergleichen passiert. Sie nickt und faltet die Hände im Schoß.

»Na, dann.«

Danach sagt sie, dass sie findet, wir sollten uns trennen. Sie liebe mich, könne das aber nicht länger aushalten so. Es sei besser, wenn jeder für sich nachdenken und entscheiden könne, wie es für uns weitergehen soll.

Trennung? Das kann sie nicht ernst meinen. Aber doch, ich sehe es ihr an, es ist ihr voller Ernst. Plötzlich ist es, als gäbe es keinen Sauerstoff mehr in der Luft. Es mag ja sein, dass ich nicht weiß, was ich will und was ich brauche, aber eines weiß ich sicher: Ich brauche keine Einsamkeit.

Meine Frau richtet sich kerzengerade auf.

»Ich hoffe, du kommst zu dem Schluss, dass du mich voll und ganz lieben kannst – diejenige, die ich früher war, und diejenige, die ich jetzt bin. Ohne Angst und ohne Verachtung.«

Dann holt sie ihre Tasche.

Dann beginnt sie zu packen.

Dann ist sie weg.

ELENA

47

Es ist spät geworden, als ich das Auto meiner Schwester vor dem Haus abstelle. Es ist Freitagabend, und eine Clique gut gelaunter und schick angezogener Jugendlicher kommt mir auf dem Bürgersteig entgegen. Wir treffen aufeinander, und die Traube teilt sich, um mich durchzulassen. Als ich an ihnen vorbeigehe, komme ich mir wie ein Schatten vor, ein schwarzer Punkt inmitten der Ausgelassenheit und des Glitzerns.

In der Küche bei Familie Storm brennt Licht, und ich sehe, dass sich zwei Personen am Tisch gegenübersitzen. Filip und Leo. Ich frage mich, worüber sie sich unterhalten, und überlege, ob Veronicas abrupter Aufbruch eine neue, andere Art und Weise des Gesprächs zwischen Vater und Sohn angestoßen hat, eine, die sich zum Guten wenden wird.

Ich habe Leo eine SMS geschickt, ehe ich am Sommerhaus losgefahren bin.

Deiner Mutter geht es gut. Sie wird sich bei dir melden.

Er hat sofort geantwortet.

Ich weiß. Rede gerade mit ihr.

Ich drehe mich zum Reihenhaus gegenüber, zu dem Haus, in dem ich schon die Hälfte der geplanten Zeit gewohnt habe. Im Gegensatz zum Haus der Familie Storm liegt es völlig im Dunkeln. Irgendwo da drinnen ist meine Schwester und wartet, vielleicht ist sie eingeschlafen, auch wenn ich das nicht annehme. Ich habe sie nicht angerufen, sondern mich mit einer SMS begnügt, bevor ich vom Sommerhaus aufgebrochen bin. Ich habe geschrieben, dass ich unterwegs sei, ohne das zu kommentieren, was sie über meinen Text geschrieben hat. Bleibt abzuwarten, ob sie ihn wirklich gelesen hat, denke ich und öffne die Haustür. Wie auch immer, jetzt werde ich ihr jedenfalls alles erzählen. Ich kicke mir die Schuhe von den Füßen, rufe Hallo, bekomme aber keine Antwort.

Sie sitzt im Dunkeln in der Küche, auf demselben Platz, wo ich schon so viele Stunden verbracht habe. Ich habe sie von draußen nicht gesehen, aber sie muss mich durch die Scheibe beobachtet haben. Vor ihr auf dem Tisch liegt der Papierstoß, den ich heute ausgedruckt habe. Trotz der Dunkelheit bemerkt sie die fremden Klamotten und das Pflaster auf meiner Stirn und erkundigt sich, wie es mir geht. Aber mit ihren Gedanken ist sie ganz woanders, was auch ihrem Tonfall anzuhören ist.

Ich lege den Autoschlüssel leise auf der Spüle ab. Ich brauche nicht länger zu rätseln, ob sie den Text gelesen hat. Oder ob ihr klar ist, was ich da geschrieben habe.

»Wie weit bist du gekommen, bis … dir ein Licht aufgegangen ist?«

»Bis ich begriffen habe, dass es um dich und Peter geht in der Geschichte?«

Ich nicke.

»Das war vielleicht die Stelle mit … der Narbe.«

Ich spüre ein Ziehen und will meine Hand an meinen Unterleib führen, spüre, wie es mir in den Fingerspitzen juckt, aber gebe dem alten, gewohnheitsmäßigen Impuls nicht nach. Ich brauche mich nicht länger zu verstecken. Die Wahrheit ist befreit, ich habe sie selbst entfesselt.

»Mit dem Unterschied, dass ich zu hören bekam, dass es sich um das Ergebnis einer Blinddarmoperation handelt. Die Erklärung, es wäre ein Unfall mit einem Stacheldrahtzaun gewesen, hätte bei mir ja nicht funktioniert.«

Nein, natürlich nicht. Meine Schwester und ich wissen alles über die Kindheit des anderen, kennen jede Schramme, jede Blessur. So eng sind wir früher gewesen.

»Tomas«, sagt sie nun, »dein erster Freund. Ich erinnere mich kaum an ihn, ich habe ihn ja höchstens ein paarmal gesehen.«

Ich verlagere das Gewicht von einem Bein aufs andere, als sie seinen Namen nennt.

»Wir wollten zusammenziehen. Wir hatten das gerade erst beschlossen.«

Meine Schwester schüttelt langsam den Kopf.

»Dass es so ernst war zwischen euch, war mir gar nicht klar. Ich dachte, das wäre eher so eine Jugendliebe, die wieder vorbeigeht.«

Sie hat jahrelang im Ausland gelebt und ist häufig umgezogen, da ist es nicht verwunderlich, dass sie sich nicht mehr an jede Einzelheit aus dem Leben ihrer sechs Jahre jüngeren Schwester erinnert. Aber es ist an der Zeit, sie zu korrigieren, was das anbelangt.

»Als wir zusammengekommen sind, war ich noch Teenager, aber als er Schluss gemacht hat, war ich einundzwanzig.«

Die Augen meiner Schwester funkeln. Sie verstummt.

»Und was Mutter mir erzählt hat«, sagt sie dann, »das mit der Magersucht. Wie passt das zusammen?«

Ich lehne mich an die Spüle.

»Ich habe nichts mehr gegessen, als ich erfahren habe, dass Tomas sich hinter meinem Rücken mit einer anderen trifft. Das war eher ein Reflex und keine bewusste Entscheidung. Ich hatte einfach keinen Appetit. Ich habe zwar einiges an Gewicht verloren, aber das war keine Magersucht. Nach dem, was passiert ist ... nach dem, was ich getan habe und eigentlich tun wollte, habe ich mich so schrecklich geschämt. Mutter musste mir versprechen, musste mir schwören, keinem davon zu erzählen. Sie durfte von mir aus sagen, was sie wollte, bloß nicht die Wahrheit.«

Meine Schwester wendet sich dem Fenster zu. Vielleicht denken wir an dasselbe. An das Geheimnis, das Mutter ganz bewusst für sich behalten hat. Und daran, was sie stattdessen gesagt hat. Vielleicht stellt sich meine Schwester auch die Frage nach dem Warum.

»Du wolltest nicht, dass sie sagt, wie es wirklich gewesen ist, nicht mal mir.«

»Vor allem nicht dir.«

Ich frage mich, ob meine Schwester mich jetzt hasst.

Wird sie auf Abstand gehen, ausgerechnet jetzt, wo wir uns wieder näherkommen?

»Ich meine, schau dir doch an, was mit Vater passiert ist«, füge ich hinzu.

Sie rutscht auf dem Küchenstuhl herum und will wissen, was ich meine. Ich erkläre, dass das Verhältnis zwischen Vater und mir nie wieder dasselbe war seit dem Abend, als er und Mutter früher als geplant nach Hause zurückgekommen sind und mich in der Diele vorgefunden haben, krank und rachedurstig. Selbstverständlich war er anfangs da und hat sich gekümmert, ganz bestimmt. Aber dann, als ich mich wieder berappelt hatte und ins Leben zurückgekehrt bin, hat er sich zurückgezogen, und ich habe gemerkt, dass es ihm schwerfiel, mir in die Augen zu sehen. Ich weiß nicht, ob er Angst hatte oder ob er Verachtung empfunden hat. Und ich habe keine Ahnung, ob es dabei vor allem um die Verletzung ging, die ich mir zugefügt hatte, oder um das, was ich Tomas hatte antun wollen. Ich weiß nur, dass die Kluft zwischen uns immer größer wurde.

»Es war meine Schuld, dass er so kurz nach Mutters Tod alles hinter sich gelassen hat, dass er so weit weggezogen ist. Ich hab's immer gewusst, habe mich immer schuldig gefühlt, weil auch euer Verhältnis im Sande verlaufen ist. Er ist ja zu mir auf Abstand gegangen, aber mir kam es so vor, als würdest du …«

»Elena, du kannst doch nichts dafür, wenn ein Idiot sich wie ein Idiot aufführt.«

Die Worte scheuern, stauen sich im Hals.

»Es tut mir leid.«

Das, was ich getan habe. Dass ich dich die ganzen Jahre belogen habe.

Dann steht sie auf und geht auf mich zu, kommt näher und näher, bis sie direkt vor mir steht.

»Du musst dich ja total elend gefühlt haben. Es ist unvorstellbar für mich. Wenn ich daran denke, was du alles durchgemacht hast … Und ich hatte nicht die leiseste Ahnung davon. Und konnte nicht für dich da sein.«

Sie nimmt mich in den Arm, drückt mich an sich und hält mich fest.

»Das ist jetzt vorbei. Von jetzt an bist du nicht mehr allein. Nie mehr, solange ich lebe.«

In mir bricht ein Tumult der Gefühle los. Die Sehnsucht, mich an meine Schwester zu lehnen, mich in ihre Umarmung sinken und meinen Tränen freien Lauf zu lassen, ist groß, aber etwas anderes ist stärker. Vorsichtig löse ich mich aus ihren Armen.

»Das ist nicht alles«, sage ich. »Ich habe noch etwas getan, etwas viel Schlimmeres. Wenn du den Text ganz gelesen hast, von Anfang bis Ende, dann weißt du, was für ein Mensch ich bin.«

»Ich weiß vor allem eins«, entgegnet meine Schwester mit Nachdruck, »dass du meine Schwester bist. Immer schön der Reihe nach, du brauchst jetzt erst mal was in den Magen. Essstörungen hin oder her, du bist dürr wie eine Bohnenstange, und das ist nicht gesund, Elena. Essen hält Leib und Seele zusammen.«

Sie drückt mich auf einen Stuhl und macht den Kühlschrank auf, erzählt, dass sie kurz einkaufen war, während ich weg war. Sie holt Aufschnitt, verschiedene Sorten Käse und Oliven heraus, stellt Cracker und Weintrauben auf den Tisch. Eine Flasche Wein hat sie offensichtlich auch aufgetrieben. Sie muss beim Einkaufen gewesen sein, bevor sie meinen Text gelesen hat, als sie noch gedacht hat, es würde nach meiner Rückkehr noch ein einigermaßen gewöhnlicher Freitagabend werden. Jetzt herrscht ein einziges Chaos, das wissen wir beide, aber meine Schwester lässt sich nicht beirren, zündet ein paar Teelichter an und stellt sie zwischen uns auf den Tisch.

Ich sehe verstohlen zu ihr hinüber, während sie Teller und Gläser aufdeckt. Was geht in ihr vor, was denkt sie über all das, was sie gelesen hat? Sie muss tausend Fragen haben.

»Ich wollte gerade von Peter erzählen«, murmele ich. »In dem Moment hat Leo geklingelt.«

Meine Schwester schneidet von dem Käse ab und legt die Stücke mit etwas Schinken und ein paar Crackern auf den Teller, den sie dann zu mir herüberschiebt.

»Du hast gesagt, dass er sich gemeldet hat. Und dass etwas passiert ist.« Sie steckt sich eine Olive in den Mund und bestückt ihren eigenen Teller. Ich stiere auf das Essen vor mir.

»Am Anfang … Es war ja so, dass wir Kinder wollten, und wir haben es wirklich lange versucht. Aber wir haben uns letztlich nicht wegen des unerfüllten Kinderwunsches getrennt. Das ist dir schon klar geworden, jetzt, wo du meine Geschichte gelesen hast, oder?«

Sie nickt kaum merklich und schenkt Wein in mein Glas. Ich habe vor, ihn erst anzurühren, wenn ich alles gesagt habe, was zu sagen ist. Irgendwie muss ich durch diese Verkettung schmerzvoller Ereignisse durch, die damit anfing, dass Peter mir seine Untreue gestanden hat. Ich muss erklären, wie es sich für mich angefühlt hat zu erfahren, dass er mit seinem Körper in einer anderen Frau war, und das nicht nur einmal, sondern mehrmals. Ich muss erzählen, wie es sich angefühlt hat zu begreifen, dass er keineswegs vorhatte, sich zu entschuldigen, dass er nicht einmal wusste, ob er weiter auf unsere Ehe bauen wollte oder nicht. Ich muss erzählen, wie mir das den Boden unter den Füßen weggezogen hat und wie ich – zum zweiten Mal in meinem Leben – jeglichen Halt verloren habe.

Ich muss erzählen, wie ich Tag und Nacht im Bett zugebracht habe, wie Tag und Nacht ineinanderflossen, bis sich rote Streifen ins Schwarz mischten. Blutige Rachefantasien. Das Buch, das ich mir gekauft habe, meine zweifelhaften Recherchen im Netz. Die heimlichen Laufrunden, das Training mit Gewichten, meine Muskeln, die ich bis zum Bersten angespannt habe. Fantasien, die immer brutaler, immer realer wurden. Das alles will ich meiner Schwester erzählen. Meine Kehle ist plötzlich trocken und kratzig, und mein Blick wandert zu dem Papierstoß, der drüben auf der Spüle liegt. *Vielleicht brauche ich auch gar nichts zu sagen. Vielleicht habe ich genau das schon getan.*

»Ich wollte ihn umbringen«, sage ich heiser. »Es hat sich immer mehr so angefühlt, als wäre ich wirklich dazu imstande.«

Ich spiele am Stiel meines Weinglases herum.

»Und diesmal war keine Mutter an meiner Seite.«

Keine Mutter, die mich festhielt und mich aushielt. Keine Mutter, die nicht den Glauben an mich verlor, sondern mich bedingungslos liebte.

Meine Schwester nimmt noch eine Olive. Ich wünschte, dass wir das hier nicht durchexerzieren müssten, aber an dem Schmerzhaften führt kein Weg vorbei. Nicht, wenn wir zu einem Verhältnis zurückfinden wollen, das auf Nähe und Wahrhaftigkeit fußt.

»Du hast mir vorhin erzählt, was du für einen Eindruck hattest, bevor wir uns getrennt haben. Du meintest, dass du gespürt hättest, dass zwischen mir und Peter nicht alles so war, wie es sein sollte. Als du angerufen und gefragt hast, bin ich ausgewichen und habe das Thema gewechselt. Aber diese Renovierung des Treppenhauses, die war … vielleicht wichtiger, als es den Anschein hatte.«

Sie spuckt den Olivenkern aus und legt ihn auf den Tellerrand.

»Ich höre dir zu«, sagt sie.

Also erzähle ich ihr von dem Fahrstuhl. Wegen der Renovierungsarbeiten war er vorübergehend außer Betrieb, aber die technische Untersuchung sollte später ergeben, dass die Lifttüren ganz oben im neunzehnten Stock einen Spalt offen standen. In unserer Etage. Als Peter am nächsten Morgen zur Arbeit wollte, hatte er die Warnhinweise vergessen, die besagten, dass der Fahrstuhl außer Betrieb war, und drückte aus alter Gewohnheit den Knopf. Die Tür ging auf, und er machte einen Schritt nach vorn. Erst als er direkt an der Kante stand, bemerkte er, dass er den leeren Liftschacht vor sich hatte.

Ein paar Sekunden herrscht Stillstand im Raum. Dann erhebt sich meine Schwester und geht zur Spüle, um das ausgedruckte Manuskript zu holen. Sie blättert, bis sie die Stelle findet, die sie gesucht hat. Dann liest sie vor.

»An der Kante gerate ich ins Straucheln, drehe mich um und begegne ihrem Blick. Es sind dieselben Augen, die mich damals ansahen, vorne am Altar in dieser kleinen malerischen Dorfkirche. An jenem Tag standen Tränen der Rührung in ihren Augen, nun sind sie schwarz vor Hass. Ihr Blick sagt mir, dass so die Rache aussieht. Die ganze Zeit habe ich mir Sorgen um sie gemacht … Und plötzlich wird mir klar, dass ich besser auf mich selbst hätte aufpassen sollen.«

Sie hebt fragend die Brauen, um sicherzugehen, ob sie die richtige Textstelle hat. Ich nicke, und sie lehnt sich über den Tisch. Der Kerzenschein erhellt ihre Wangen.

»Was ist denn eigentlich passiert?«

Ich betrachte die akkurat aufgereihten Olivenkerne auf ihrem Teller.

Es war so, dass ich hinter der Tür stand und Peter durch das Schlüsselloch beobachtete, so wie jeden Morgen. Er wusste, dass ich dastand. Meine Blicke konnte er nicht spüren, aber sobald er zur Wohnungstür hinaus war, bin ich zur Tür gedackelt. Und jedes Mal habe ich mich gefragt, ob er wirklich zur Arbeit wollte oder ob er *sie* treffen würde. Mein Blick klebte an seinem Rücken, und ich konnte mich nicht vom Schlüsselloch losreißen, nicht bevor ich gesehen hatte, wie er in den Lift stieg und hinunterfuhr. Aber an dem Morgen geschah etwas anderes.

Die Fahrstuhltüren gingen auf, und ich sah, wie Peter einen Schritt nach vorn trat und mitten in der Bewegung innehielt. In dem Moment fiel mir die Renovierung ein und dass der Fahrstuhl außer Betrieb war. Im nächsten Augenblick habe ich die Tür aufgerissen und bin auf ihn zugestürzt. Es ging alles so schnell …

Ich unterbreche mich. Das Schweigen zwischen uns wächst. Dann nimmt meine Schwester den Ausdruck wieder zur Hand und liest weiter vor. Vielleicht ist es so einfacher für sie, vielleicht ermöglicht ihr der Text eine gewisse Distanz zu dem, worüber wir reden, auch wenn es meine Worte sind.

»Es geht alles so schnell, und dennoch dehnt sich der Augenblick zu einer Ewigkeit. Sie kommt näher, ist ganz dicht neben mir. Hebt erst eine Hand, dann die andere. Gleich falle ich, gleich werde ich zerschmettert. Gleich ist es vorbei. Drei, zwei, eins. Jetzt.«

Sie schaut auf.

»Also hat Peter gedacht, dass du in Kauf genommen hättest, ihn umzubringen, um dich zu rächen? Dass du ins Treppenhaus gestürzt bist, um ihn in den Schacht hinunterzustoßen?«

Der Briekäse beginnt zu zerlaufen, und der Wein ist noch immer unberührt, auch der im Glas meiner Schwester. Ich zwinge mich, ihr in die Augen zu sehen.

»Was denkst *du*? Was glaubst du, was ich vorhatte?«

Meine Schwester legt die Blätter aus der Hand und weicht für einen Sekundenbruchteil meinem Blick aus. Dann schaut sie wieder auf und sagt mit fester Stimme:

»Ich kenne dich, Elena. Du könntest niemals jemanden umbringen.«

Meine Schwester legt ihre Hand auf meine und drückt sie leicht. Ich starre auf ihre Finger.

»Nein«, sage ich, »das könnte ich nicht.«

Aber es gibt vieles, was ich nicht weiß. Ich weiß zum Beispiel nicht, was passiert wäre, wenn unsere Eltern an jenem Abend vor fünfzehn Jahren nicht frühzeitig nach Hause gekommen wären. Ich weiß nicht, ob mein versehrter Körper es geschafft hätte, mich den ganzen Weg zum Haus von Tomas' neuer Freundin zu tragen oder in welchem Umfang ich meinen Plan in die Tat hätte umsetzen können. Ich werde nie erfahren, ob ich, als es darauf ankam, wirklich imstande gewesen wäre, Messer und Hammer für etwas anderes einzusetzen, als ihm damit zu drohen. Ebenso wenig kann ich im Nachhinein begreifen, wie ich es fertigbringen konnte, mir selbst ins Fleisch zu schneiden und meine Haut zuzunähen, wie ich diese Idee haben und sie durchführen konnte, ohne vor Schmerzen das Bewusstsein zu verlieren.

Es gibt aber auch Dinge, die ich noch ganz genau weiß. Ich weiß, dass das, was ich mir angetan habe, unfassbar, ja, geradezu unmenschlich war und dass ich bis ans Ende meiner Tage mit der weißen Narbe leben muss, als mahnende Erinnerung. Nach Peters Untreuegeständnis habe ich mir ausgemalt, ihn zu verletzen, ja, ihn sogar zu töten, und ich weiß, dass die Fantasien immer realere und furchterregendere Formen annahmen. Aber ich weiß auch, dass ich nur einen einzigen Gedanken im Kopf hatte, als ich ihn an jenem Morgen im Treppenhaus sah, hilflos und ausgeliefert am Abgrund, nämlich dass ich ihn retten musste. Der Ausdruck in Peters Augen, als ich nach vorn stürzte, verriet, dass seine Gedanken in eine ganz andere Richtung gingen.

Meine Schwester schiebt ihr Weinglas von sich weg und schenkt uns beiden Wasser ein. Ich nehme das Glas und trinke mehrere Schlucke.

»Also, dieser ganze Text, dass du ihn überhaupt geschrieben hast, ist das so eine Art … ich meine, ist das ein Versuch …«

Meine Schwester gestikuliert mit einer Hand, fragend, suchend. Ich drehe mich zum Fenster und lasse meinen Blick über den Innenhof schweifen. In der Küche brennt kein Licht mehr, Leo und sein Vater sind nicht zu sehen.

»Ich habe angefangen zu schreiben, weil ich Dinge gesehen habe, die mich an das erinnern, was Peter und ich durchgemacht haben. Anfangs hatte ich nichts Besonderes vor mit dem Text, die Worte waren einfach da und wollten raus. Aber dann … dann ist was anderes daraus geworden.«

Meine Schwester folgt meinem Blick, und ich weiß, dass sie sich ihre Gedanken macht, dass ihr mein Gerede über die Nachbarn noch gegenwärtig ist. Sie hebt die Hand und berührt leicht das Pflaster auf meiner Stirn, fragt schließlich, was passiert ist und wo ich heute Abend überhaupt war. Aber ich habe jetzt keinen Kopf dafür. Meine Verwirrtheit, die Verflechtung von meinem Leben und dem, was sich im Haus gegenüber abgespielt hat, kann ich nicht erklären. Ich verstehe es nicht mal selbst, noch nicht. Ich brauche Zeit, damit die Dinge klarer werden, damit ich die Zusammenhänge besser verstehe.

»Als Peter sich gemeldet hat«, fahre ich stattdessen fort, »als ich begriffen habe, dass er wieder mit mir zusammenkommen will, da hat der Text eine andere Wendung genommen. Ich dachte, wenn ich aufschreibe, was passiert ist, wenn ich das so ungeschönt und ehrlich wie möglich tue, wäre das eventuell ein Weg, um Peter zu verstehen und ihm zu verzeihen. Aber vor allem, um mich selbst zu verstehen und mir zu vergeben. Nur so hätten wir eine Chance, gemeinsam unseren Weg weiterzugehen, dachte ich.«

Meine Schwester nimmt meinen Teller und hält ihn mir unter die Nase. Ich stecke mir eine Scheibe hauchdünnen Parmaschinken in den Mund. Der Hunger ist zwar da, aber ich schmecke nichts.

»Mutter hat immer gesagt, Arbeit ist die beste Medizin. Du hast vor Kurzem dasselbe gesagt.«

Sie beißt von einem Cracker ab.

»Ja, das habe ich nicht vergessen. Genauso wenig wie den Tipp fürs Schreiben, an den ich dich erinnert habe, nämlich da zu graben, wo man steht.«

»Das ist buchstäblich das, was ich diesmal getan habe.«

Wir schweigen eine Weile, ehe ich wieder das Wort ergreife.

»Seit Mutters Tod habe ich Angst, dass etwas passieren könnte, dass ich irgendwie in eine extreme Situation gerate. Ich habe mir Sorgen gemacht, wie ich dann reagieren würde, und habe befürchtet, dass ich vielleicht wieder abdriften würde, dass ich mich nicht mehr auf mich selbst verlassen könnte. Dann ist das mit Peter passiert, und ich habe geschwankt, keine Frage, aber im entscheidenden Moment habe ich nichts unternommen … nichts, wofür Mutter sich hätte schämen müssen.«

Ich pule an einem Teelicht herum und sehe zu, wie die Flamme aufflackert.

»Das war eine solche Befreiung. Die Erkenntnis, dass ich nie wieder etwas tun werde wie das, was ich als junge Frau getan habe oder beinahe getan hätte. Dass ich es mit Mutters Hilfe geschafft habe, aber auch, dass ich ohne sie klarkomme.«

Meine Schwester hat meine Hand genommen und streichelt sie bedächtig. Ich schaudere. Eine schwarze Wolke braut sich über dem Küchentisch zusammen.

»Aber was dann geschah …«

Mir versagt die Stimme, und ich ziehe meine Hand langsam zurück, greife nach dem Wasserglas und trinke es aus.

Es gab da einen Platz, an den sie fahren musste. Es gab da jemanden, den sie besuchen musste. Danach würde alles vorbei sein. Die Ordnung wiederhergestellt sein, das Schmutzige ausradiert sein. Ein für alle Mal.

Die Hand meiner Schwester liegt auf dem Tisch, aber ich übersehe sie geflissentlich. Ich kann mir keine Zärtlichkeitsbekundungen gestatten, während ich erzähle, was dann passiert ist. Während ich von dem Tag erzähle, als ich bei Anna war.

DER EHEMANN

48

Ich werde angerufen, ich weiß nicht, von wem. Sie sei eine Freundin, erklärt sie mir. Sie weint nicht, zuerst jedenfalls nicht, aber sie spricht mit tränenerstickter Stimme. Sie nennt Annas Namen und fragt, ob wir gute Bekannte gewesen seien. Ich bin total perplex.

»Wie bitte?«

»Ihre Nummer steht in der Liste ihrer Telefonkontakte, deshalb wollte ich mich erkundigen, ob Sie sich näher gekannt haben.«

Aus ihrem Tonfall spricht kein Misstrauen, kein Vorwurf, und trotzdem verhaspele ich mich, nuschele etwas davon, dass wir ein paarmal über die Arbeit miteinander zu tun gehabt hätten. Plötzlich schalte ich.

Ob wir gute Bekannte *gewesen seien*. Ob wir uns *gekannt hätten*.

Warum verwendet sie die Vergangenheit?

»Wir melden uns bei allen, mit denen sie in Verbindung stand«, ergänzt die Anruferin. »Darum hat uns ihre Familie gebeten.«

Ich erstarre.

»Es war ein Unfall. Und es ging sehr schnell. Sie musste nicht leiden, sagen sie.«

Sie erzählt, dass sie zu den Freundinnen aus Annas Literaturkreis gehört. An jenem Abend wollten sie sich zu Hause bei Anna treffen. Aber als die ersten Frauen eintrafen, war ihnen sofort klar, dass etwas nicht stimmte. Die Tür war nicht abgeschlossen, und der Feueralarm schrillte. Im Ofen standen die verkohlten Reste einer Quiche, die Anna vermutlich servieren wollte. Der Tisch war noch nicht gedeckt, das hatte sie wohl nicht mehr geschafft. Was genau sie aus dem Keller holen wollte, lässt sich nicht sagen, Servietten möglicherweise oder, was wahrscheinlicher ist, ein paar Flaschen Wein.

Man hat sie am Fuß der Kellertreppe gefunden, die steil und tückisch ist. Anna hatte das eine Bein seltsam abgewinkelt, der Blick war glasig und starr. Eine der Frauen hat laut aufgeschrien, eine andere war geistesgegenwärtig genug, den Krankenwagen zu rufen. Nachdem die Sanitäter eingetroffen waren, stellten sie fest, dass Anna sich den Hals gebrochen hatte, vermutlich an mehreren Stellen infolge eines Sturzes. Sie hatte ihre High Heels an, sie liebte ja hochhackige Schuhe, und natürlich war sie schon oft die Treppe runter- und wieder raufgestiegen, aber so ein Unfall ist schnell passiert.

»Wie gesagt, ein schrecklicher Unfall, tragisch.«

Inzwischen schluchzt sie leise, die Frau, deren Los es war, ausgerechnet meine Nummer anzurufen. Dann reißt sie sich zusammen und schnäuzt sich. Sagt, dass Anna davon auch nicht wieder lebendig wird, aber dass es der Familie wichtig sei, dass alle, die sie gekannt haben, schnellstmöglich von ihrem Tod erfahren.

»Wir sind jetzt hier versammelt, ihre engsten Freunde. Zu Hause bei ihr, zusammen mit ihrer Familie. Wir denken, sie hätte es sich so gewünscht.«

Ich murmele zustimmend, sie wünscht mir alles Gute, ich danke ihr, und wir legen auf. Danach bleibe ich eine ganze Weile mit dem Telefon in der Hand sitzen und starre Löcher in die Luft. Wann habe ich Anna zum letzten Mal getroffen? Oder mit ihr telefoniert? Wahrscheinlich ist das gar nicht so lange her, aber es fühlt sich so an. Es fühlt sich wie eine Ewigkeit an.

Der Abstand zwischen uns ist rasch größer geworden, seitdem wir zusammen im Bett lagen und Anna über meine Frau sagte: *Die ist doch nicht normal, deine Frau.* Im Nachhinein wird mir klar, dass in dem Augenblick etwas Entscheidendes passiert ist, als hätte eine unsichtbare Kraft plötzlich die Richtung gewechselt. Zuerst hat sie uns die ganze Zeit zueinander geführt, um uns dann wieder voneinander zu trennen. Das, was zwischen uns so selbstverständlich gewesen war, verschwand und wurde durch Annas Bedenken und Grübeleien ersetzt.

Ich ließ mehr und mehr Zeit zwischen den Anrufen verstreichen, sagte eine Verabredung ab, dann noch eine. Von Anna kam kein Protest, also ging ich davon aus, dass wir dasselbe dachten. Wir hatten eine Zeit lang eine Art Leerstelle im Leben des anderen gefüllt, und das war jetzt vorbei. Unser Verhältnis würde im Sande verlaufen, ganz von allein. So hatte ich mir das ausgemalt, aber es kam nicht so. Das Ende kam auf ganz andere Weise, unerwartet und unumkehrbar.

Ein schrecklicher Unfall, tragisch.

Ich erhebe mich unsicher aus dem Sessel. Die Stille prallt von den Wänden zurück, während ich meinen Blick über das schweifen lasse, was geborgen und vertraut sein sollte, es aber nicht ist. Vor nicht allzu langer Zeit war das für mich mein Zuhause. Seit der Trennung ist es nur noch ein Wohnsitz, mehr nicht.

Wir sind jetzt hier versammelt, ihre engsten Freunde. Zu Hause bei ihr, zusammen mit ihrer Familie.

Anna hatte ihre Familie und ihre Freunde, Menschen, die ich nicht kenne, Frauen und Männer, denen ich nie begegnet bin. Als sie sich nach ihrem Tod versammelten, war niemand darunter, der nach mir gefragt hat. Und so sollte es auch bleiben.

Ich trete ans Fenster, um nach draußen zu schauen. Mich packt spontan das Verlangen, meine Frau anzurufen, obwohl mir klar ist, dass das unmöglich ist. Drei Monate ohne Kontakt, das haben wir so beschlossen, und ich kann das nicht einfach übergehen. Nur um zu erzählen, dass die Frau, mit der ich sie betrogen habe, tot ist.

Die Entscheidung, was ich will, die Scheidung oder eine gemeinsame Zukunft, wäre die einzige Rechtfertigung dafür, mich bei ihr zu melden. Ich schließe die Augen. Wann werde ich das wissen? Ich mache die Augen wieder auf.

Vielleicht weiß ich es ja schon, tief in meinem Inneren?

ELENA

49

Ich wollte nichts von ihr wissen, von der anderen Frau. Das habe ich Peter ausdrücklich gesagt, mehrmals.

Aber dann konnte ich es doch nicht lassen, herauszufinden, wer sie war. Mithilfe des Verlaufs in seinem Mobiltelefon und ein paar Suchbegriffen im Netz habe ich ihren Namen und ihre Adresse in Erfahrung gebracht. Als ich beschlossen hatte, mich von Peter zu trennen, ist mir klar geworden, dass ich erst wieder nach vorn blicken könnte, wenn ich mit Anna – jetzt wusste ich ja, wie sie hieß – gesprochen hatte. Es gab Fragen, die ich ihr stellen musste, ich wollte wissen, wie sie aussah, wenn sie von ihm sprach. Auf diese Weise, redete ich mir ein, würde ich herausfinden, ob eine Zukunft für unsere Ehe möglich war oder nicht.

Ich fuhr mit dem Bus in die Siedlung, in der sie wohnte. Dabei hatte ich einen Zeitpunkt gewählt, an dem sie nach ihrem Feierabend zu Hause sein müsste. Ich hatte sie nicht vorher angerufen und gefragt, ob ich vorbeikommen dürfte. Niemand wusste, wo ich war oder was ich vorhatte.

Sie wohnte in einem kleinen Bungalow, und als ich an die Haustür klopfte, stand sie in der Küche. Ich sah sie durch ein Fenster, wie sie gerade nach einer Speise im Ofen schaute. Sie trug ihr krauses Haar offen und eine Schürze über ihrem türkisfarbenen Kleid. Sie drehte sich um und sah mich durch das Fenster an. Sie war schön. Mit fragender Miene machte sie auf und wollte wissen, ob ich jemand von den anderen aus dem Literaturkreis kannte und vielleicht von ihnen eingeladen worden war. Erst als sie mich eingelassen und die Tür hinter mir geschlossen hatte, brachte ich heraus, wer ich war.

Sie hatte sich schon wieder Richtung Küche gewandt, aber als ich meinen Namen nannte, fuhr sie herum und schwankte auf ihren hohen Absätzen. Sie schaute mich an, und ich sah ganz deutlich, dass sie nicht nur überrascht war, sondern auch Angst hatte. Todesangst. Was hatte ihr Peter bloß erzählt? Ich bewegte mich auf sie zu.

»Ich würde gerne mit dir reden«, begann ich und versuchte, so ruhig wie möglich zu klingen. »Können wir uns vielleicht setzen?«

Anna blickte sich gehetzt im Zimmer um, sie sah über meine Schulter und wieder zu mir. Es hatte den Anschein, als würde sie nach etwas oder jemandem suchen. Dann begriff ich, was dieser Blick bedeutete, er war Ausdruck der Panik, in die sie geraten war, weil ich mich zwischen ihr und der Haustür befand. Sie glaubte mir nicht, dass ich nur reden wollte, sie dachte, ich wollte ihr etwas antun. Ich ging noch ein paar Schritte auf sie zu.

»Aber du …«

Weiter kam ich nicht, denn in dem Moment hechtete sie auf eine offene Tür zu. Sie war mir vorher gar nicht aufgefallen, aber nun verschwand Anna durch die Türöffnung und versuchte anschließend, die Tür hinter sich zuzuwerfen. Vermutlich, um mich daran zu hindern, ihr zu folgen. Doch sie muss gestolpert sein, denn ich hörte einen lauten Knall, einen spitzen Aufschrei und dumpfes Gepolter. Danach blieb alles still.

Ich konnte mich zuerst nicht von der Stelle rühren, dann trat ich an den Türspalt. Ich spürte einen kühlen Luftzug. Vor mir führten steile, schmale Stufen in den Keller hinab. Anna lag am Fuß der Treppe, und bei ihrem Anblick war mir sofort klar, dass sie tot war. Trotzdem rief ich mehrmals ihren Namen. Aber sie gab keine Antwort, und da lief ich zu ihr hinunter und legte zwei Finger an ihren Hals. Ich fühlte keinen Puls. Da packte mich die Panik. Ich lief denselben Weg zurück, den ich gekommen war, aus dem Haus, aus der Siedlung, so schnell wie möglich. Erst später habe ich das ganze Ausmaß umrissen, habe begriffen, was passiert war. *Tot.* Anna war tot, meinetwegen. Ich hatte zwar nicht die Absicht gehabt, ihr etwas anzutun, aber eins steht fest: Wenn ich nicht unangekündigt bei ihr zu Hause aufgetaucht wäre, wäre das alles nicht passiert.

Meine Schwester hört mir schweigend zu. Gelegentlich steht sie auf, um abzudecken und das Essen im Kühlschrank zu verstauen, dann nimmt sie mir gegenüber Platz und hört wieder zu. Natürlich kennt sie das meiste aus den letzten Abschnitten meines Textes, aber ich ahne, dass das erst jetzt real wird für sie. Als ich geendet habe, werfe ich ihr einen flüchtigen Blick zu und stelle fest, dass unter ihrem einen Auge irgendwelche Muskeln zucken.

»Ich kann es nicht fassen«, sage ich und schlage mir die Hände vors Gesicht. »Ich kann es nicht fassen, dass sie tot ist und dass ich … dass ich es war …«

Meine Stimme überschlägt sich. Ich warte darauf, dass meine Schwester etwas sagt, egal was, aber sie bleibt stumm.

»Wie schrecklich«, sagt sie schließlich. »Furchtbar.«

Es verstreichen weitere wortlose Minuten. Dann schüttelt meine Schwester sich, als wollte sie die Bilder von ihrer Netzhaut vertreiben. Sie hebt den Kopf und sieht mir in die Augen.

»Es war nicht deine Schuld, Elena.«

»Ich bin in ihr Haus eingedrungen«, sage ich heiser. »Etwas an meiner äußeren Erscheinung oder an meinem Verhalten hat ihr Angst gemacht. Als ich gemerkt habe, dass sie tot ist, habe ich keine Hilfe gerufen, habe weder die Polizei alarmiert noch den Krankenwagen. Ich bin weggerannt.«

Meine Schwester antwortet nicht sofort. Ich wende den Blick ab und stiere in die Flamme eines der Teelichter, bis vor meinen Augen alles verschwimmt und komische Farben zu tanzen anfangen.

In den ersten Tagen habe ich damit gerechnet, dass jeden Moment die Polizei hereingestürmt käme. Dass sie Verdacht geschöpft und Spuren und Fingerabdrücke gesichert hätte oder dass vielleicht jemand aus der Siedlung eine fremde Frau aus dem Haus hätte laufen sehen. Aber nichts passierte. Dann bin ich auf die Todesanzeige in der

Zeitung gestoßen. Darin stand, dass Anna plötzlich und auf tragische Weise ums Leben gekommen und aus der Mitte ihrer Familie und ihres Freundeskreises gerissen worden sei. Nichts in dem kurzen Gedenktext deutete darauf hin, dass ein Dritter ihren Tod verschuldet hatte, im Gegenteil. Tage wurden zu Wochen, ohne dass etwas passiert wäre. Und dann hat Peter sich gemeldet.

»Es war nicht deine Schuld«, wiederholt meine Schwester. »Du standst unter Schock, und du … aber es war nicht deine Schuld. Es war ein Unfall. Peter hat das doch auch gesagt, oder? Wenn es jemand weiß, dann er.«

Ich blinzele. Seine Worte klingen mir noch in den Ohren.

Sie ist tot, Elena. Sie ist tot. Das ist passiert.

Es war ein Unfall, einfach nur ein Unfall.

Ob ich einen Fehler begangen, mich schuldig gemacht habe oder nicht, liegt weder in meinem noch in Peters Ermessen oder in dem meiner Schwester, so ist das. Aber das sage ich nicht laut.

Kurze Zeit später stehen wir auf. Wir sind beide erschöpft, aber meine Schwester besteht darauf, über Nacht zu bleiben und vor meinem Bett auf dem Boden zu schlafen. Ich protestiere schwach, sage, dass ich das Alleinsein gewohnt bin und sie nicht meinetwegen dazubleiben braucht. Sie tätschelt mir die Wange.

»Hast du nicht gehört, was ich gesagt habe? Von jetzt an brauchst du nicht mehr allein zu sein.«

Als ich ins Bad gehe zum Zähneputzen, höre ich durch die Wand, wie sie mit Valter telefoniert und ihm sagt, dass sie erst morgen wieder nach Hause zurückkommt. Ihre

Stimme ist sanft, und bevor sie sich verabschieden, sagt sie: *Ich liebe dich auch.*

Offenbar gibt es Liebe, die überdauert. Lange Beziehungen, die funktionieren. Das ist gut zu wissen. Dass ich gedacht habe, zwischen meiner Schwester und ihrem Mann würde irgendwas nicht stimmen, war wohl nur eine Projektion meiner eigenen Erfahrungen und Erlebnisse. Genau wie im Fall von Filip und Veronica. Das ist mir jetzt klar.

Ich stelle die Zahnbürste zurück und mustere mich im Badezimmerspiegel. Auch wenn ich meinen Teil zu den Geschehnissen beigetragen habe, fehlen noch immer ein paar Puzzleteile in der Geschichte. Und nur eine Person kann mir helfen, sie zu finden. Mit ihm werde ich morgen reden.

50

Als meine Schwester mich weckt, ist es bereits später Vormittag, und sie steht voll angezogen neben meinem Bett.

»Ich muss los«, sagt sie, »ich habe einen Massagetermin bei einem gnadenlosen Physiotherapeuten. Ich kann auch absagen, aber es ist die Hölle, einen neuen Termin zu kriegen und …«

Ich winke ab. Natürlich kann sie gehen, ich komme schon zurecht.

»Aber ich rufe dich hinterher an, okay?«

Obwohl ich nicke, rührt sie sich nicht vom Fleck. Ich drohe ihr mit einem Kissen.

»Jetzt geh schon.«

»Na gut, du Siebenschläferin«, sagt sie lachend und wendet sich zum Gehen.

Ich werfe das Kissen nach ihr, verfehle sie aber. Sie streckt mir die Zunge raus, ehe sie die Treppe hinunterläuft und kurz darauf das Haus verlässt. Ich recke mich, und mir fällt auf, dass ich zum ersten Mal seit Langem durchgeschlafen habe.

Unten in der Küche hat meine Schwester eine Kanne Tee gemacht. Ich trinke eine Tasse und esse von den Resten des Vorabends, während ich gedanklich den Tag und das, was vor mir liegt, durchgehe.

Von Zeit zu Zeit werfe ich einen Blick aus dem Fenster, und plötzlich sehe ich Leo dort sitzen, auf der blauen Bank im Innenhof vor den Rhododendronbüschen. Soweit ich sehen kann, hat er nicht mal ein Buch dabei, er sitzt nur da und zeichnet mit den Schuhspitzen Muster in den Sand. Als würde er auf jemanden warten.

Später schlüpfe ich aus der Haustür und gehe zu ihm.

»Darf ich?«

Er nickt und rückt ein Stück zur Seite.

»Wie sieht's aus?«, frage ich.

Er antwortet, dass alles gut sei, und deutet auf meine Stirn.

»Was hast du denn da gemacht?«

Ich zucke mit den Schultern und lasse mich neben ihm nieder. Die Vormittagssonne scheint auf uns herab und wärmt unsere Gesichter. Eine Minute verstreicht, dann zwei.

»Leo«, sage ich schließlich. »Ich würde dir gerne ein paar Fragen stellen. Deine Mutter und ich haben uns gestern ziemlich lange unterhalten im Sommerhaus und …«

»Ich habe mir Sorgen gemacht um sie. Ernsthaft!«

Seine Stimme überschlägt sich, und ich streife mit der Hand ganz leicht sein Knie.

»Das glauben wir dir doch, Leo.«

Ich schaue ihn an, aber er starrt geradeaus.

»Du sollst wissen, dass ich nichts von dem weitererzählt habe, was du mir gesagt hast. Weder über sie noch …«

»Das mit der Handtasche«, fällt Leo mir aufbrausend ins Wort und dreht sich zu mir um. »Das ist wirklich passiert, sie hat sie ins Wasser geschmissen. Mit Absicht. Sie denkt vielleicht, dass ich noch zu klein war und mich nicht erinnere, aber das tue ich. Und sie *hat* sich total komisch benommen in letzter Zeit.«

Ich nicke.

»Gut. Ich kann mir vorstellen, dass sie mit dir darüber sprechen will, wenn sie nach Hause kommt. Wir müssen einfach dafür sorgen, dass ihr miteinander redet. Du sollst dir keine Sorgen mehr wegen deiner Eltern machen müssen. Denn eigentlich solltest du genug damit zu tun haben …«

Ich runzele die Stirn.

»Wie alt bist du eigentlich?«

»Vierzehn, fast.«

»Okay, du solltest genug damit zu tun haben, Teenager zu sein.«

Sein Mundwinkel wandert nach oben, eine kaum merkliche Regung, aber ich registriere sie trotzdem.

»Ha! Jetzt habe ich dich zum Lächeln gebracht!«

Ich verpasse ihm einen Knuff, und er knufft zurück.

»Teenager sagt heutzutage keiner mehr. Keiner unter fünfzig jedenfalls.«

Dann wird er wieder ernst.

»Und worüber genau habt ihr geredet? Du und meine Mutter?«

»Unter anderem über die Vorteile, eine lebhafte Fantasie zu haben.«

Leo errötet. Na gut, räumt er dann ein, er hat vielleicht ein bisschen übertrieben. Andeutungen gemacht. Und das eine oder andere dazuerfunden. Wie zum Beispiel das mit dem Buch *So kommt man mit Mord davon*, das hat er nämlich nur bei mir zu Hause gesehen.

»Ich möchte das gerne verstehen«, sage ich. »Wie bist du überhaupt auf diese Idee gekommen?«

Leo streicht sich die Haare aus dem Gesicht.

»Ich dachte, du würdest das spannend finden. Spannender als die Wirklichkeit.«

»Und warum war dir das so wichtig? Was spielt es denn für eine Rolle, was ich finde?«

»Ja, hallo? Hast du denn gar nichts kapiert?«

Wir starren uns ein paar Sekunden lang an. Dann sagt Leo, dass er mich schon am ersten Tag gesehen habe, als meine Schwester mir beim Einzug geholfen hat. Er habe mich wiedererkannt, aber habe es kaum glauben können. Eine echte, leibhaftige Schriftstellerin in seiner Straße, im Haus gegenüber!

Er beschloss, mit mir Kontakt aufzunehmen und mich irgendwie kennenzulernen, aber es vergingen mehrere Wochen, ehe er sich traute, bei mir zu klingeln. Da war er im Netz gerade auf diesen Artikel über mich gestoßen, das Interview, in dem ich erzählt habe, woher meine Ideen kommen und dass mir das Beobachten von Menschen in meiner Umgebung oft als Ausgangspunkt für meine Romane dient.

Leo verstummt und macht eine vielsagende Miene.

»Meinst du …«, setze ich wieder an, aber verliere den Faden und muss nochmal anfangen. »Du meinst also, du hast übertrieben und Sachen über deine Mutter erfunden, weil du gedacht hast … gedacht hast, dass ich das vielleicht für mein Romanmanuskript verwende?«

Leo beißt sich auf die Lippe.

»Es schien ja zu funktionieren. Jedes Mal, wenn ich von ihr erzählt habe, dass es ihr nicht gut geht oder dass sie ein bisschen neben der Spur war, dann bist du ganz hellhörig geworden.«

Mein ganzer Körper rebelliert. Das ist nicht wahr, will ich rufen. Aber dann zucken Erinnerungen vor meinem inneren Auge vorbei, eine nach der anderen. Fragen, die ich gestellt habe, Andeutungen, denen ich nachgeschnüffelt habe, Momente, in denen ich mich habe mitreißen lassen, Grenzen, die ich überschritten habe, sowohl im Hinblick auf Leo als auch auf seine Eltern.

Und dennoch sitze ich hier und frage nach Erklärungen. Ich lasse die Schultern hängen. Dieses Gespräch hätte ganz woanders ansetzen müssen.

»Entschuldige«, sage ich. »Ich wollte nie, dass du das so empfindest. Ich habe meine eigenen Gespenster, kann man wohl sagen. Und ich habe vieles falsch gemacht in letzter Zeit. Nichts davon ist deine Schuld.«

Leo beugt sich vor und stützt die Ellbogen auf die Oberschenkel.

»Verstehst du?«, fahre ich fort, um sicherzugehen, dass er mir folgt. »Das liegt ganz und gar in meiner Verantwortung. Ich hätte nicht …«

Ehe ich den Satz beenden kann, wirft er den Kopf zur Seite, dass die Haare fliegen.

»Ach, schon in Ordnung.«

Wir schweigen. Ich denke an den Freund, von dem er mir erzählt hat, den Klassenkamerad, der vor mehreren Monaten weggezogen ist. Dann denke ich an das, was ich über seine Situation in seiner Schule weiß. Und an das Gefühl, lästig zu sein, das unterschwellig spürbar war, sobald die Sprache auf seine Eltern kam.

»Jeder braucht jemanden zum Reden«, sage ich, »einen, der da ist. Und ich bin für dich da, Leo. Wirklich.«

In den Büschen hinter uns krakeelen ein paar Elstern. Eine von ihnen flattert über den Hof. Sie scheint von den anderen recht übel zugerichtet worden zu sein.

»Ich will, dass es dir gut geht. Keiner hat das Recht, dich schlecht zu behandeln. Keiner.«

Er lehnt sich wieder zurück und erzählt, dass ein paar Mädels aus der Neunten Anfang der Woche sogar zu seiner Verteidigung ausgeholt haben. Sie haben den Jungs ordentlich die Leviten gelesen, die ihm in der Schulmensa ein Bein gestellt hatten, und haben sie zwar nicht direkt dazu gebracht, sich zu entschuldigen, aber immerhin lassen sie ihn jetzt in Ruhe. Seitdem ist es etwas entspannter. Er hofft, dass das so bleibt.

»Das hoffe ich auch«, sage ich. »Sonst musst du Bescheid sagen. Dann kommt einer von ihnen in meinem nächsten Buch vor. Als Opfer eines besonders brutalen Verbrechens.«

Leo schüttelt den Kopf und lacht auf.

»Du bist ja nicht ganz dicht.«

Ehe ich mich versehe, nimmt er mich flüchtig in den Arm. Mir wird es warm ums Herz, und es zwickt hinter den Augen.

Wir bleiben noch eine Weile sitzen und reden, bis ich schließlich aufstehe und sage, dass ich gehen muss. Als Leo sich erkundigt, wo ich hinwill, sage ich, dass ich etwas erledigen muss, das keinen Aufschub duldet. Die Sonne ist hinter Wolken verschwunden, und ich ziehe den Reißverschluss meiner Weste zu.

»Übrigens«, ergänze ich. »Ich glaube, ich habe dir das nie gesagt, aber dein Aufsatz ist wirklich sehr gut. Und anrührend. Ich hoffe, du hast eine gute Note dafür bekommen.«

Leo blickt unter seinem Pony zu mir herauf.

»Ach das … das war kein Schulaufsatz. Das war … meine Art, dich dazu zu bringen, was von mir zu lesen.«

Ich schiebe die Hände in die Taschen.

»Aha. Aber es ist auf jeden Fall eine überzeugende Geschichte.«

»Sie ist erfunden.«

»Das ist ja das Schöne am Schriftstellerdasein. Man muss sich nicht immer an die Wahrheit halten. Es ist sogar besser, es *nicht* zu tun.«

Ich lächele ihn an, und er lächelt zurück.

»Bis bald.«

»Ja, bis bald.«

Dann drehe ich mich um und gehe.

DER EHEMANN

51

Die Tage vergehen und werden zu Wochen. An einem milden Nachmittag mache ich einen langen Spaziergang. Ich komme an einem alten Paar vorbei, das langsamer geht, Hand in Hand. Ihre verdorrten Finger haben sie ineinander verschränkt. Es ist offensichtlich, dass sie zusammengehören, seit Langem, und bis zum Ende zusammengehören werden. Als ich an dem Mann vorbeigehe, wirft er mir aus seinen wässrig blauen Augen einen Blick zu und lächelt sachte.

Das Leben ist vergänglich, will er mir sagen, zumindest bilde ich mir das ein. Wenn man jemanden liebt, muss man ihn gut festhalten. Sonst ist es leicht passiert, dass man den anderen verliert. Ich erwidere sein Lächeln. Manchmal, denke ich, verliert man auch sich selbst.

Im Park lasse ich mich auf einer Bank nieder, um zu verschnaufen. Mein Blick fällt auf ein Mädchen. Die Kleine sitzt auf einer Schaukel und ruft nach ihrem Vater, der ihr mehr Anschwung geben soll. Höher, höher, jubelt sie, und als sie den Kopf zu mir dreht, fahre ich zusammen. Denn das Mädchen hat Ähnlichkeit mit meiner Frau, sie hat ihre mandelförmigen Augen und genau das gleiche Grübchen in der Wange. Die Ähnlichkeit ist frappierend. Sie könnte unsere Tochter sein, geht mir durch den Kopf. Und dann: *Was tun wir hier eigentlich? Was haben wir gemacht?* Die letzten Zweifel lösen sich in Luft auf. Alles Schwammige und Nebelhafte ist verschwunden, alles ist glasklar, klarer denn je. Abrupt komme ich auf die Füße.

Auf dem Rückweg haben meine Schritte sich verändert, sie sind entschlossener. Wir wollten uns nur beim anderen melden, wenn etwas passiert wäre, wenn einer von uns eine Entscheidung gefällt hätte. Und jetzt ist tatsächlich etwas passiert, etwas, wodurch ich die Welt in einem anderen Licht sehe. Das würde ich meiner Frau gerne erklären. Wenn sie nur damit einverstanden wäre, mich zu treffen, würde ich ihr sagen, was ich denke, was ich will.

Und dann? Dann sehen wir weiter.

ELENA 52

Ich stehe vor der Polizeidienststelle. Gleich werde ich hineingehen, um mit dem diensthabenden Kommissar oder jemand anderem zu sprechen, der meine Aussage aufnehmen kann. Es wird um die Geschehnisse an jenem Spätnachmittag bei Anna gehen. Dann kann die Frage nach meiner potenziellen Schuld endlich geklärt werden. Was immer geschieht, wie immer es ausgeht, ich werde meinen Entschluss nicht bereuen. Das ist der einzige Weg nach vorne, die einzige Möglichkeit für mich, mit mir weiterzuleben. Ich schaue zum Himmel. *Du würdest mir Recht geben, das weiß ich.*

Nur eins bleibt noch zu tun, ehe ich die Treppen zum Eingang hinaufgehe. Ich nehme mein Telefon zur Hand und rufe eine altbekannte Nummer an. Im nächsten Moment ist er wieder da, ganz nah an meinem Ohr. Mein Mann, mein Geliebter.

»Ich habe nachgedacht«, sage ich, »über die Sache mit einem Treffen. Du und ich.«

Weiter komme ich nicht, denn Peter fällt mir ins Wort.

Ungeduldig erkundigt er sich, ob mein Anruf bedeute, dass ich mit dem fertig sei, woran ich gearbeitet hätte, und als ich das bejahe, fährt er fort:

»Du kannst doch einfach nach Hause kommen, Elena. Wann du willst, mir ist jeder Abend recht. Ich koche uns was, Lamm mit Kartoffelgratin, dein Lieblingsgericht.«

Er klingt so froh, und das macht es mir natürlich nur noch schwerer. Gleichzeitig kann ich nicht umhin, mich zu fragen, ob ich es bin, nach der er sich sehnt. Oder ob es vielmehr an der Einsamkeit liegt, dass er wieder zu unserer Beziehung zurückwill. Ich werde es nie erfahren, und im Grunde genommen ist es auch egal.

Ich räuspere mich.

»Eigentlich rufe ich dich an, weil ich dir sagen will, dass … ich es für keine gute Idee halte, wenn wir uns sehen.«

Zuerst ist er verdutzt. Er habe gedacht, dass … Er habe den Eindruck gewonnen, es klinge eigentlich … Dann nimmt er sich zusammen und ändert seine Taktik. Wenn ich mehr Zeit brauche, sei das völlig in Ordnung. Er könne warten, solange es nötig sei, wenn ich nur …

»Nein«, entgegne ich. »Das brauchst du nicht. Ich will nicht, dass du wartest.«

Peter klingt immer verwirrter. Ich schließe die Augen, will das Ganze so schnell wie möglich hinter mich bringen. Es in die Länge zu ziehen tut nur noch mehr weh.

»Nichts ist mir in meinem ganzen Leben schwerergefallen, aber ich werde die Scheidung einreichen.«

Am anderen Ende folgt Grabesstille, dann findet Peter seine Stimme wieder.

»Verzeih mir«, sagt er. »Verzeih mir das, was ich dir angetan habe, dass ich dich hintergangen und betrogen habe. Ich denke, das habe ich dir nicht klar genug gesagt … und ja, ich hätte dir das schon längst sagen sollen.«

Ich mache die Augen wieder auf. Wie sehr habe ich darauf gewartet, diese Worte aus seinem Mund zu hören, wie sehr hat es in mir gelodert, das von ihm einzufordern. Genau wie vor fünfzehn Jahren, als ich das Gleiche von Tomas einfordern wollte. Ich spüre einen Kloß im Hals.

»Peter, ich …«

»Es ist mir nie um sie gegangen«, fährt er hastig fort, »sondern um das, was zwischen uns war, was mit uns passiert ist. Aber eigentlich ging es vor allem um mich. Weil ich nicht wusste, wie ich mit dem umgehen sollte, was du mir erzählt hast. Aber jetzt … ich weiß, ich kann jetzt …«

Er redet weiter, sagt Dinge, die mich an eine Zukunft denken lassen, die ich mir früher erhofft und für möglich gehalten hatte. Jetzt weiß ich es besser, aber deswegen ist es nicht weniger schmerzvoll. *Wenn doch alles anders gewesen wäre.*

»Peter«, unterbreche ich ihn leise. »Ich habe mich entschieden. Es gibt keinen anderen Weg für mich, das ist mir jetzt klar. Es tut mir leid.«

Ich höre seine Atemzüge, und es gibt so vieles, was ich ihm noch sagen möchte, sagen könnte. Krampfhaft halte ich das Handy fest und presse die Lippen aufeinander. *Sei stark, du musst jetzt stark sein.*

»Warum denn?«, will er wissen. »Liebst du mich nicht mehr?«

Ich hole tief Luft. Wie soll ich es ihm erklären? Wo soll ich anfangen?

Lamm mit Kartoffelgratin war noch nie mein Leibgericht, denke ich, es ist deins. Aber weil es dir so gut geschmeckt hat, ist daraus auch mein Leibgericht geworden. Deine Liebe, unser gemeinsames Leben war alles für mich. Vorher hat keine Beziehung gehalten, vor dir habe ich niemanden kennengelernt, den ich so aufrichtig und unvoreingenommen geliebt habe, also lag mir ungeheuer viel daran, dass es mit dir klappt. Ich hatte ja keine Ahnung, wie das geht, ich wusste nur, dass ich mehr als alles andere wollte, dass wir zusammenpassen. Und du solltest auch finden, dass wir zusammenpassten.

Also habe ich dir Lamm mit Kartoffelgratin gemacht, zu besonderen Anlässen und manchmal auch unter der Woche. Ich machte es auch an dem Abend, als wir ausgemacht hatten, zusammen zu essen und uns ernsthaft zu unterhalten. Der Abend, an dem ich mich herausgeputzt und mit dem guten Geschirr gedeckt hatte. Der Abend, an dem ich gehofft hatte, wir würden wieder zueinanderfinden nach der Kluft, die immer größer geworden war zwischen uns, nachdem ich dir mein Geheimnis anvertraut hatte. Und an dem Abend hast du von Anna erzählt.

Ich hatte Blumen mitgebracht, vielleicht erinnerst du dich noch an den Strauß auf dem Küchentisch, vielleicht aber auch nicht. Als meine Tränen und deine Tröstungsversuche versiegt waren, sind wir ins Bett gegangen und vor Erschöpfung eingeschlafen. Das glaubst du zumindest, oder? Du weißt nicht, dass ich wach gelegen und mich hin und her gewälzt habe, dass ich schließlich wieder aufgestanden und im Haus herumgewandert bin, gejagt von etwas Unbezähmbarem in meinem Inneren. In der Küche standen noch die Blumen in der Vase, und als ich sie sah, kam etwas Unerklärliches über mich, was ich weder erklären konnte oder wollte. In dem Augenblick habe ich zur Schere gegriffen.

Du bist nicht von meinem Schrei aufgewacht, jedenfalls bist du nicht gekommen, um nachzusehen, was los war. Und ich habe keine Spuren hinterlassen. Der einzige Unterschied am nächsten Morgen war der, dass die Blumen nicht mehr da waren. Du hast das nie kommentiert, also nehme ich an, du hast gar nicht bemerkt, dass sie plötzlich fehlten. Vielleicht war dir aber auch gar nicht aufgefallen, dass sie vorher dort standen, vielleicht hast du nur die Hälfte meiner Bemühungen für unser Essen an jenem Abend registriert. Das war vielleicht die ganze Zeit so, in der wir zusammen waren.

»Ist es so? Hast du aufgehört, mich zu lieben, Elena?«

Nein, könnte ich antworten, *das habe ich nicht. Noch nicht, noch lange nicht*. Ich beiße mir auf die Lippe, mir geht die Nachricht nicht aus dem Kopf, die er mir neulich auf die Mailbox gesprochen hat. *Ich liebe dich. Ich habe dich immer geliebt und werde dich immer lieben*. Aber Worte sind das eine, Taten das andere. Ich warte ab, bis ich mir sicher bin, dass meine Stimme trägt.

»Danke«, sage ich dann. »Auch wenn es nicht gut ausgegangen ist, will ich dir für unsere gemeinsamen Jahre danken. Du hast mir gezeigt, welches Glück in der Nähe zu einem anderen Menschen liegt. Das wird mir für immer bleiben. Das Wissen darum, dass es geht, dass die Sache es wert ist.«

Die Worte sind hochgestochen, ich kann es nicht ändern. Ich muss sie sagen, muss sie sagen dürfen.

»Ist das wirklich das Ende, Elena? Meinst du das ernst?«

Es ist nicht das letzte Mal, dass wir miteinander reden, das ist mir klar. Wir werden all das Organisatorische erledigen müssen, Dokumente unterschreiben und Besitztümer aufteilen. Aber in diesem Moment nehmen wir Abschied voneinander, das spüre ich ganz deutlich.

»Mach's gut, Peter. Versprich mir, dass du gut auf dich aufpasst.«

Wir legen auf, und es gelingt mir fast, die Tränen zurückzuhalten. Als ich wieder den Blick nach oben auf die Eingangstüren hefte, sehe ich alles verschwommen. Aber mein Entschluss steht fest, auch was das betrifft. Langsam erklimme ich die Treppenstufen. Eine nach der anderen.

53

Es ist Sonntagnachmittag, und obwohl die Sonne schüchtern scheint, hält sich niemand im Innenhof auf. Vor wenigen Stunden ist Veronica nach Hause gekommen. Ich habe gesehen, wie sie die Kofferraumklappe des SUV geöffnet und ihre Taschen auf den Fußweg gestellt hat. Filip ist ihr entgegengegangen und hat sie lange umarmt, bevor sie das Gepäck ins Haus getragen und die Tür hinter sich geschlossen haben. Seitdem ist von der Familie Storm nichts mehr zu sehen.

Ich trommele mit den Fingern auf die Tischplatte und blicke auf das Blatt Papier vor mir. Eigentlich wollte ich einen Einkaufszettel schreiben, aber mir gehen so viele andere Dinge durch den Kopf.

Ich frage mich, wie es Leo wohl geht und wie er sich fühlt. Und ich denke natürlich an das, was gestern bei der Polizei passiert ist. Ich wurde in einen Vernehmungsraum geführt und habe mit einem uniformierten Beamten mit hoher Stirn gesprochen. Er hatte einen milden Blick, das habe ich während des Gesprächs mehrmals gedacht. Er hat sich Notizen gemacht, ich habe berichtet, und er hat ein paar Zwischenfragen gestellt, aber hauptsächlich zugehört.

»Es ist gut, dass Sie gekommen sind«, hat er gesagt.

Was genau diese Worte bedeuten, bleibt abzuwarten. Ich bin bereit, die Konsequenzen für mein Handeln zu tragen, welcher Art auch immer. Eine mögliche Strafe ängstigt mich nicht. Zum ersten Mal seit Langem spüre ich so etwas wie Zuversicht, ja Hoffnung. Ich war und befinde mich noch immer in einem Tunnel und nicht in einer Sackgasse.

Ich setze den Stift auf das Papier. Morgen kommt meine Schwester zum Abendessen, obwohl es ein ganz gewöhnlicher Wochentag ist. Sie hat sich mehr oder minder selbst eingeladen, und ich habe ihr gesagt, dass sie nur unter einer Bedingung kommen darf, nämlich, dass sie Valter mitbringt. Ich erinnere mich an die Zärtlichkeiten und die Sanftheit in ihrer Stimme, die ich durch die Wand hindurch gehört habe, als ich im Bad war und sie mit ihm telefoniert hat. Wenn sie und ich uns weiterentwickeln und unsere Beziehung stärken wollen, empfinde ich es als selbstverständlich, dass auch Valter ein Teil davon wird. Außerdem brauche ich mehr und nicht weniger Menschen in meinem Leben. In der Realität sind Puzzle aus zwei Teilen rar gesät.

Fragt sich nur, was ich kochen soll. Alles, außer Lasagne, denke ich und ertappe mich dabei, wie ich über die mangelnde kulinarische Fantasie meiner Schwester grinse. Als ich auf dem Einkaufszettel die Zutaten für einen indischen Eintopf notiert habe, der sich relativ einfach zubereiten lässt, füge ich noch ein paar andere Dinge hinzu, die ich in der kommenden Woche brauchen kann. Obst und Gemüse, Vollkornbrot und Reis, Putenfleisch und Lachsfilet. Ich will wieder ordentlich essen und gut für mich sorgen. Essen hält Leib und Seele zusammen, wie meine Schwester Freitagabend gesagt hat, und ich möchte weder das eine noch das andere verlieren.

Mutter. Der Stift hält inne. Wie lange braucht eingefrorene Trauer, um ganz wegzuschmelzen, wenn sie einmal angefangen hat aufzutauen? Diese Frage lässt sich nicht endgültig beantworten, aber ich bin zumindest nicht mehr allein. Meine Schwester und ich helfen uns gegenseitig, den Verlust zu verarbeiten, wenn er uns heimsucht. Oder wenn sich wieder einmal herausstellt, dass Mutter irgendetwas gesagt oder getan hat, was wir vielleicht nicht immer verstehen. Ich zwirbele den Stift in der Hand und schüttele den Kopf. Was Mutter offenbar meiner Schwester über mich erzählt hat … Damit werde ich einfach nicht fertig.

Ich kann nicht sagen, ob mein Bild von Mutter Schrammen bekommen hat oder einfach vielschichtiger geworden ist. Vielleicht ist es auch gar nicht notwendig, das zu entscheiden. Vielleicht genügt die Feststellung, dass sie auch nur ein Mensch gewesen ist, dass sie mit Zweifeln und Ängsten gehadert hat wie jeder andere auch und alles richtig machen wollte für ihre Kinder, auch dann, als es eigentlich unmöglich war.

Die Türklingel schreckt mich auf. *Leo!* Ich blicke auf und spähe durch das Fenster. Aber die Person da draußen, die die Hand hebt, als unsere Blicke sich treffen, ist nicht Leo.

»Hallo«, sagt Veronica, als ich aufmache. »Störe ich?«

Das lange honigfarbene Haar trägt sie wie immer zu

einem Pferdeschwanz zusammengefasst, und trotzdem ist etwas anders an ihr. Vielleicht die Tatsache, dass sie völlig ungeschminkt ist. Ich schüttele den Kopf, nein, Veronica stört nicht.

»Ich weiß zwar nicht so recht, was ich hier mache, aber …«

Wir sehen uns an.

»Oder doch, das weiß ich schon. Ich wollte fragen, wie es dir geht.«

Meine Hand schnellt automatisch Richtung Stirn. Die Wunde brennt und spannt noch ein bisschen, aber sie heilt gut ab. Die Narbe wird wohl kaum zu sehen sein.

»Außerdem«, fährt Veronica fort, »würde ich gerne etwas richtigstellen. Ich glaube, ich war im Sommerhaus etwas aufdringlich. Ich habe drauflosgeredet, als gäbe es kein Morgen.«

Sie zupft den Kragen ihres Pullovers zurecht und fügt hinzu, sie habe irgendwo gelesen, dass man sich nach dramatischen Ereignissen manchmal durch den Schock und den Adrenalinrausch wildfremden Menschen gegenüber öffnet und Dinge sagt, die man sonst nie preisgeben würde.

»Ich war total durch den Wind. Erst werde ich von irgendeinem Verrückten verfolgt, und im nächsten Moment lagst du blutüberströmt auf unserer Veranda und hast mich angefleht, dich nicht umzubringen.«

Sie verzieht das Gesicht.

»Und dann noch der Alkohol.«

Ich räuspere mich und ziehe die Strickjacke fester über der Brust zusammen.

»Ja, es ist alles ein bisschen aus dem Ruder gelaufen.«

»Das kann man wohl sagen.«

Sie lacht auf, und dabei höre ich das Echo von Leos Lachen. Davon abgesehen sind die beiden sich nicht besonders ähnlich, jedenfalls nicht äußerlich.

»Wie auch immer«, fährt sie fort, »ich glaube, wir kriegen das hin. Filip war bei meiner Rückkehr richtig niedergeschlagen. Er hat gesagt, ihm ist erst jetzt klar geworden, dass er die ganze Zeit so sehr mit sich selbst beschäftigt gewesen ist, dass er mich und Leo schon lange nicht mehr richtig wahrgenommen hat. Und er hat gesagt, dass er sich dafür schämt. Er hat sogar geweint, und ich hatte den Eindruck ...«

Veronica unterbricht sich.

»Und schon wieder dasselbe«, sagt sie und verdreht die Augen. »Ich erzähle dir total persönliche Dinge, obwohl du dich gar nicht danach erkundigt hast.«

»Das macht doch nichts.«

Sie lächelt mich kurz an.

»Vielleicht waren es ja doch nicht nur der Schock und der Whisky. Vielleicht liegt es auch an dir, du hast so eine Art, die ... ja, dass man dir einfach alles Mögliche erzählt. Kann das mit deiner Schreiberei zusammenhängen? Bist du eine von denen, die manche Sachen sieht? Und vielleicht auch hört? Das sagt Leo jedenfalls, dass du gut zuhören kannst.«

»Wie geht's ihm denn?«, erkundige ich mich.

Veronica kratzt sich am Arm, erzählt, dass die beiden heute lange zusammengesessen und geredet hätten. Es sei kein einfaches Gespräch gewesen, aber zum ersten Mal seit Langem habe sie das Gefühl gehabt, als wären sie sich dabei nähergekommen.

»Er hält wirklich große Stücke auf dich. Es sollten mehr Erwachsene so sein wie du – ich glaube, das hat er gesagt, als die Sprache mal auf dich kam.«

»Und es sollten mehr Teenager so sein wie er«, entgegne ich.

Veronica lacht wieder, und ich werde von einem eigenartigen Gefühl erfasst. Dem Gefühl, dass es etwas gibt, das uns verbindet, sie und mich, etwas, das man uns nicht ansieht. Es könnte auch etwas Größeres sein, das nicht nur uns beide umfasst. Vielleicht haben ja mehr Frauen im Zorn einen Strauß Rosen vernichtet, als man denkt. Und vielleicht sollten das noch mehr Frauen tun.

Veronica wirft einen Blick auf ihre Uhr und sagt, dass sie aufbrechen muss. Sie schaut wieder auf und begegnet meinem Blick.

»Ich hoffe, ihr findet eine Lösung, dein Mann und du«, fügt sie hinzu. »Oder zumindest du.«

Wieder klingen mir Peters Worte in den Ohren. *Liebst du mich nicht mehr? Hast du aufgehört, mich zu lieben, Elena?* Vielleicht hat er nicht verstanden, dass die Frage falsch gestellt war. Es war nicht *meine* Liebe, die nicht ausgereicht hat, sondern *seine*.

Ich trage Veronica schöne Grüße an Leo auf, und wir verabschieden uns. Als ich die Tür hinter ihr geschlossen habe, gehe ich langsam ins Wohnzimmer und bleibe vor dem Bücherregal stehen. Lasse meine Handfläche über die Buchrücken gleiten, spüre die Kraft, die sich in all den Geschichten dahinter verbirgt, in meinen Körper strömen.

Morgen früh werde ich beim Lektoratsservice anrufen und mich nach neuen Aufträgen erkundigen. Oder auch nicht. Vielleicht mache ich stattdessen einen Spaziergang, gehe in die Stadt in ein Café oder lasse mich am Küchentisch nieder und warte ab, was vor meinem Fenster passiert.

Ich bin nicht mehr dieselbe Frau wie zuvor, auch nicht dieselbe Autorin, die ich einmal war. Ich werde in mich hineinhorchen, ob und wann ich etwas Neues schreiben werde. Dabei werde ich besonders auf den bisweilen schmalen, aber entscheidenden Grat zwischen Realität und Fiktion achtgeben und aufpassen, dass ich mich selbst gegenüber anderen Menschen abgrenze. Trotzdem bleibe ich eine Beobachterin und weiß, dass es überall gute Geschichten gibt, manchmal gerade dort, wo man am allerwenigsten damit rechnet. Man muss nur die Augen offen halten.

DANK

In Autorenkreisen ist manchmal die Rede von dem »schwierigen zweiten Buch«. Ich würde gerne einen neuen Begriff einführen: das schwierige *vierte* Buch.

Verglichen mit meinen drei bisherigen Büchern hat sich dieses Mal der Schreibprozess länger und mühsamer angefühlt. Andererseits ist die Erinnerung trügerisch, und vielleicht bin ich ja jedes Mal zwischen Hoffnung und Verzweiflung hin und her gerissen (das behauptet zumindest mein Mann). Womöglich ist das ein Teil des Autorendaseins. Und das macht die Unterstützung und Ermutigung, die ich von anderen erhalte, erst recht unbezahlbar.

Ich danke dem Buchverlag Forum, allen voran dem Verleger Adam Dahlin und der Lektorin Kerstin Ödeen, weil ihr an mich glaubt und mich permanent dazu ansporn, das beste Buch zu schreiben, das ich schreiben kann. Ein Dankeschön auch an alle anderen, die im Vertrieb, in der Werbung, in der Presse und anderswo arbeiten und sich dafür einsetzen, dass meine Bücher die Leser in ganz Schweden erreichen.

Ferner möchte ich die Gelegenheit nutzen und allen begeisterten Buchhändlern danken, die im ganzen Land mit Feuereifer dabei sind. Einige von euch liegen mir besonders am Herzen, ich hoffe und denke, ihr wisst, wen ich meine. Namen nenne ich lieber keine, um niemanden zu vergessen.

Seit meinem vergangenen Buch, *Die Vermissten*, erreichen meine Geschichten auch Leser im Ausland – dank Elisabet Brännström und Amanda Bértolo Alderin von Bonnier Rights, die die Rechte in sage und schreibe 26 Länder verkauft haben. Ihr wart außerdem verlässliche Diskussionspartner während des Schreibens, dafür danke ich euch von Herzen.

In dem Zusammenhang möchte ich auch meinen Verlagen und Verlegern im Ausland danken, für ihr Vertrauen und die zielstrebige Arbeit, mein Werk in den jeweiligen Märkten zu verbreiten.

Ich danke meinen Probeleserinnen Maria, Sofia, Alexandra und Louise, weil ihr eure Aufgabe ernst genommen und mir konstruktive Ratschläge gegeben habt.

Ein besonderer Dank gilt all den geneigten Lesern und Zuhörern (nicht zuletzt den Hörern meines Podcasts!) für die Kraft und Motivation, die ihr mir gebt.

Ich danke meiner Familie und meinen Verwandten sowie wunderbaren Freunden innerhalb und außerhalb der Autorenwelt.

Mama und Papa. Für eure Ermutigung und euer Engagement ganz allgemein, für kluge Anmerkungen und herzliche Umarmungen, insbesondere an einem Nachmittag im März.

Johanna. Für unsere Gespräche, die mir so viel bedeuten.

Ninni. Weil wir zusammen lachen und du mir Halt gibst (wenn nötig). Weil du für mich ein Überraschungsei bist: Freundin, Kollegin, Mentorin, alles in einem.

Niklas. Weil du mich davon überzeugt hast, dass ich dieses Buch fertig schreiben kann – auch oder ganz besonders, als ich gezweifelt habe. Ich danke dir und Max und Molly: Letztendlich geht es immer um euch. Danke, dass es euch in meinem Leben gibt. Ich liebe euch.

Caroline Eriksson
Täby, im Juni 2017

Lesen Sie weiter >>

LESEPROBE

»Ein Alptraum, der einen unausweichlichen Sog entwickelt.« Brigitte

Das grünschwarze Wasser leuchtet geheimnisvoll in der untergehenden Sommersonne. Der Abend könnte nicht schöner sein, als Greta, Alex und Tochter Smilla mit dem Boot zur kleinen Insel in der Mitte des Sees fahren. Greta bleibt am Ufer, während die anderen beiden auf Entdeckungstour gehen. Aber sie kommen nicht mehr zurück. Beunruhigt macht sich Greta auf die Suche – doch von Alex und Smilla fehlt jede Spur. In ihrer wachsenden Verzweiflung wendet sie sich an die Polizei. Schnell wird klar, dass Gretas eigene Geschichte ebenso große Rätsel aufwirft wie das Verschwinden ihrer Lieben. Und die Frage: Hat sie etwas damit zu tun?

1

Das kleine Motorboot teilt das grünschwarze Wasser mit der Präzision eines Messers. Die Sonne steht tief, der Spätsommerabend neigt sich dem Ende zu. Ich sitze im Bug, schließe die Augen wegen der Wassertropfen, die mir ins Gesicht sprühen, und bekämpfe die Übelkeit, die im Rhythmus der Bootsbewegungen in meinem Körper mitwogt. Wenn er nur ein bisschen langsamer fahren würde, denke ich. Und als könnte er meine Gedanken lesen, drosselt Alex das Tempo. Langsam drehe ich mich zu ihm um. Er sitzt im Bootsheck und lässt die Hand auf der Ruderpinne des Außenbordmotors ruhen. Seine ganze Erscheinung strahlt Maskulinität und Kontrolle aus. Der rasierte Schädel, die markante Kieferpartie und die konzentrierte Falte über der Nasenwurzel. Normalerweise nennt man einen Mann nicht »schön«, aber Alex ist es einfach. Das fand ich schon immer. Und das finde ich heute noch.

Ohne Vorwarnung stellt er den Motor ganz aus. Das Boot sinkt in einer bogenförmigen Bewegung zurück ins Wasser. Smilla gerät auf der Ruderbank zwischen uns ins Schwanken, und ich beuge mich vor und fange sie auf, halte sie am Rücken fest, bis sie das Gleichgewicht wiedergefunden hat. Instinktiv ergreift sie mit ihren kleinen Fingern meine Hand, und mich durchflutet eine warme Welle. Jetzt, da die Luft nicht mehr vom knatternden Motorengeräusch erfüllt ist, bleibt nur noch die Stille. Smillas dünnes, flachsblondes Haar kringelt sich im Nacken, keine Handbreit von meinem Gesicht entfernt. Gerade will ich mich vorbeugen und die Nase in den weichen Strähnen vergraben, da streckt Alex die Hände nach den Rudern aus.

»Willst du's mal versuchen?«

Sofort lässt Smilla mich los und steht eifrig auf.

»Na, komm schon«, meint Alex lächelnd, »dann zeigt dir der Papa, wie man rudert.«

Er hält ihr die Hand hin und stützt sie auf dem kurzen Weg zum Heck des Bootes. Sie setzt sich auf seinen Schoß und streicht ihm zufrieden über die Knie. Alex erklärt ihr, wie sie die Ruder halten muss, dann legt er seine eigenen Hände über ihre und beginnt mit langsamen Bewegungen zu rudern. Smilla gluckst so vergnügt, wie nur sie es kann. Ich starre das kleine Lachgrübchen auf ihrer linken Wange an, bis mein Blick verschwimmt. Da drehe ich mich um zum See und verliere mich in seiner Weite.

Alex behauptet, dass er »sicher einen offiziellen Namen hat, irgendwo in einem Register«, dass ihn hier in der Gegend aber niemand anders nennt als Maran – den Nachtmahr. Doch bei dieser Auskunft belässt er es nicht. Er erzählt Geschichten über den See, eine schlimmer als die andere, und wozu dieses Gewässer angeblich fähig sein soll. Schauermärchen, dass das Wasser seit Langem verhext sei und dass seine Bösartigkeit in die Menschen sickere, ihre Sinne verwirre und sie schreckliche Taten begehen lasse. Erwachsene und Kinder sind in dieser Gegend schon spurlos verschwunden, Blut ist vergossen worden. Das behaupten zumindest die Sagen. Ein klagendes, unheimliches Echo hallt übers Wasser und reißt mich aus meinen Überlegungen. Ich wende mich in die Richtung, aus der das

Geräusch gekommen ist, und ahne aus dem Augenwinkel, dass Alex und Smilla dasselbe tun. Da erklingt es wieder. Ein tiefer, knarrender Laut, der sich zu einem heiser heulenden Schrei steigert. Irgendetwas flattert, und ein Stückchen vor uns bewegt sich ein dunkler Schatten auf die Wasseroberfläche zu. Im nächsten Augenblick ist er verschwunden, offenbar vom See verschluckt. Ohne das geringste Platschen oder Wasserkräuseln. Alex legt einen Arm um Smilla und deutet mit dem anderen auf die Stelle.

»Das war ein Seetaucher«, erklärt er. »Ein Vogel aus der Urzeit, sagen manche Leute. Wahrscheinlich wegen diesem Geräusch, das finden viele unheimlich.«

Er wendet sich zu mir, aber ich sehe Smilla an und weiche seinem Blick aus. Lange und konzentriert späht Smilla zu der Stelle, wo der Seetaucher verschwunden ist. Schließlich dreht sie sich zu Alex um und fragt besorgt, ob der Vogel nicht bald zum Atmen hochkommen muss. Er lacht, streicht ihr übers Haar und meint, dass der Seetaucher mehrere Minuten unter Wasser bleiben könne. Sie brauche sich keine Sorgen zu machen. Außerdem, so fügt er hinzu, taucht er selten an derselben Stelle wieder auf, an der er verschwunden ist. Alex ergreift erneut die Ruder und rudert das letzte Stück allein. Smilla sitzt in der Mitte des Bootes und hat mir den Rücken zugewandt. Ich studiere ihr Profil schräg von hinten, die weiche Rundung ihrer Wange, während sie den Blick weiter suchend über die Wasseroberfläche schweifen lässt. Der Gedanke an den Vogel lässt sie nicht los, wo er jetzt sein mag und wie er so lange unter Wasser bleiben kann. Ich hebe die Hand, um ihr beruhigend über den schmalen Rücken zu streichen. Genau in diesem Moment rutscht Smilla ein Stück zur Seite und dreht den Kopf weg, sodass ich ihr Gesicht nicht mehr sehen kann. Alex lächelt sie an, und ich merke, dass sie zurücklächelt. Vertrauensvoll. Zuversichtlich. Wenn Papa sagt, dass der Vogel zurechtkommt, dann ist das auch so.

Jetzt sind es nur noch gut zehn Meter bis zur Insel. Der kleinen Insel mitten im Maransee. Dorthin sind wir unterwegs. Ich starre ins Wasser, versuche, es mit dem Blick zu durchdringen. Allmählich kann ich den Grund unter uns erahnen, er ist zugewuchert mit sachte wogenden Wasserpflanzen. Es wird immer flacher. Das Seegras steigt nach oben und greift nach dem Rumpf wie schleimig grüne Finger. Lange Schilfhalme erheben sich neben dem Boot und neigen sich über unsere Köpfe. Als wir im flachen Wasser angekommen sind, steht Alex auf und geht an Smilla und mir vorbei. Das Boot schwankt. Ich klammere mich an den Bootsrand und mache die Augen zu, bis es wieder still daliegt.

Alex schlingt ein Tau um den nächsten Baumstamm und macht das Boot sorgfältig fest. Dann streckt er die Hand aus, und Smilla knöpft sich in dem Moment die Schwimmweste auf, als sie sich an mir vorbeidrängelt. Dabei steigt sie mir auf den einen Fuß und rammt mir versehentlich den Ellenbogen in die rechte Brust. Ich stöhne laut auf, aber sie merkt es nicht. Oder sie merkt es, kümmert sich aber nicht darum. Sie ist so erpicht darauf, zu ihrem Papa zu kommen, dass alles andere unwichtig ist. Dass Alex Smillas große Liebe hier auf Erden ist, würde niemand anzweifeln, der die beiden zusammen sieht. Als wir vorhin vom Wochenendhäuschen zum Bootssteg gingen, lief beziehungsweise hüpfte sie natürlich an Alex' Seite. Die Sonnenstrahlen fielen schräg durch das Blattwerk der Büsche am Rand des schmalen Waldwegs und mischten sich mit Smillas begeistertem Geplauder. Bald würden Papa und sie auf einer Insel an Land gehen. Wie richtige Piraten. Smilla war nämlich eine Piratenprinzessin, und Papa könnte doch vielleicht der Piratenkönig sein, oder? Smilla lachte und zog

Alex an der Hand, sie konnte gar nicht schnell genug zum See kommen. Ich ging mit ein paar Schritten Abstand hinter den beiden her.

Jetzt blicke ich zu ihnen auf. Dort stehen sie nebeneinander, Smilla lehnt sich an Alex und hat ihre kleinen weichen Arme um seine Beine geschlungen. Eine unzertrennliche Einheit. Vater und Tochter. Die beiden an Land, ich noch im Boot. Jetzt streckt Alex mir die Hand hin und hebt auffordernd die Augenbrauen. Ich zögere, und das merkt er.

»Jetzt komm schon. Es war doch als Familienausflug gedacht, Schatz.«

Er grinst. Meine Augen wandern zu Smilla, unsere Blicke treffen sich. Ihr kleines Kinn ist irgendwie besonders, ihre Art, es entschlossen vorzuschieben.

»Geht ruhig ohne mich«, sage ich mit brüchiger Stimme. »Ich warte hier.«

Alex unternimmt noch einen halbherzigen Versuch, mich zum Mitkommen zu bewegen, aber als ich erneut nur den Kopf schüttle, zuckt er mit den Schultern und wendet sich Smilla zu. Er reißt die Augen auf und macht eine Grimasse, woraufhin ihre Augen vor lauter Erwartung zu leuchten beginnen.

»Nehmt euch in Acht, ihr Inselbewohner, hier kommen Piratenpapa und die Piratenprinzessin Smilla!«, ruft Alex. Dabei hebt er Smilla hoch, wirft sie sich über die Schulter, dass sie vor Vergnügen quiekt, und läuft dann mit ihr die Böschung hoch. Die Insel ist auf der einen Seite steiler als auf der anderen, und wir haben an der steilen Seite angelegt. Aber Alex lässt sich von der Steigung nicht ausbremsen. Ich kann die Milchsäure in seinen Beinmuskeln geradezu spüren. Und das schwindelerregende Gefühl in Smillas Bauch, während sie so über seiner Schulter hängt und mitwippt. Dann erreichen sie den höchsten Punkt und verschwinden aus meinem Blickfeld.

Ich bleibe sitzen und lausche dem Klang ihrer Stimmen, die sich allmählich in der Ferne verlieren. Nach einer Weile beuge ich mich vor und massiere mir vorsichtig das steife, schmerzende Kreuz. Aus irgendeinem Grund bücke ich mich noch ein Stück weiter, lehne mich über die Reling. Das Wasser unter dem Boot ist jetzt beinahe glatt, der See hat sich meinen Blicken verschlossen. Ich kann nicht mehr sehen, was sich unter seiner Oberfläche verbirgt. Das Einzige, was von unten zurückstarrt, sind die zersplitterten Konturen meines eigenen Spiegelbilds. Und dann lasse ich sie einfach kommen, die Erinnerungen an die Ereignisse von gestern Abend und heute Nacht. Jedes Wort, jede Bewegung lasse ich Revue passieren, und dabei fixiere ich die ganze Zeit die Reflexion meiner eigenen Augen, die dort unter mir auf dem Wasser schwimmt. Bei jedem Fragment, das ich dem Ablauf der Geschehnisse hinzufüge, sehe ich, wie sich der Blick im Wasser weiter verfinstert. Unwillkürlich fasse ich mir an den Hals. Das geht eine Weile so. Ein paar Minuten. Eine Ewigkeit.

Dann blinzle ich, und es fühlt sich an, als würde ich aus einem Dämmerschlaf erwachen, als hätte ich jegliches Zeitgefühl verloren. Wie lange habe ich hier gesessen? Ich schaudere und schlinge meine Arme um den Körper, um mich ein bisschen zu wärmen. Die Sonne versinkt hinter den Baumwipfeln, blutrote Streifen ziehen über den Himmel. Als sich eine kühle abendliche Brise erhebt, fange ich endgültig an zu frieren. Ich recke mich und horche nach Geräuschen, aber ich kann weder Alex' vergnügtes Rufen noch Smillas helles Gekicher hören. Das Einzige, was ich noch vernehme, sind die trostlosen Laute des Seetauchers, jetzt aber nur noch aus der Ferne. Ich zittere. Sollten sie nicht langsam fertig sein mit ihrem Piratenspiel und der Erforschung der Insel? Aber dann denke ich an Smillas Fröhlichkeit. Und weiß, dass sie bestimmt nicht bereit sein wird, so schnell von ihrem Abenteuer zu lassen. Wahrscheinlich haben sie die Insel einmal ganz umrundet. Vielleicht spielen sie in diesem Moment gerade Verstecken auf der anderen Seite. Vielleicht kann ich sie deswegen nicht mehr hören.

Ich schließe die Augen und denke daran, wie sie heute Morgen in der Küche herumgetobt haben. Alex' Energie und die engelsgleiche Geduld, die er beim stundenlangen Spielen aufbringt. Da wären alle anderen Väter längst ausgestiegen. *Komm, mein Schatz, wir gehen zurück zum Boot, Mama wartet auf uns.* So etwas würde Alex nie sagen. Er ist ein guter Vater. Ich schlage die Augen auf. Noch einmal beuge ich mich über den Bootsrand und fühle, wie mein Blick von der immer dunkler werdenden Wasseroberfläche angezogen wird.

Guter Vater.

Guter Vater.

Guter Vater.

Auch als ich mich aufrichte, ist nicht das geringste Geräusch zu hören. Keine Stimmen, kein Gelächter. Nicht einmal mehr der Seetaucher. Ich bleibe eine Weile so sitzen, völlig regungslos, und lausche einfach nur. Und dann, ganz plötzlich, weiß ich es. Für diese Erkenntnis muss ich keine nervöse Runde über die Insel drehen, sie suchen und verzweifelt ihre Namen rufen. Nein, ich brauche nicht mal aufzustehen und aus dem Boot zu steigen, um es mit Sicherheit zu wissen.

Alex und Smilla werden nicht zurückkommen. Sie sind verschwunden.

2

Natürlich gehe ich trotzdem an Land, um sie zu suchen. Trotz meiner instinktiven Überzeugung, dass es vergeblich ist. Alex' dunkelblauer Pullover liegt zusammengefaltet im Heck. Ich nehme es und stehe auf, um das Boot an Land zu ziehen. Der Widerwille kriecht mir das Rückgrat empor. Mit einer ungeschickten Mischung aus Schritt und Sprung gehe ich an Land. Ich rufe Alex' Namen, dann Smillas. Keine Antwort. Meine Arme sind ganz steif, als ich mir den Pullover über den Kopf ziehe. Der Männergeruch hängt immer noch im Stoff, er umfängt mich. Der Geruch von Alex.

Ich spüre einen kräftigen Stich in der Magengegend, ignoriere den Schmerz jedoch und klettere stattdessen die Uferböschung hoch. Ich habe erst ein paar Schritte gemacht, da schnürt sich mir schon der Brustkorb zusammen, und ich keuche beim Atmen. Es ist steiler, als ich dachte. Mein Körper ist bleiern und schwerfällig, meine Glieder wollen mir nicht recht gehorchen, aber ich beiße die Zähne zusammen und zwinge mich weiter vorwärts, weiter nach oben. Auf einem matschigen Stück gleitet mir der Fuß weg, und ich muss mich mit den Händen festhalten, damit ich nicht stürze und rückwärts den Abhang hinunterrutsche.

Schließlich stehe ich doch oben auf der Kuppe. Ich versuche, noch einmal zu rufen, bekomme aber nur ein heiseres Krächzen heraus. Es kratzt ganz furchtbar in der Kehle, sie protestiert gegen die Anstrengung, und mein Brustkorb fühlt sich an wie zwei Nummern zu klein. Obwohl ich alle Kräfte zusammennehme, will es meinen Lungen nicht gelingen, die erforderliche Luft herauszupressen. Es kommt mir so vor, als befände ich mich mitten in einem Albtraum und versuchte vergeblich zu schreien. Mein Magen zieht sich krampfhaft zusammen. Ich mache noch einen Anlauf, doch mein Körper bringt keinen Laut hervor, sondern sackt in sich zusammen. Ich beuge mich vor, und mir entfährt ein lautes Rülpsen, gefolgt von einem Schwall braungelber Brühe. Meine Beine wackeln, und ich taumle seitwärts, bevor ich auf die Knie falle.

Ich trockne mir mit dem Ärmel meines Pullovers den Mund ab. Dann bleibe ich eine Weile sitzen, als hätte mich ein übermächtiger Feind niedergerungen. Kaum hat sich der Gedanke in meinem Kopf gebildet, da stoße ich ihn weit von mir. Feind? Übermächtig? Nein! Ich rapple mich wieder hoch. Mein Körper ist noch schwach, aber zumindest gehorcht er mir jetzt. Statt erneut nach den beiden zu rufen, suche ich mit den Augen den Teil der Insel ab, den ich im Blick habe. Hier gibt es nicht besonders viele offene Flächen. Zwischen vereinzelten Laubbäumen und Wacholderbüschen stehen hüfthohes Gras und Gestrüpp. Das ist kein Ort, an dem man sich problemlos vorwärtsbewegen kann. Insbesondere nicht als vierjähriges Mädchen. Nirgends kann ich Alex und Smilla erkennen.

Ich stolpere voran, ich weiß jetzt, was ich tun muss, bin mir aber nicht sicher, welchen Weg ich einschlagen soll. An einer Stelle ist das Gras zur Seite gebogen, und der Boden sieht zertrampelt aus. Ich beginne in diese Richtung zu gehen, folge dem, was ich für die Spuren eines Mannes und eines kleinen Mädchens in Spielstimmung halte. Hie und da bleibe ich stehen und rufe ihre Namen. Im Grunde, ohne eine Antwort zu erwarten. Ein mechanisches Gefühl überkommt mich, das Gefühl, nach einem vorbestimmten Muster vorzugehen. Ich benehme mich ganz einfach so, wie ich es sollte, tue, was ich tun muss. Als würde ich eine Rolle spielen.

Die Stille hängt schwer und unheilverkündend zwischen den Bäumen. Bis ich auf einmal ein Rascheln im Gras höre, nur wenige Meter von mir entfernt. Ich fahre zusammen und balle instinktiv die Fäuste. Da entdecke ich einen Igel, der so schnell davontrappelt, wie ihn seine kleinen Beine tragen. Als ich den Blick nach vorne wende, zeigt das Gras nicht mehr die geringsten Anzeichen, irgendwo beiseitegeschoben oder niedergetreten worden zu sein. Nichts deutet darauf hin, dass vor Kurzem ein Mann und ein kleines Mädchen vor mir hier entlanggegangen sind. Rasch drehe ich mich um, schaue in die andere Richtung. Und dann wieder nach vorne. Zur Seite. Aber nirgends ist eine Spur zu entdecken, weder von anderen Menschen noch von meinem eigenen Weg hierher. Ich stehe inmitten eines Meeres aus hohen Grashalmen. Still, aber unbarmherzig umzingeln sie mich von allen Seiten.

Mich befällt ein so heftiger Schwindel, dass ich mir die Augen zuhalten und einen Arm seitlich ausstrecken muss, um das Gleichgewicht zu halten. Gerade als ich die Hand vom Gesicht nehme und die Augen erneut aufschlage, verschwindet der letzte scharlachrote Sonnenstrahl hinter den Baumwipfeln auf der anderen Seite des Sees. Ich bin allein an einem unbekannten Ort, allein mit der Stille und der Dunkelheit, die jetzt immer rascher vorrückt. Ich schlage aufs Geratewohl eine andere Richtung ein und bahne mir einen Weg durch das unwirtliche Gelände.

Ein Mann und ein Mädchen gehen auf einer kleinen Insel an Land. Sie kommen nicht zurück. Was kann da passiert sein? Es gibt Unmengen an denkbaren Erklärungen, rede ich mir ein. Sie können völlig in ein Spiel versunken sein, die Zeit vergessen haben oder ganz einfach … Fieberhaft versuche ich mir weitere Möglichkeiten auszudenken. Logische. Beruhigende und harmlose. Das Problem ist nur, dass keine davon erklärt, warum Alex und Smilla noch immer verschwunden sind, warum sie nicht antworten, wenn ich sie rufe. Ich öffne den Mund, um sie erneut zu rufen, aber diesmal gerät mein Schrei so hysterisch, dass ich beim Klang meiner eigenen Stimme zusammenzucke.

Während ich weitertaumle, suche ich mit den Augen den Boden und die Zwischenräume zwischen den Bäumen ab. Meine Beine bewegen sich immer schneller, meine Bewegungen werden immer abgehackter. Planlos laufe ich vorwärts, weiß nicht mehr, in welche Richtung ich eigentlich unterwegs bin oder woher ich komme. Ich bin so verstört, dass ich jegliche Orientierung verloren habe. Nirgendwo kann ich auch nur die geringste Spur von menschlichem Leben entdecken. Ein Schluchzen steigt in meiner Brust auf. Smilla!

Genau in diesem Moment sticht mir etwas ins Auge. Ich erstarre und spüre, wie ein Beben durch meinen Körper läuft. Ein paar Meter vor mir liegt ein Stein. Und ein Stück daneben befindet sich etwas anderes. Ein dunkler Gegenstand. Obwohl ich nicht sofort begreife, was es ist, weiß ich mit jeder Zelle meines Körpers, dass es nicht zur natürlichen Vegetation der Insel gehört. Dieser Gegenstand gehört zu einem Menschen. Langsam, voller Grauen vor dem, was ich womöglich finden werde, nähere ich mich. Erst als ich ganz nah dran bin, lässt der Druck auf meiner Brust nach, und ich gehe im Gras vor dem Gegenstand in die Hocke. Es ist ein schwarzer Stiefel, zerschlissen und ausgetreten. Die kleinen Löcher, in denen sich einmal Schnürsenkel befunden haben, sind leer. Ich habe diesen Schuh noch nie gesehen. Er gehört weder Alex noch Smilla, so viel steht fest. Ohne den Grund zu begreifen, strecke ich die Hand aus und spüre, wie sie langsam, aber sicher von dem Stiefel angezogen wird. Es kommt mir vor, als würden meine Finger von einer fremden Kraft gelenkt, einer Kraft, die aus der Erde unter meinen Füßen aufsteigt.

Mit einem Keuchen ziehe ich die Hand zurück und richte mich hastig auf. Was schleichen sich hier eigentlich für komische Gedanken und Wahrnehmungen in meinen Kopf? Das müssen die Reste von Alex' Gruselgeschichten sein, die noch in meinem Bewusstsein herumspuken. Die Geschichten vom Maransee und seinen bösen Kräften. Rasch gehe ich weiter, rufe mir selbst in Erinnerung, dass diese Erzählungen übernatürlicher Quatsch sind, vermischt mit alten Schauermärchen, mehr nicht. Trotzdem kann ich es mir nicht verkneifen, mir beim Gehen mehrfach über die Schulter zu blicken. Meine Beine pflügen schneller und schneller durchs Gras, bis ich beinahe renne.

Ich laufe zwischen Baumstämmen hindurch, deren Schatten immer länger werden und deren knotige Zweige sich wie lange, bösartige Arme nach mir ausstrecken. Irgendetwas scheint mich zu packen, Zweige kratzen wie Klauen über meine Kopfhaut, und ich kann einen lauten Aufschrei nicht unterdrücken. Als ich den Ausdruck meiner eigenen Angst höre, wird es endgültig zu viel für mich. Meine Gedanken reißen sich los und gehen mit mir durch, sie entziehen sich jeder Kontrolle und peitschen Wogen der Panik in mir auf. *Ich werde sie niemals finden. Ich werde sie niemals finden.*

Aber dann – genau in diesem Augenblick – fällt der Groschen. *Anrufen.* Wenn ich sie nicht finde, muss ich sie natürlich anrufen. Das ist doch das Erste, was man tut, wenn man jemanden verliert. Warum hab ich nicht schon früher daran gedacht? Ich verlangsame meine Schritte und schiebe die Hand keuchend in die eine Tasche meiner Caprihose. Sie ist leer. Ich taste mit den Fingern über den Stoff auf der anderen Seite, aber dort ist mein Handy auch nicht. Wo ist es bloß? Habe ich es am Ende hier auf der Insel verloren? Oder habe ich es im Boot liegen lassen? Meine Erinnerung hellt sich Stück für Stück auf, bis ich das ganze Bild klar vor mir habe.

Ich habe das Handy gar nicht mitgenommen, als wir das Häuschen verließen. Dieser Ausflug war eine spontane Idee gewesen, und ich hatte eigentlich gar nicht vorgehabt mitzukommen. Trotzdem bin ich ins Boot gestiegen. Meine Brust fühlt sich wieder ganz schwer an, aber diesmal liegt es nicht an meinen angestrengten Atemzügen. Erneut sehe ich mich um, halte verzweifelt Ausschau nach einem noch so kleinen Eckchen hellrosa Stoff, dem Flattern einer blonden Haarsträhne. Aber sie ist nicht mehr hier, das weiß ich, das spüre ich. Mein Handy ist im Wochenendhäuschen, in meiner Handtasche wahrscheinlich. Mir bleibt nur eines übrig.

Trotzdem fühlt es sich nicht richtig an. Wie könnte ich von der Insel gehen, ohne Alex und Smilla gefunden zu haben? Wie kann ich sie einfach ihrem Schicksal überlassen? Ihrem Schicksal … irgendetwas an diesem Wort, an diesem Gedanken stört mich. *Hier stimmt was nicht. Hier ist irgendwas faul, mächtig faul.* Nein! Ich wische die bösartigen Einflüsterungen in meinem Inneren energisch beiseite und beschleunige meine Schritte. Sobald ich mein Handy zurückhabe, werden sich alle Probleme lösen lassen. Dann kann ich Alex anrufen und er mich. Wer weiß, vielleicht hat er ja sogar schon versucht, mich zu erreichen? Ich muss so schnell wie möglich an mein Telefon gelangen. Fragt sich nur, wie es mir gelingen soll, den Platz wiederzufinden, an dem unser Boot vertäut liegt.

Ich mache noch einen Vorwärtsschritt, doch auf einmal geht

es jäh hinunter in die Dunkelheit. Der Boden verschwindet vor meinen Füßen. In letzter Sekunde gelingt es mir, stehen zu bleiben und nicht wegzurutschen, aber ein flaues Gefühl macht sich in mir breit. Als ich die Fassung zurückerlangt habe, bleibe ich eine ganze Weile stehen und starre auf den Anblick, der sich mir bietet. Die Böschung, die ich vorhin hochgeklettert bin, ist von hier aus ein tückischer, steil abfallender Abgrund. Wie ist es möglich, dass ich schon an den Ausgangspunkt zurückgelangt bin? Dabei wusste ich in meinem verwirrten Zustand doch kaum, in welche Himmelsrichtung ich überhaupt unterwegs war. Aber es stimmt schon. Dort unten sieht man die Umrisse des Bootes, das im Schilf schaukelt, als wäre nichts geschehen. Ich starre es mit gemischten Gefühlen an. Alex und Smilla sitzen zwar nicht dort unten und warten, aber zumindest ist das Boot noch hier. Im nächsten Moment kommt mir der Gedanke ziemlich seltsam vor. Warum hätte das Boot denn nicht mehr da sein sollen?

In mir regt sich ein unangenehmes Gefühl. Es könnte Widerwillen sein. Oder ist es Reue? Wenn ich die Zeit zurückdrehen könnte, es anders machen, es ungeschehen machen könnte ... Ich schüttle dieses Gefühl ab und werfe noch einen letzten Blick über die Schulter. Ich stelle mir zwei Silhouetten vor, eine größer und eine kleiner, wie sie sich aus der Finsternis herauslösen und unter lautem Rufen und Lachen auf mich zurennen. Aber dort ist niemand, es kommt niemand.

Ein Vogel flattert so nah an mir vorbei, dass ich meine, den Luftzug seiner Flügel zu spüren. Ich ahne die Umrisse eines länglichen Körpers und eines dolchförmigen Schnabels. Der Seetaucher stößt im steilen Winkel nach unten zur Wasseroberfläche. Ich starre ihm einen Augenblick nach. Dann beginne ich den Abhang hinunterzugehen.